PATRICIA BRANDT

# Flunder-Verschwörung

**ACH DU HEILIGE MAKRELE** Bei ihrem Einsatz auf hoher See gehen einige Meeresschützer aus einem Zeltlager in Hohwacht nicht zimperlich vor. Sie verdächtigen Fischer Hauke Büsing, kaputte Netze illegal im Meer zu entsorgen, und setzen ihn unter Druck. Kurz darauf verschwindet der Küstenbewohner. Als einer der Walschützer bei der Bergung eines herumtreibenden Geisternetzes einen abgetrennten Fuß findet, kann sich das verschlafene Fischerdorf nicht mehr vor neugierigen Schaulustigen und Journalisten retten. Hellseherin Ortrud bietet an, Kontakt zu den Toten aufzunehmen, und Küstenkommissar Oke Oltmanns sieht seinen Urlaub zu Recht in Gefahr, als er eine Leiche im Kettenkasten seines Kahns findet. Dann taucht eine weitere Leiche in einem Räucherofen auf und das Ermittlerteam gerät in Gefahr. Oke Oltmanns geht aufs Ganze, um das Leben seines Kollegen zu retten. Codewort: Holsteiner Stuten.

© Julia Weil

*Die Journalistin und Krimiautorin Patricia Brandt stammt gebürtig aus Neustadt am Rübenberge. Nach ihrem Deutsch- und Politik-Studium hat sie bei der Nordsee-Zeitung volontiert und seitdem für verschiedene Medien (darunter Focus, dpa, NDR Fernsehen und Burda) gearbeitet. Mehr als 20 Jahre war die Redakteurin für den Bremer Weser-Kurier tätig. Heute arbeitet sie als Sprecherin der Bremer Bildungsbehörde. In ihrer Freizeit schreibt sie Bücher: Beim Morden an der Ostsee kann sie wunderbar entspannen. Patricia Brandt lebt mit Mann, zwei Kindern und einem Hund einen Steinwurf von Bremen entfernt.*

PATRICIA BRANDT

# Flunder-Verschwörung

KÜSTEN-KRIMI

GMEINER

Personen und Handlung sind frei erfunden.
Ähnlichkeiten mit lebenden oder toten Personen
sind rein zufällig und nicht beabsichtigt.





MIX
Papier | Fördert gute Waldnutzung
FSC® C014496

Besuchen Sie uns im Internet:
www.gmeiner-verlag.de


Im Ehnried 5, 88605 Meßkirch
Telefon 07575/2095-0
info@gmeiner-verlag.de

1. Auflage 2024

Herstellung: Mirjam Hecht
Umschlaggestaltung: U.O.R.G. Lutz Eberle, Stuttgart
unter Verwendung eines Fotos von: © haiderose / stock.adobe.com
Druck: GGP Media GmbH, Pößneck
Printed in Germany
ISBN 978-3-8392-0592-1

Für Sandra

# VORWORT AXEL PETERMANN, PROFILER UND KRIMIAUTOR

## MUTILATION
## WER VERSTÜMMELT EINEN TOTEN?

Ein Fuß, abgetrennt und eingewickelt in einem Fischernetz, sorgt für helle Aufregung in dem beschaulichen Örtchen Hohwacht an der Ostsee. Als dann noch die verstümmelte Leiche des Opfers gefunden wird, nährt das die Spekulationen über die Motivation des Täters: Ist es der Beginn einer unheilvollen Mordserie, bei der der Täter bizarre Fantasien auslebt, oder gibt es gar Parallelen zu den mysteriösen Funden von Füßen im fernen Kanada?

Diesem und weiteren Rätseln nähert sich Dorfpolizist Oke Oltmanns in dem Cosy-Krimi »Flunder-Verschwörung« von Patricia Brandt auf unterhaltsame Weise und mit unkonventionellen Ermittlungsmethoden. Als zum Ende auch noch die sprichwörtlichen Handschellen klicken, hat der Kommissar seine kriminalistische Herausforderung erfüllt und sogar eine Antwort auf die Frage gefunden, weshalb der Mörder nicht nur tötete, sondern sein Opfer zudem noch verstümmelte.

Auch mich hat diese Frage bei meiner Arbeit immer wieder beschäftigt. Und so kann ich mich noch gut an meinen ersten Fall als junger Ermittler erinnern, bei dem Schuljungen den in blauen Plastiksäcken eingehüllten nackten Torso einer Frau gefunden hatten. Obwohl ich am Tatort gespannt auf den Anblick der Toten war und alle Details sehen wollte, musste ich an das Leid des Opfers denken und mich überwinden, genauer hinzusehen. Es drängten sich mir sofort die Fragen auf: »Wer tut so etwas?« und »Warum muss der Täter die Ermordete auch noch so zurichten?«

Heute würde ich eine solche Nähe nicht mehr zulassen, nach über 40 Jahren als Mordkommissionsleiter und Fallanalytiker kann ich inzwischen vieles ausblenden und mich auf die Fakten konzentrieren. Und so weiß ich, dass die Gründe, einen Menschen zu verstümmeln, sehr unterschiedlich sind und bestimmte Formen der Mutilation, so der Fachausdruck für Verstümmelungen, mit bestimmten Tätertypen korrelieren. Entsprechend lassen sich aus dem Zustand der Leiche Rückschlüsse auf das Profil des Täters ziehen.

Als erwiesen gilt: Es ist immer der Täter selbst, der die Leiche verstümmelt. Die Verstümmelung an sich sagt nichts über das Alter, den Bildungsgrad oder die soziale Herkunft des Täters aus. Täter sind meistens Männer, die Opfer häufig Frauen. In vielen Fällen kannten sich Täter und Opfer.

Oft werden Opfer nach ihrem Tode aus pragmatischen Gründen (defensive Mutilation) zum Zwecke des Transports verstümmelt. Die Leiche kann am Tatort nicht liegenbleiben, denn würde sie dort gefunden, ließe dies Rückschlüsse auf den Täter zu.

Manchmal geschieht die Verstümmelung aber auch aus emotionalen Gründen (aggressive Mutilation). Nämlich dann, wenn Wut, Hass oder Demütigung die Handlungen des Täters bestimmen und die Gewalt über den Tod des Opfers hinausgeht. Als letzte Form ist die offensive Mutilation zu nennen. Hier dient die Verstümmelung des Opfers der sexuellen Befriedigung eines sogenannten »Lustmörders« oder Sadisten.

Gleichgültig, um welche Art der Mutilation es sich handelt, ein solches Täterverhalten kommt – wie Studien zeigen – nur sehr selten, in etwa zwei Prozent der Tötungsdelikte, vor.

Aber nun genug der Theorie! Damit auch Sie das Motiv des Mörders in der »Flunder-Verschwörung« entlarven können, möchte ich Sie herzlich einladen, meinem Kollegen Oke Oltmanns bei seinen Recherchen zu folgen. Ich bin mir sicher, dass Sie beim Lesen immer wieder ein wohliges Schauern begleiten wird.

Spannende Unterhaltung wünscht mit einem kriminalistischen Augenzwinkern

Axel Petermann

# OKES WELT

Oke Oltmanns: schrulliger Dorfpolizist mit Herz für Hohwacht. Er liebt die Ruhe. Darauf nehmen Urlauber, Verbrecher und seine Frau Inse und Polizeichef Jens Hallbohm aber mal wieder keine Rücksicht.

Vincent Gott: Okes ziemlich neuer Kollege aus Köln. Auf der Suche nach dem Glück hat der junge Hipster den Dom gegen die Flunder getauscht.

Carmen Bachmann: Die Mutter des neunjährigen Cedrik soll die Klasse beim Strand-Clean-up beaufsichtigen. Doch dann kommt ein Mord dazwischen …

Hilla Bär: Die verliebte Suppenköchin aus dem Schullandheim muss lernen, mit den Enttäuschungen des Lebens umzugehen.

Erdmute Becker: auch brennende Schürze genannt. Sie raucht mehr, als dass sie putzt. Dafür merkt sie sofort, wenn etwas nicht mit rechten Dingen zugeht.

Hauke Büsing: Der Fischer aus Hohwacht wird vermisst – nicht nur von Ehefrau Darja.

Heiner Dubbels: Aushilfspolizist mit Senk- und Spreizfuß aus Lütjenburg, der gefährliche Verbrecherobservation nicht scheut.

Edeltraut (sie möchte ihren Nachnamen nicht nennen): Die Bäckereifachverkäuferin versucht sich im Dichten. Wie eigentlich alle …

Wencke Husmann: Fischbudenbesitzerin. Sie schlägt mit veganen Algen-Smoothies Freund und Feind – und Ehemann Jan – in die Flucht.

Stefan Kusnezow: aufsteigender Kleinkrimineller aus Kiel-Gaarden und kreativer Geist in einem.

Meyersche, die: Hohwachts Dorfälteste bekommt auf ihren Ausflügen mit dem Rollator mehr mit, als mancher denkt …

Mika (Mütze) Menke: Sein Leben an Bord der »Loreley« gerät aus den Fugen, als der Fischer Hauke Büsing plötzlich verschwindet.

Zoe Petridis: »Make love, not war« lautet das Credo der Hamburger Hippie-Frau. Aber wie harmlos ist die Lehrerin wirklich?

Malgorzata Rieken: geschäftstüchtige Inhaberin der Pension an der Strandpromenade.

Felix Sonntag: Berufstaucher, der seine Urlaube damit verbringt, Schweinswale zu retten. Ein lebensgefährlicher Job …

Igor Tolstoi: Dieser Tolstoi nutzt seinen Aufenthalt in Hohwacht nicht zum Schreiben.

Ragnar Torgersen: Der Norweger will in Hohwacht Großwild erlegen. Und wen trifft er?

Otto Willenbrock: Wenn der Seebestatter nicht gerade Asche in der Ostsee verstreut, übt er sich im Schießen. Fast wie im Wilden Westen.

Horst Wieczorek: Der neugierige Ex-Postler gehört zu Hohwachts treuesten Feriengästen. Sie finden ihn aber auch auf Instagram.

Rahel Zimmermann: Etwas wirft die leichenblasse Religionslehrerin aus der Bahn. Aber muss man sie deshalb gleich wegsperren?

*

*Ne Muschel lag am weißen Strand,*
*wo einst ein Badegast sie fand.*
*Er hat sie ganz rasch eingesteckt*
*In eine dunkle Tasche.*
*Erst da hat sie den Raub gecheckt,*
*des Diebes finstre Masche.*
*»Mein Gott«, es traf sie voller Qual,*
*der Erleuchtung heller Strahl:*

*»Ich werd entführt an fernen Ort,*
*das wird ein Fall von Muschelmord.«*
*Der Möwen Schrei hört sie nicht mehr.*
*Das Ostseerauschen fehlt ihr sehr,*
*still und stumm und gar nicht wild,*
*klebt heut' sie auf 'nem Muschelbild.*

Maria Bachmann, Rentnerin, Beitrag zum Hohwachter Gedichtwettbewerb 2024

# PROLOG

Ein Abend an der Ostseeküste. Schwarz türmen sich die Wolken am Horizont, erste Blitze zucken über den Himmel. Donner grollt. Drei Frauen stehen auf einer Seebrücke im Meer hinter den Dünen.

Fragt die Erste, eine zierliche Brünette, deren bodenlanger, geblümter Rock sich in einer Windböe bauscht: »Warum treffen wir uns bei Blitz, Donner und Regen?«

Sagt die Zweite, mit langem Zopf und fülliger Mitte: »Des Fischers Treiben muss beendet werden, wir müssen den Pakt besiegeln.«

Ergänzt die Dritte, eine hagere Gestalt, auf deren Brust ein goldenes Kreuz leuchtet: »Gut ist böse und böse ist gut.«

Sagt die Erste: »Was soll das jetzt schon wieder heißen? Sind wir hier bei Macbeth, oder was?«

Beim nächsten Donnerschlag verschluckt die Dunkelheit die drei Schicksalsschwestern.

*

*Die Türen weit geöffnet,*
*liegst du im ewigen Meer,*
*den Wellen zum Verhängnis,*
*schwimmst du längst nicht*
*mehr.*
*Versunken im tiefsten*
*Frieden,*

*doch so lang her,*
*verlässt die Estonia langsam*
*unser Herz.*

Marten Erasmi, Schüler aus Niedersachsen

# SONNTAG

## STEFAN

Er bedauerte, dass er bisher keinerlei Erfahrung als Auftragskiller hatte sammeln können. Aber wo denn auch? Betriebspraktika gab es in der Branche nicht. Jedenfalls hatte Stefan nie davon gehört. Dabei wären handfeste Tipps zur Beschattung, Waffenwahl und Leichenbeseitigung für Quereinsteiger wie ihn durchaus hilfreich.

»Kurwa!« Er sprach kein Polnisch, nicht mal das konnte er, aber der Fluch war einer der geläufigeren in den Blöcken von Kiel-Gaarden und passte in diesem Moment gut, um seiner Stimmung Ausdruck zu verleihen: Wieder hatte sich die scharfe Spitze des Messers beim Laufen unbeabsichtigt in seine Haut gebohrt.

Lektion 1, soufflierte er sich selbst: Nie mit einer 17,5-Zentimeter-Klinge im Schuh sprinten. Es sei denn, man stand darauf, sich die Hacke zu filetieren.

Lektion 2 seiner eigenen Lehrstunde im Freien: Wenn du dich schon in Scheiben zerlegst, lass wenigstens das Mordopfer nicht entkommen. Stefan zog das Messer aus der Tennissocke und rannte weiter.

Diebstahl, Automatenaufbrüche, Schutzgelderpressung im kleinen Stil – er war ins Kieler Kleinkriminellen-Milieu hineingewachsen, hatte sich das meiste selbst beigebracht, um sich über Wasser zu halten. Jetzt könnte seine Karriere steil nach oben gehen. Wenn er den Auftrag nicht versiebte – wonach es derzeit aussah. Um das zu erkennen, brauchte er kein Abitur.

Gerade eben noch hatte sich dieser Typ schemenhaft im Mondlicht abgezeichnet, jetzt schien er sich in Luft aufgelöst zu haben: Im Hafen Lippe herrschte Totentanz.

Stefan stoppte und sah sich um. Um diese Zeit wirkte das Hafengelände gespenstisch. Die langen Schatten der Blechhütte des Hafenmeisters reichten bis zum Hafenbecken. Das dunkle Wasser schwappte träge gegen die Holzpoller, als wartete es darauf, dass jemand hineinfiel, den es schlürfend verschlingen konnte.

Wo war der Kerl bloß hin? Was, wenn er den Spieß umdrehte? An die kalte Wand der Blechhütte gedrückt, wartete Stefan und lauschte in die Stille, den Schaft des geschwärzten Messers fest umschlossen. Seine eigenen Atemgeräusche kamen ihm dabei unnatürlich laut vor. Die rechte Hacke brannte. Behutsam betastete er die stechende Stelle, während er weiter Ausschau nach seinem Opfer hielt. Es fühlte sich feucht an da unten. Wahrscheinlich blutete er wie Sau. So eine Kacke.

Da! Beim Fischrestaurant schräg gegenüber hatte sich etwas bewegt. Jetzt oder nie! Stefan rannte wie Usain Bolt über die offene Rasenfläche, trat in eine Hasenkuhle und strauchelte. Ein neuer, grellerer Schmerz durchzuckte sein Bein. Cholera Jasna, verfluchte Scheiße!

Nur humpelnd kam er jetzt noch vorwärts. Dass er nicht aufgab, hatte mit der Wut zu tun, die ihn antrieb. Wut auf sich selbst und noch mehr auf diesen Macker, der die Frechheit besaß abzuhauen, statt sich brav umbringen zu lassen. Mit zusammengebissenen Zähnen rannte er der Cordjacke nach. Er würde sein Opfer nicht entkommen lassen. Er war ja nicht blöd – ohne Opfer kein Geld.

Stefan rannte, keuchte und fluchte weiter, dass es in seinen Ohren nur so pfiff. Als er den Mann endlich am groben Stoff der dunklen Jacke zu fassen bekam, schaffte er es nicht mal, zum Schlag auszuholen. Er sah nur die Faust seines Gegners auf sein Gesicht zufliegen. Schon hörte er es in seinem Kiefer knacken. Stefan schmeckte Blut. Taumelnd registrierte er, dass sein Gegenüber erneut flüchtete. Stefan fuhr kurz mit der Zunge über den Eckzahn. Er hatte das Gefühl, dass dieser sich stark gelockert hatte.

Schwindel und Schmerzen ignorierend, nahm er wieder die Verfolgung auf. Er brauchte das Geld. Die Abrechnung für den Winter war gekommen und er wusste nicht, wovon er die Heizkosten sonst hätte zahlen sollen. Sie brauchten die Scheißheizung. Seine alte Mutter fror selbst im Hochsommer. Was daran lag, dass ihre Zwei-Zimmer-Bude auf der Nordseite des Gammel-Blocks lag und Feuchtigkeit durchs undichte Gemäuer eindrang. Überall blühte der Schimmel. Aber die Hausverwaltung interessierte das nicht.

Er hatte sich auf drei Meter genähert. Mit der Kraft des Verzweifelten schleuderte Stefan das Messer und traf! Der Mann hatte keine Zeit, Alarm zu schlagen. Schon war Stefan über ihm, drückte ihn ins überfrorene Gras und fixierte mit seinen Knien die Hände des wimmernden Fremden auf dessen Rücken.

»Aufhören!«, keuchte sein Opfer mit gepresster Stimme. »Ich geb Ihnen alles …«

»Klappe«, unterbrach Stefan den anderen, weil ihn das Gejammer beim Morden störte. Als der Mann unter ihm nicht mehr zuckte, wischte er sein Messer an der Jacke des Toten ab. Er unterdrückte den Drang, seine Erleichterung laut in die nächtliche Kälte hinauszubrüllen. Das wäre nicht professionell. Stattdessen drehte er den Toten um und durchwühlte die Taschen. Dann stand er über dem Leichnam und überlegte, was noch zu tun war.

Lektion 3: Wenn du dir einen Namen machen willst, brauchst du eine eigene Handschrift. Gut, dass er sich für ein Marken-Schneidegerät entschieden hatte.

Auf dem Rückweg zu dem verbeulten Toyota, den er sich von einem Kumpel aus dem Boxstall geliehen und hinter einer Böschung versteckt hatte, konnte er kaum auftreten. Wahrscheinlich hatte er sich das Bein zu allem Überfluss noch verstaucht. Aber das würde wieder. Schritt für Schritt kämpfte er sich zum Parkplatz vor. Sein Blick fiel auf ein Plakat des Hohwachter Tourismusvereins an einem Baum. Die Wolken gaben den Vollmond frei, sodass er die Schrift deutlich lesen konnte: »Ostsee-Poesie! Wir suchen die besten Wellen-Dichter. Mach mit bei unserem Wettbewerb und gewinne mit deinem schönsten, lustigsten oder originellsten Gedicht eine Übernachtung mit Frühstück.«

Stefan grinste, denn ihm fiel auf Anhieb etwas dazu ein: »Hier habe ich einen Fuß, den schick ich dir als Gruß.«

*

*Die Ostsee, die ich nie versteh –*
*Ist sie kaum zwölfmal so tief an*
*Der tiefsten Stelle, wie sie mit*

*Etwa 50 Meter nur im Mittel*
*Entfernung von Oberfläche bis*
*Zum Grunde misst; so hat sie*
*Inseln und einen Übergang zum Atlantik – aber gefühlt wollen alle*
*An die Sonne – wenn es um das*
*Angeln geht – so mancher aus dem Binnenland die Kurve kratzt*
*Und wenig – von Stuhr oder*
*Bremen angereist – später im*
*Wasser steht, die selbst gebauten*
*Fliegen samt Schnur im Winde*
*Weht. Tolle Städte liegen am*
*Wasser – die man mit dem Flieger*
*Erreichen kann – doch auch die*
*Schiffe und Fähren queren das*
*Baltische Meer – und da ist auch*
*Der Punkt, wo ich hängen bleibe*
*Und sich die Gedanken mir mit*
*Und in der Zeit vertreibe – ab wann*
*Ist es See und ab wann Meer?*
*Ab wann eine Grenze und ab wann*
*Wieder eine Chance – zu fliehen*
*Und im Nachbarland Frieden zu*
*Finden? Die Flüsse machen es*
*Einem vor – durchfließen*
*Regionen und Länder – münden*
*Schließlich in ihr – the baltic sea.*

Holger Nöhrnberg, Landwirt aus Stuhr

# MONTAG

## OKE

Drinnen war es an diesem frühen Morgen eindeutig gemütlicher als draußen: Durch die schmutzigen Scheiben des Fensters sah er ein paar Schneeflocken zu Boden rieseln. Schnee im April! »Are You Lonesome Tonight?«, schmachtete Elvis dazu aus dem CD-Player. Oke liebte die Einsamkeit des Schuppens hinter seinem Haus am Möwenweg. Der gusseiserne Holzofen bullerte mühsam gegen die Kälte an. Genüsslich nahm er einen Schluck heißen Kaffees.

Koffitiet: Der Kaffee wärmte ihn von innen. Oke atmete durch und schaute noch eine Weile zum kleinen Holzfenster hinaus. Eine dünne weiße Schicht überzog den Rasen und bedeckte die knorrigen Ranken des alten Blauregens, der seine Finger gierig in Richtung der Scheibe streckte. Als wollte die Pflanze in seine urige, kommodige Welt eindringen.

»Do you miss me tonight?« Oke ließ sich wieder von der Musik und dem warmen Luftstrom einlullen, er liebte Evergreens, weil sie ihm das Gefühl gaben, die Zeit stände still. Seine Frau Inse schlief noch, und nichts würde ihn davon abhalten, sich gleich an seinem ersten Ferientag der kleinen Frieda zu widmen. Völlig ruhig lag sie auf seiner Werkbank, was ein wenig befremdlich war. Was hatte die Kleine sonst immer für einen Heidenlärm veranstaltet, wenn sich Fremde näherten? Nun aber war sie bereit für den nächsten Schritt. Er würde ihr langes Haarkleid entwirren. Edith Wolf von nebenan hatte immer Mühe gehabt, Friedas verfilzten Strähnen beizukommen, wenn die beiden von draußen hereinkamen. Nun würde Edith nie wieder zur Unterfellbürste greifen müssen.

Als Postbote Holger Holtermann die Nachricht von Friedas Ableben überbracht hatte – zusammen mit zwei Rechnungen –, wusste Oke sofort, wie und mit wem er den Urlaub verbringen wollte. Als Kommissar von Hohwacht hatte er selten Gelegenheit, seinem Hobby nachzugehen: der Tierpräparation. Ständig kam jemand vorbei, um zu klönen! Besonders seit Vincent Gott die Polizeistation am Berliner Platz verstärkte, hatte das Geplauder zugenommen. Der Kollege stammte aus Köln, das sagte wohl alles!

Oke war da anders, doch die wenigsten machten noch den Fehler, sich von seiner bollerigen Art täuschen zu lassen. Aber kaum jemand aus dem Kollegen- und Freundeskreis würde auf die Idee kommen, ihn, den Polizisten und gebürtigen Ostfriesen, als philosophischen Geist zu beschreiben. Zumindest war er aber Vertreter einer von ihm erfundenen Schuppen-Philosophie. Deren Kernthese lautete: Die Welt wäre ein besserer und friedlicherer Ort, wenn jeder Mensch einen Schuppen hätte, in dem er ungestört sein konnte. Und im Idealfall seinem Hobby nachging.

Oke blickte aufs Regal. Die Tiere, die ihn von dort aus zu beobachten schienen, hatte er in der Vergangenheit präpariert. Aus verschiedenen Gründen hatte er keine Abnehmer für sie gefunden. Die meisten nahm in der Regel die Landesjägerschaft für ihren Lehrstand. Doch ein Waschbär, ein Eichhörnchen und einige weitere Exemplare waren geblieben und jetzt seine stillen Begleiter in ebenso stillen Stunden. Die Pekinesenhündin Frieda würde sich nicht dazugesellen. »Frieda kommt auf die Couch, das war ihr Lieblingsplatz«, hatte Edith ihn schon ins Bild gesetzt. »Da sehen wir sie dann auch gut vom Esstisch aus.«

Oke trank den letzten Schluck Kaffee und wollte sich gerade daran machen, den Draht aus der Schublade zu nehmen, um einen sitzenden Pekinesen zu formen, als er draußen hinter einem Busch einen roten Zipfel in der weißen Außenwelt bemerkte. Der Zipfel gehörte nicht zu einem verspäteten Weihnachtsmann, sondern zu Inses Frotteemantel. Vielleicht brachte sie Kaffeenachschub, hoffte er. Aber eigentlich war ihm zu dem Zeitpunkt bereits klar, dass seine Frau nicht um kurz nach sechs durch den winterlichen Garten rennen würde, um ihm eine Thermoskanne zu bringen.

»Wir haben einen Notfall«, japste seine Angetraute noch in der offenen Tür. Sie brachte einen Schwall eiskalte Luft in sein privates Rückzugsgebiet mit – das sie neuerdings auch als Lagerraum für ihr Imkerhobby nutzte. Sehr zu seinem Verdruss.

»Was für einen Notfall?« Ob der Kaffee vielleicht alle war? Aber selbst das wäre keine echte Malaise, seit Jensen die Smart Box am Krähenholt aufgestellt hatte. Bei all dem unnützen Kram heutzutage war das mal eine brauchbare Neuerung: Da konnte man rund um die Uhr Nachschub besorgen – auch Schinkenmett und Dosenfisch gab es dort!

»Hauke ist nicht nach Hause gekommen!«, sprudelte Inse los. »Darja weiß nicht, wo er ist! Mach doch mal die Musik leiser!« Sie fummelte bereits an seinem CD-Player herum, um Elvis den Ton abzudrehen. Inse war multitaskingfähig. Während sie sich an seinem CD-Player zu schaffen machte, scannten ihre himmelblauen Augen die Umgebung: »Dor liggt de Kamm bi de Botter«, kommentierte sie seine angebliche Unordnung.

Tatsächlich bewahrte er weder Kämme noch Butter in seiner Werkstatt auf. Es lagen lediglich ein paar Montageklammern für Rehgeweihe neben einem fast fertigen Purpurreiher und – zugegeben – ein paar schmutzige Kaffeetassen hatte er auf ihren Honigeimern abgestellt. Wortlos schob Oke die Klammern zu einem Haufen zusammen, um Inses Ordnungssinn halbwegs Rechnung zu tragen. Er stellte auch noch die Flasche Wasserstoffperoxid dazu, sodass aus den Präparationsutensilien eine Art Stillleben entstand, das in seinen Augen durchaus ästhetisch wirkte, und wandte anschließend seine gesamte Aufmerksamkeit wieder seiner Frau zu. Friseurmeister Bruno Buckmann in Lütjenburg hatte sie kürzlich zu einer Art Topfschnitt überredet. In dem überlangen Pony hatten sich winzige Schneeflöckchen niedergelassen, die in der Wärme des Schuppens schnell schmolzen. Ihre Apfelwangen waren gerötet, aber dieser Umstand rührte offensichtlich nicht vom Ofen her. Dabei war es, soweit er sich erinnerte, früher schon vorgekommen, dass Inses Cousin nicht in sein eigenes Bett gefunden hatte. Hauke Büsing sah ein bisschen aus wie Elvis, vielleicht deshalb. Wie der frühe Elvis, nicht der späte. Kein Grund zur Panik also.

»Es ist ein Grund zur Panik«, schimpfte Inse, die Gedanken lesen konnte. Dessen war er sich nach diversen Ehejahren sicher. »Mütze braucht jemanden, der mit ihm rausfährt! Jetzt!« Mütze war Haukes Mitarbeiter auf dem Fischkutter und hieß eigentlich Mika.

Oke brummte widerwillig, denn er sah seinen geruhsamen Tag im Schuppen in Gefahr.

Seine Angetraute blieb hart wie ihr selbst gebackenes Chia-Samen-Brot. »Kumm mol ut'n Knick! Das ist ein Notfall in der Familie! Du musst für Hauke einspringen. Allein wird Mütze auf dem Schiff nicht fertig.« Inse zog ihren Bademantelgürtel fest um die Taille und begann, die leeren Kaffeebecher einzusammeln. Dabei machte sie ihm klar, dass Haukes Ehefrau Darja den Fang benötigte. »Die brauchen das Geld!«

»Und ich brauche Zeit für Frieda!« Er hasste es, wenn Inse so viel Wind in seiner Hütte machte.

»Ob du nun Schollen oder einen Pekinesen ausnimmst, ist wohl egal«, konterte Inse. Aus ihren runden Augen sprach Entrüstung.

»Aber Frieda stopfe ich anschließend aus!« Inse musste doch erkennen, dass es einen Unterschied machte, ob man jemandem zu ewigem Leben verhalf oder ihn einfach aufaß.

»Aber du magst doch Fisch!«, hielt sie dagegen.

Man konnte mit dieser Frau nicht argumentieren. Seufzend nickte er. Er mochte Fisch.

Inse trat schnell neben ihn, beugte sich herab und verpasste ihm einen schiefen Kuss auf die Bartstoppeln: »Ich wusste, auf dich ist Verlass. Du könntest dich übrigens mal rasieren …«

Es hatte aufgehört zu schneien. Oke blickte in die Wolken: Nirgends war der Himmel so schön grau wie in Norddeutschland. Eine Möwe und ein einsamer Umweltschützer beobachteten sein Ankommen am Hafen Lippe, einem der ursprünglichsten Häfen der Kieler Bucht, am Rande des Großen Binnensees. Die Möwe hockte auf einem Poller im Wasser, der Mann hatte sich auf dem Rasen vor dem Steg und damit vor Haukes Fischkutter »Loreley« aufgebaut. Er hatte die Arme verschränkt und stand stumm da, neben einem Aufsteller. »Nur Mörder gehen fischen«, war darauf in blutroter Schrift zu lesen. Davor prasselte ein wärmendes Feuer in einem Metallkorb. In Hohwacht hatten Walschützer der Organisation »Protect Our Planet«, kurz POPL, ihr Camp aufgeschlagen, augenscheinlich hatten sie eine Mahnwache am Hafen postiert. Als Oke den Protestler passierte, erwiderte der seinen Gruß. »Moinsen«, meinte der Walschützer. Okes Blut geriet in Wallung. Das hieß Moin – nicht Moinsen!

»Soll ich losmachen?« Mika Menke, den alle wegen seiner marineblauen Kopfbedeckung Mütze nannten, stand in einer orangefarbenen Wathose an Bord und grinste jungenhaft. Er schien sich über Okes Ankunft zu freuen. Unter dem Oberlippenbärtchen, eher ein dunkler Flaum, wurden schiefe Zähne sichtbar.

»Nicht, wenn ich mitkommen soll«, grummelte Oke und kletterte umständlich an Bord. Den Protestler an Land beachteten sie nicht. Mochte er auch den Grund für dessen Kritik insgeheim teilen, Oke hatte wenig für Theatralik übrig.

Haukes schmächtiger Mitarbeiter sprang trotz der locker sitzenden Kunststoffhose und den Gummistiefeln behände von Bord und tüdelte das Seilende los. Er wusste offenbar, was er tat. Mütze war auf einem Fischerboot groß geworden. Doch das Geschäft seines Vaters lief schlecht, und der alte Menke hatte schließlich wie andere Fischer vor ihm aufgegeben. Seither half Mütze auf Haukes »Loreley« aus.

Als sie ausliefen, flog die Möwe von ihrem Sitzplatz auf. Ihre spitzen, fordernden Schreie übertönten das leise Tuckern des Motors. Als würde sie ihr Anrecht auf den nächsten Fang kundtun. Oke zwängte sich neben Mütze ins Ruderhaus, das für seine Körpergröße viel zu eng war. Eingeklemmt zwischen Steuerrad und Kabinenwand beobachtete er mürrisch, wie der Schiffsbug das matt schimmernde Wasser durchpflügte. Es hatte zu dieser frühen Stunde eine Farbe, die irgendwo zwischen der Helligkeit des Tages und der Dunkelheit der Nacht lag.

Unter sich spürte er den Motor vibrieren. Mit einem unguten Gefühl nahm er ein leichtes Schaukeln wahr: Der Seegang würde auf dem offenen Meer vermutlich zunehmen. Hinter der Scheibe graupelte es. Hauptsache, es zog kein Unwetter auf. Oke versuchte, einen weitaus unangenehmeren Gedanken zu ignorieren: dass der kleine Kutter in dem Fall wie eine Nussschale über die Wellen hüpfen würde.

»Hoffentlich gehen diesmal nicht nur Plattfische im Netz«, meinte Mütze redselig, während er das Steuerrad drehte. »Ein bisschen Dorsch wäre mal lecker.« Die Küstenländer hatten sich darauf geeinigt, Dorsch in der westlichen Ostsee nur noch als Beifang zuzulassen, weshalb der Speisefisch zu einem Streitthema unter Fischern, Politikern und Umweltschützern geworden war.

Oke wischte den Gedanken an Dorsch im Eimantel mit würzigen Bratkartoffeln und Speckstücken beiseite. Er musste dringend abspecken. Auch wenn er mithilfe seines Dienstrads schon ein paar Pfund verloren hatte. »Hhm«, erwiderte er nur.

»Falls wir nicht zurückkönnen, wir haben 250 Liter Trinkwasser an Bord«, erklärte Mütze ihm jetzt. Der Hauptkommissar war schon an Land nicht sonderlich gesprächig, da würde er es auf der Ostsee garantiert nicht werden. Zumal es nun unter seinen Füßen stärker als bisher ruckelte. Der Motor schien kaum gegen die Strömung anzukommen. Die »Loreley« war ein betagtes Schiff aus Eichenholz, 13 Meter lang, 22 Tonnen schwer. 300 Liter Diesel passten in den Bauch des Zweimasters. Das alles setzte ihm Mütze ebenfalls auseinander.

Technisch allerdings war der Kutter offenbar auf dem neuesten Stand. »Hier haben wir GPS, Radar, Echolot.« Mütze hatte es sich offenbar in den Kopf gesetzt, ihn an einem Tag zum Seemann auszubilden. Womit er Okes Hoffnung endgültig zerstörte, auf dem Meer seine Ruhe zu finden.

Die Ostsee wirkte so weit vom Land entfernt dunkler und mächtiger als in Hafennähe. Von dem bleifarbenen Wasser ging eine abweisende Kälte aus, gegen die kein Ofen der Welt ankam. Im Frühling konnte es noch mal unwirtlich werden in der Hohwachter Bucht, das bewies dieser Vormittag. Alles schien inzwischen zu schwanken. Oke wurde kodderig zumute.

Unter seiner Nase tauchte ein krummer Zeigefinger mit schwarzem Halbmond unter dem Nagel auf. Oke zuckte verdattert zurück.

»Da vorn ist der Fangplatz.« Mütze zeigte auf eine Stelle im Meer, die für Oke nicht anders aussah als der düstere Rest drum herum. Die Welt hinter dem Fensterglas schien nur noch aus verschiedenen Grautönen zu bestehen, durchzogen von Bindfäden aus Regenwasser. Aus den Augenwinkeln registrierte er, wie der 18-Jährige einen Knopf drückte und das Stellnetz vom Band laufen ließ.

Auch wenn seine Beine eigentlich nicht wollten, weil sie aus Gummi zu bestehen schienen: Oke wankte pflichtschuldig hinter Mütze her, raus an Deck, was ihm einen Schwall eisiges Wasser ins Gesicht einbrachte. Die Wellen, die sich am Bug der »Loreley« brachen, kamen ihm mindestens drei Meter hoch vor. Der Wind riss übermütig an seinen Ohren und seiner Hose, als wollte er ihn über Bord wehen. Oke stemmte die Beine auf den Metallboden und zog zum Schutz vor der nasskalten Außenwelt den Reißverschluss seines Norwegerpullis hoch. Immerhin vertrieb der Wind um seine Nase die schlimmste Übelkeit.

Das Netz glitt geschwind ins dunkle Wasser. »Das ist die Bleileine, die fällt auf den Grund und dient der Beschwerung; das andere ist die Korkleine mit eingeflochtenen Schwimmern. Die hält das Netz oben«, rief Mütze laut gegen den Wind an. »Die Fische schwimmen dann rein. Die kleinen flitschen durch die Maschen im Netz wieder ins Freie, aber die großen bleiben drin.« Der Motor untermalte den Vortrag mit seiner eintönigen Musik.

Haukes Mitarbeiter hörte gar nicht auf zu plappern. Der trank morgens offenbar noch mehr Sabbelwasser als Okes Kollege. Bei dem Kölner erschien ihm das nicht verwunderlich. Aber was mit dem Jungen hier nicht stimmte, wusste er nicht. Mütze stammte doch aus der Gegend, aus Haßberg. Und so wild, wie der aufs Fischen war, gewann Oke langsam den Eindruck, dass Inse ihn nur aus dem Haus hatte haben wollen. Von wegen, Mika schaffe es nicht ohne ihn. Haukes Mitarbeiter bewegte sich wieselflink übers Deck, als wäre er Long John Silver persönlich.

Es dauerte nicht lang, und der Junge hatte das Stellnetz

ausgebracht. Mütze setzte mit roten Fähnchen eine Markierung. »Das doppelte Fähnchen heißt, hier ist Schluss. Fesselt dich nicht wirklich, oder?«

Oke gab es zögernd mit einem Nicken zu. Er traute sich kaum, den Mund aufzumachen.

»Tief einatmen, dann wird es besser«, riet Mütze mitfühlend.

Oke atmete. Dabei interessierte ihn eigentlich nur eine Sache: Wo steckte Hauke? Nicht dass er noch einmal einen Fuß an Bord setzen musste. Inses saumseliger Cousin sollte hier die Arbeit machen! »Weißt du wirklich nicht, wo sich Hauke rumtreibt?«, fragte er, als sie wieder geschützt in der Enge des Ruderhauses standen.

Mütze wrang seine Mütze aus, sodass die Wassertropfen auf dem Metallboden eine kleine Pfütze bildeten. Ohne die Mütze wirkte Mikas Kopf seltsam nackt. Er rubbelte sich mit einem Lappen die dunkelblonden Haare trocken, wobei er darauf achten musste, Oke nicht mit dem Ellbogen zu treffen. Er sah ihn jetzt groß an. »Ich? Ne, woher denn? Außerdem hätte ich das Frau Büsing doch schon gesagt.« Er meinte Haukes Frau Darja. Mütze hängte das feuchte Tuch und seine Kopfbedeckung über einen Haken. »Der erzählt mir nichts, der ist fast immer nur am Handy.« Der junge Fischer setzte ein verschwörerisches Grinsen auf und bot Oke einmal mehr einen Blick auf seine Kauleiste. Mützes Zähne sahen aus, als hätte sie jemand ausgeschlagen und zu hastig wieder eingesetzt. Oke nahm einen Hauch Restalkohol wahr. »Der hat ständig WhatsApp-Nachrichten verschickt. Meistens Herzchen. Und Auberginen.«

Oke dachte, dass Mütze das Wort »Herzchen« merkwürdig betonte. »Hatte Hauke eine heimliche Freundin?«

Das würde das Verschwinden jedenfalls erklären und Okes Vermutung bestärken. »Und wieso Auberginen?«

»Ach, nur so.« Mütze zuckte grinsend die Achseln. »Keine Ahnung, ob er eine Freundin hatte.« Er wirkte ehrlich ratlos.

Sonst hatte er nichts gegen Regen, dann war der Strand wenigstens schön leer. Aber jetzt kam das Wasser nicht mehr von oben, sondern trommelte seitlich so laut gegen die Scheiben der Kajüte, dass Oke fürchtete, das Glas könnte springen und er von einer der mächtigen Wellen erfasst werden. Mütze schien der Weltuntergang nicht zu beeindrucken, er setzte die Unterhaltung über seinen Chef fort: »Der Hauke ist eher so'n ruhiger Typ – redet nie viel, wie Sie. Nur über diese Umweltschützer konnte er sich ewig und drei Tage aufregen.«

»POPL?«

Mütze senkte das Kinn zur Brust: »Joa. Einer von denen, ich glaube, das war der, der vorhin mit seinem komischen Schild am Hafen stand, hat Hauke vorgeworfen, die kaputten Netze heimlich im Wasser zu entsorgen. War aber mehr so'n Schuss ins Blaue …« Mütze nahm einen Schluck aus einer zerbeulten Wasserflasche. »Willst du auch was trinken?« Mika pendelte fröhlich zwischen Du und Sie.

Oke hatte sich vorhin noch nach einem zweiten Becher dampfenden Kaffees in seinem Schuppen gesehnt. Aber bei diesem Geschaukel? Er konnte sich im Moment nicht vorstellen, irgendetwas zu sich zu nehmen. »Ne!«

»Hauke hat sich mächtig aufgeregt. Er meinte, als er Kind war, gab es so'ne Tiere nicht, wie die sie jetzt schützen. ›Erst holen sie die Robben aus der Nordsee her und jetzt sollen wir Rücksicht nehmen.‹ Das waren seine Worte«, fuhr Mütze fort.

Hauke und POPL – das passte so wenig zusammen wie Grünkohl und Schokoladensoße. Der Kommissar gab bei diesem Gedanken einen lang gezogenen Ton von sich, der dem Motorengeräusch der »Loreley« nicht unähnlich war.

»Alles okay?«, erkundigte sich Mika besorgt. »Du bist ganz grün im Gesicht.«

Oke lehnte sich schwach an die Kabinenwand. »Geht schon.« Der Hohwachter Ermittler – immer im Dienst, einzige Ausnahme: die Mettbrötchen-Pausen bei Edeltraut in der Bäckerei, an die er jetzt nicht denken wollte – notierte trotz gegenwärtiger Lage in Gedanken: »den Meeresschützern einen Besuch abstatten«. Konnte nicht schaden. Auch wenn er nicht glaubte, dass die POPL-Leute widerborstige Fischer gleich kidnappten. Da es vom Hafenbecken zu deren Camp nur ein paar Schritte waren, würden sie sich sowieso fast zwangsläufig erneut über den Weg laufen.

Mütze schüttete sich den Rest aus der Wasserflasche in den Hals und drückte dabei das Plastik so fest zusammen, dass es laut knackte. »Boah, hab ich einen Nachdurst … Ich darf nicht mehr so viel feiern. Ich sag dir was, wir beide brauchen mal was zwischen die Kiemen. Wir können gleich umdrehen. Wollen wir ins Fischhus?«

Oke nickte kaum merklich, damit ihm nichts hochkam. Er musste dringend Land unter den Füßen spüren. Ein festes Stück Schleswig-Holstein, das sich nicht hin- und herbewegte. Dann würde er voraussichtlich auch einer Fischfrikadelle etwas abgewinnen können. Vorsichtig öffnete er nun doch den Mund zum Sprechen: »Wir gehen aber in dat echte Fischhus!«

# HILLA

Das Telefon in der Diele klingelte und Hilla nahm die Treppe im Laufschritt. »Schullandheim Hohwacht. Hilla Bär am Apparat«, meldete sie sich abgehetzt.

Sie hörte nichts. Sie presste den Hörer dichter ans Ohr und lauschte angestrengt. Ein Anrufer war in der Leitung, das spürte sie. Sie meinte schließlich, ein leises Atemgeräusch wahrzunehmen. »Hallo?« Hilla bekam eine Gänsehaut. »Hallo?«

Stille.

Hilla legte auf. Im selben Moment ertönte hinter ihr ein Scheppern und sie fuhr herum: Aber der Wind hatte in dem winzigen Garten hinter dem Reetdachhaus nur eine leere Plastikgießkanne umgeweht. Der Anruf beunruhigte sie. Nach allem, was vorgefallen war. Aber möglicherweise hatte sich auch nur jemand verwählt. Sie musste sich zusammenreißen. Hilla warf einen letzten Blick aus dem Sprossenfenster und stellte aus dem Augenwinkel fest, dass die steife Brise auch einen ihrer Kräutertöpfe umgeworfen hatte. Trotzdem würde es ein strahlender Frühlingstag werden, im April kämpften Winter und Sommer oft miteinander. Im Landesinneren riss bereits der Himmel auf, schmale Sonnenstrahlen stießen durch die Wolkendecke. Hier oben im Norden wechselte das Wetter manchmal binnen weniger Stunden.

Noch heute kamen Urlauber nach Hohwacht und in die benachbarten Küstenorte, weil sie sich vom Licht und vom Ostseepanorama zum Malen eingeladen fühlten. Karl

Schmidt-Rottluff, der sich hier nach dem Ersten Weltkrieg mit befreundeten Expressionisten getroffen hatte, hatte für den Sandstrand der Bucht auf einem seiner Gemälde sogar einen rosa Farbton gewählt. Weil er es so empfunden hatte. Ein Kunstdruck des Bildes hing neben einem Werk des örtlichen Strandkorbvermieters Johann-Magnus Kreyenborg in der Diele, weil eben in diesem Raum schon verschiedenste Künstler diskutiert und bei Rotwein gefeiert hatten. Sie lief direkt darauf zu. Wenn Hilla ihren momentanen Gedanken mit Farbe hätte Ausdruck verleihen sollen, es wäre definitiv kein Rosa gewesen. Sondern Grau bis Schwarz, so wie der Himmel an diesem Morgen beim Aufstehen. Was wollte sie eigentlich im Flur? Sie musste sich konzentrieren!

Die nächsten Kindergruppen würden bald eintreffen. Zwei Klassen aus Hamburg hatten sich im Schullandheim für diese Woche angesagt. Sie musste noch das Bettzeug rauslegen. Das war's gewesen! Hilla warf ihren dunklen, langen Zopf über die Schulter und preschte die Treppe hoch.

In der Spiegeltür des wuchtigen Einbauschranks am Ende des oberen Stockwerks blickte ihr ihr eigenes, unglückliches Gesicht entgegen. Schonungslos beurteilte sie, was sie sah: eine abgearbeitete Suppenköchin mit zu breiten Hüften, die überdies in ausgeleierten Jeans steckten. Dann das verwaschene Shirt, das unzureichend ihre fleischigen Oberarme verdeckte. Sie trat dichter an das leicht milchig gewordene Spiegelglas. Ihre sonst olivfarbene Haut wirkte fahl, selbst in dem dämmrigen Licht, das im gesamten Reetdachhaus vorherrschte. Ihre braunen Augen lagen regelrecht in dunklen Höhlen. Sie hatte sich gehen lassen in letzter Zeit. Aber war das ein Wunder? Ihr Traum von einem Leben zu zweit hatte sich in Luft aufgelöst. Mit einem Mal. Schluss, aus, vorbei.

Mit einem kräftigen Ruck öffnete sie die Schranktür und verbannte damit ihr Spiegelbild. Für einen Augenblick schloss sie die Augen, als ihr der Geruch von Flieder-Weichspüler von den sorgsam zusammengelegten Wäschestapeln entgegenschlug. Sie dachte an ihn und wäre fast in Tränen ausgebrochen. Sie biss sich hart auf die Lippe, um sich daran zu erinnern weiterzumachen. So als sei nie etwas passiert.

In der Diele schrillte wieder das Telefon. Diesmal nahm sie stärker wahr, dass der Klingelton die friedliche Stille zerriss. Ein kaltes Gefühl breitete sich in ihrer Magenkuhle aus. Wer war das? Wer rief da an? Sie ließ es klingeln. Einmal, zweimal. Sie hielt die Ungewissheit nicht aus. Sie musste rangehen. Hilla ließ die Bettwäsche Bettwäsche sein und eilte wieder hinunter ins Erdgeschoss. »Schullandheim Hohwacht?«

»Ist er bei dir?« Mit Darja Büsing hatte sie am wenigsten gerechnet. Wie immer klang Haukes Frau herablassend. Typisch für dieses Weib. Gab sich wie Zarin Katharina II. und stank nach Fisch. Und suchte offensichtlich ihren Mann.

Wenigstens das verschaffte ihr Befriedigung. »Und wieso sollte dein Mann bei mir sein?«, fragte sie beinahe spöttisch. Sie hörte Darja atmen und dachte, dass sie der unheimliche Anrufer von eben sein konnte.

»Du weißt genau, warum ich fragen muss!«, behauptete Darja.

Hilla konnte es sich nicht verkneifen, Haukes Frau zappeln zu lassen: »Wieso? Denkst du, dass zwischen uns was läuft?«

»Oder gelaufen ist ...«, zischte Darja böse. »Denn wenn er nicht bei dir ist, hat er jetzt wohl eine andere!« Sie setzte noch eins drauf: »Dann hat er dich noch schneller abgelegt als mich. Ich ruf die Nächste auf der Liste an ...«

Das sollte sitzen. Sie wusste, dass Darja sie ärgern wollte. Trotzdem reagierte sie auf den Seitenhieb. »Tu, was du nicht lassen kannst!«, schrie sie und knallte den Hörer so hart auf, dass sie fürchtete, ihn kaputt gemacht zu haben.

Der Zorn war mit einer solchen Wucht zu ihr zurückgekehrt, die sie selbst überrumpelte. So heftig, wie nur eine Sturmflut die Menschen an der Küste überraschen konnte, so stark hatte die Tobsucht einmal mehr von ihr Besitz ergriffen. Blindlings stolperte sie vorwärts, ohne selbst zu wissen, was sie tat. Wütend lief sie planlos im Erdgeschoss herum. Als ihr endlich die Bettwäsche einfiel, hörte sie bereits die Schulkinder auf der Strandpromenade. Eilig zerrte Hilla kurz darauf so rabiat an den weißen Bezügen im Schrankregal, als seien diese Schuld an ihrer Bitterkeit – und nicht Hauke.

# JAN

»Jan Husmann, fahr mal deine Fleischbude zur Seite, sonst kommen meine Gäste nicht durch.«

Jan setzte sich in seinem Imbissanhänger ruckartig auf, was der Liege einen quietschenden Ton entlockte. Seine Ehefrau Wencke, oder besser: Noch-Ehefrau, die offensichtlich vor der Tür seines Verkaufswagens stand, hatte einen dermaßen giftigen Ton am Leib, dass ihn ihr Gezeter äußerst unsanft aus dem Schlaf gerissen hatte. Noch müde, nahm er seine leicht angegrauten Dreadlocks zusammen, um sich kurz, aber kräftig mit zwei Fingern die Muskelstränge im Nacken zu massieren. Er hatte sich in dieser Nacht einmal mehr verlegen. Schuld daran war ebenfalls Wencke, denn die hatte dafür gesorgt, dass er nicht mehr in seinem eigenen Bett schlafen konnte. Wenn sie glaubte, er würde gleich auf der Matte stehen, um ihren Wünschen Folge zu leisten, hatte sie sich geschnitten. »Moment«, rief er mit belegter Stimme. Bedächtig klappte er erst das durchgelegene Campingbett zusammen und schleppte sich danach ans Verkaufsfenster seines Fischwagens. Während Wencke das alte Fischhus gekapert hatte und es jetzt allein betrieb, hatte Jan auf seinen Imbiss-Truck den Namen »Das echte Fischhus« geschrieben. Beide standen dicht an dicht am Ende der Strandstraße.

Von der Luke aus sah er nur einen Ausschnitt der Welt, einer vom Sturm gepeitschten Landschaft. Der Wind drückte die Dünengräser an den Boden und das Meer in Richtung des Landesinneren. Eine Böe hatte Wenckes graue Haare ergriffen, sodass sie wild in alle Himmelsrichtungen abstanden.

»Roll deinen Rosthaufen da rüber!«, wiederholte die Frau in der Camou-Feldjacke ungnädig, als sie ihn am Verkaufsfenster stehen sah, und zeigte auf eine Fläche auf der anderen Seite des Wendeplatzes.

Jan stützte die Ellbogen gemütlich auf dem Tresen ab und legte sein Kinn in die Hände. »Ich habe zufällig eine Genehmigung für diesen Platz«, erinnerte er sie. Dann machte er »Gsch-gsch«, um Marlene zu verscheuchen, was ihm insgeheim in der Seele wehtat. Aber Marlene hatte schließlich selbst die Seite gewählt! Und bei diesem Ehestreit galt es, Land zu gewinnen.

»Lass Marlene in Ruhe! Sie kann gehen, stehen und Eier legen, wo sie will!« Als Mitbegründerin des Vereins »Hühner ohne Grenzen« nahm es seine Beinahe-Ex mit den Freiheiten ihrer ständigen Begleiterin sehr genau. Wencke hatte die Ex-Hochleistungslegehenne Marlene im Sommer zuvor vor dem Schlachthof gerettet und bei sich aufgenommen. Seither waren beide wie ein Ei und eine Seele.

Jan kehrte Eheweib und Huhn den Rücken. Niemals würde er den Imbisswagen wegrollen. Es würde sich zeigen, zu wem die Dorfgemeinschaft hielt. Die Hohwachter mussten entscheiden: Fisch oder Tofu – Tradition oder neumodischer Kram – dat echte Fischhus oder das alte Fischhus.

Das alte Fischhus war eine weiße Holzhütte und für ihn einer der heimeligsten Orte an der Küste Schleswig-Holsteins – gewesen. Bis seine Frau daraus Hohwachts erstes Veganismus-Zentrum gemacht hatte. Ohne Rücksicht auf Verluste hatte sie das Wort »Backfisch« auf der Tafel gestrichen und durch »Wenckes Algen-Smoothie«

ersetzt. Dann kam eins zum anderen. Erst gesellte sich zum Algen-Smoothie der vegane Nuss-Erbsen-Bratling, dann standen sie kurz vor der Scheidung. Jan machte sich hier nichts vor: Er hätte seine fischhaltigen Buletten nicht ewig als »heiße Ware« unterm Tresen verkaufen können.

Sich demonstrativ streckend und dehnend trat Jan aus der Verkaufsbude. »Ich bleibe, du kannst ja die Polizei rufen …« Damit ließ er Wencke und Huhn stehen und machte sich an seiner wiederbeschreibbaren Tafel zu schaffen, die er an ein ausrangiertes Surfbrett aus der Surfschule seines Bruders gehängt hatte. Als ehemaliger Smutje auf einem Großsegler hatte er von Werbung und Marketing so wenig Ahnung wie ein Sternekoch von scharfgebratenen Fischfrikadellen mit einem Schlag Kartoffelsalat aus dem Fünf-Kilo-Eimer, aber er wusste, dass die Leute seinen Schnaps mochten. Deshalb schrieb er jetzt – die Zunge zwischen den Zähnen – »Fischfrikadelle mit Beilage: 7,95 Euro – 1 Muschelputzer gratis« auf die Tafel.

Kaum stand er wieder am Verkaufsfenster und wollte eben die Fritteuse anschmeißen, hörte er ein Gackern auf halb zehn. Wencke beschrieb nun ebenfalls ihre Tafel neu: »Vegane Fisch-Nuggets mit cremigem Dill-Dip und knackigem Salat: 6,95 Euro – 1 Algen-Glück gratis«.

Die Stammgäste hielten zu ihm, hoffte Jan. Wenigstens bei Oschi machte er sich keine Gedanken. Der Hauptkommissar starb notfalls für seine Buletten. Als hätte Oke ihn gehört, tauchte dessen kolossale Gestalt auf der Strandpromenade auf. Oke hatte sonst eher rötliche Haut, heute allerdings wirkte er so blass wie der gerstenfarbene Bürstenschnitt auf seinem Kopf. Neben Oke machte er die wesentlich kleinere und magere Gestalt von Haukes Gehilfen aus. Er erkannte Mütze an dessen Strickmütze und der beschwingten Gangart. Wie ein aufgeräumter Schuljunge an der Seite seines gestrengen Vaters lief er dahin.

»Moin«, grüßte Mütze kurz darauf unbeschwert.

Oke nickte, zumindest hatte Jan den Eindruck.

»Habt ihr auch kein Zuhause?« Jan gab sich launig. Hier kamen schließlich gleich zwei hungrige Mit-Karnivoren. »Wat gifft dat so Neues? Habt ihr was von Hauke gehört?«

Die knurrenden Laute, die Oke daraufhin von sich gab, ließen darauf schließen, dass dem nicht so war.

»Ich meine ja nur, weil seine Frau heute Morgen schon angerufen hat, ob ich wüsste, in welchem Bett sich ihr Mann rumtreibt …«

Mütze grinste dümmlich. »Vielleicht bei Angelique?«, schlug er vor. Dann winkte er gleich ab. »War nicht ernst gemeint. So schlimm, wie alle sagen, ist die nicht.« Beide hatten eine Zeit lang die gleiche Schule besucht.

Jan rieb sich leicht verlegen das Kinn. Die junge Frau war derzeit neben Haukes Verschwinden das Hauptdorfklatschthema. Sie hatte vor nicht allzu langer Zeit ihr zweites Kind bekommen.

»Sie wird morgen 18. Und ihre Mutter hat immer gesagt, wenn sie 18 wird, fliegt sie raus«, berichtete Mütze. Er schien sich ja gut auszukennen.

Jan wollte keine Partei ergreifen, weder für Angelique noch für die Mutter. Er war schließlich Geschäftsmann mit einem Kühlschrank voller Frikadellen. Zeit, seine Ware an die Männer zu bringen: »Einmal Buletten mit einem ordentlichen Schlag Kartoffelsalat?«

Oke antwortete mit etwas, was wie »Joa« klang, aber sich viel weniger enthusiastisch anhörte als sonst, wenn es gebratenen Fisch gab.

»Er ist noch 'n bisschen seekrank«, erklärte Mütze. Dann war er wieder bei Angelique. »Ihre Mutter hat ja immer gesagt: ›Mit 18 fliegst du raus‹«, wiederholte er. »Aber das Gute ist, ich bin eingeladen – zur Geburtstagsparty.« Als käme Jans Offerte mit Verspätung bei ihm an, antwortete Mütze unvermittelt: »Joa, Fischbulette klingt gut. Kartoffelsalat nehm ich auch. Sag mal, ist das deine neue Arbeitskleidung?« Er zeigte mit dem Finger auf Jans baumwollenes Fischerhemd in Blau-Weiß.

Jan nickte und wies auf sein eigenhändig beschriftetes Namensschild: »Husmann himself«, stand dort. »Wenn ich mal expandiere, bekommen alle Mitarbeiter auch Namensschilder.«

»Bei denen steht dann ›Husmann, not himself‹, oder was?« Mütze lachte laut über seinen Witz. Dann erinnerte er sich daran, was er eigentlich erzählen wollte: »Die Party wird jedenfalls galaktisch. Die weiß nämlich, wie man feiert, die Angelique. Garantiert will sie wieder Bier-Pong spielen.«

»Bier-Pong?« Jan schaute fragend.

»Das ist Sport. Erstmal jedenfalls. Man muss Tischtennisbälle in volle Biergläser werfen. Und wenn der Spieler getroffen hat, muss der Gegner den Becher austrinken. Und da trinkt man ziemlich viel. Bis die anderen nicht mehr zielen können, aber meistens trifft man selbst zu der Zeit auch nicht mehr so oft. Dann trinkt man nur noch so – auf die unsportliche Art.«

Plötzlich tauchte Wencke vor ihrer Fischbude auf. Ihre Worte waren, was die Betonung und Tonlage anging, das ungefähre Äquivalent einer Schrotflinte, die aus nächster Nähe abfeuert: »Vegane Fischnuggets! Heute zum Sonderpreis! Nur im Fischhus!« Jeder Offizier hätte Wencke sofort für den Kasernenhof-Drill angeheuert.

Als die drei Männer nichts erwiderten, verschwand sie wieder in der Strandhütte.

Oke hob die Brauen. »Deine Wencke fährt harte Geschütze auf.«

Jan ignorierte die kulinarische Attacke von nebenan. Er wusste, auch für seinen besten Kunden und Freund Oschi führte der Weg zum Glück über ein Fischbrötchen ohne viel Gedöns, nicht über einen grauen Tofulappen. Bedächtig schob er seinen beiden Kunden den versprochenen Muschelputzer herüber. »Nich lang schnacken, Kopp in Nacken! Oder findet ihr Muschelputzer-Man besser? Ich mein fürs Namensschild.«

Mütze schaute ihn konsterniert an. »Muschelputzer-Man? Hmm. Na ja. Geht auch.«

Jan reichte ihm eine Plastiktüte mit der Bestellung.

»Ey, warum hast du mir alles eingepackt? Ich wollte doch hier essen«, fragte Mütze perplex.

»Ich dachte, du wolltest zum Bier-Pong.«

Mütze schüttelte den Kopf. »Aber doch nicht jetzt! Mensch, Jan, wirst du tüdelig auf deine alten Tage oder lenkt dich der Streit mit deiner Alten ab? Na ja, egal, dann esse ich zu Hause. Bin sowieso voll k. o.«

Er wandte sich an Oke: »Bis morgen früh. Wir müssen die Netze ja auch wieder reinholen.«

Oke hob andeutungsweise die Hand. »Wenn Hauke bis dahin wieder da ist, bin ich raus.«

Nachdem Mütze gegangen war, erkundigte sich Jan mitfühlend, wie es mit dem unbezahlten Aushilfsjob an Bord lief.

Der Kommissar legte die Stirn in Falten.

Jan deutete schnell auf den Teller. »Schmeckt gut, oder?« Es war besser, die Stammkundschaft bei Laune zu halten, und sowieso konnte es nicht schaden, immer mal wieder auf die Vorzüge seines Angebots hinzuweisen.

»Kann man essen«, nuschelte Oke zwischen zwei Happen. »Mir ist heute 'n büsschen flau. Wird aber besser«, sprachs und schaufelte die nächste Portion Kartoffelsalat auf die Gabel.

Wencke schon wieder. Diesmal kam sie bis unters Vordach seines Imbisswagens. Er betrachtete sie aufmerksam. Ihre Züge wirkten trotz ihrer Jahre jung, was daher rührte, dass sie regelmäßig Yoga auf dem SUP-Board machte und Hohwachts Dünen nackt erwanderte. Das hatte nichts Sexuelles, die Wanderungen waren nur gesund – abgesehen von dem einen oder anderen zu Tode erschrockenen Urlauber. Jetzt lächelte sie sogar. Aber er wusste, dass sie nichts von ihm wollte: Sein abgefeimtes Noch-Eheweib hatte es tatsächlich auf seinen Lieblingsgast abgesehen!

Schon sprach sie Oke mit ungewohnter Säuselstimme an: »Na, Oschi? Wie läuft es an Bord?«

»Löppt«, murmelte Oke reserviert.

## OKE

Der Moment der Fischfrikadellen-Einnahme musste ein stiller sein. Es wäre zu erwarten, dass Leute, die in der Gastronomie arbeiteten, das wussten. Warum in Gottes Namen konnten ihn die beiden nicht in Ruhe Essen fassen lassen? Was sollte das Gequassel?

Aber wenn er schon gestört wurde, wollte er wenigstens herausfinden, ob Wencke Inses arbeitsscheuen Verwandten gesehen hatte. »Weißt du, wo Hauke steckt?«

Wencke grinste Oke vielsagend an. »Könnte sein.«

Hätte Oke einen persönlichen Leitfaden, wie er den Alltag überstehen konnte, wären darin weniger Anmerkungen zu finden wie »abends ein gutes Buch lesen«, »den Mitmenschen mit einem offenen Lächeln begegnen« oder »der Ehefrau wenigstens einmal pro Woche einen Strauß Blumen mitbringen«. In seinem Leitfaden stünde ziemlich weit oben und dick unterstrichen: »nicht sofort aus der Haut fahren«. Ausrufezeichen. Hatte er aber nicht, weshalb er die vegane Imbissbetreiberin jetzt mit geschwollener Halsschlagader anbullerte: »Sprich!«

»Hör dich doch mal auf dem Schützenplatz um«, schlug sie unbeeindruckt mit ihrer neuen Flötenstimme vor.

»Bitte? Der Taugenichts treibt sich auf dem Schützenplatz rum, während ich mein Leben auf dem offenen Meer riskiere?« In Gedanken an die überstandene Fahrt schwankte er ein wenig.

Wencke hatte sich noch nie von seiner Lautstärke einschüchtern lassen: »Ich denk, du warst fischen? Na egal.«

Sie trat näher an ihn heran und flüsterte, als wollte sie ihm ein Geheimnis verraten: »Hauke ist wahrscheinlich nicht mehr auf dem Schützenplatz, aber ich an deiner Stelle würde mal mit Werner sprechen.«

»Mit welchem Werner?«

»Werner Möller. Seit Ewigkeiten zweiter Schießwart bei den Schützen. Den musst du doch kennen!«

»Was ist mit dem?«

Wencke ließ ihn noch eine Sekunde zappeln, dann platzte sie mit ihrer Neuigkeit heraus: »Werner hat sicher einige wichtige Informationen für dich. Ich weiß das, weil er hier war, der Werner, und mir alles erzählt hat.« Sie sah ihn mit einer gewissen Portion Stolz im Blick an. »Es gibt nämlich Leute, die gern im Fischhus essen! Werner hatte Roggennudeln mit Ruccola-Pesto. Jedenfalls hat er mir gesagt, dass es auf dem Schützenplatz Ärger gab. Letzten Mittwoch. Jemand soll auf Hauke angelegt haben.«

Oke vergaß zu blinzeln, was er bemerkte, als seine Augen vor Trockenheit brannten. Er rieb sich über die Lider. »Wie bitte?«

Wencke genoss sichtlich seine Aufmerksamkeit. »Komm auf ein paar vegane Fischnuggets ins Fischhus rüber, dann erfährst du mehr.« Sie lächelte ihm verheißungsvoll zu und schlenderte daraufhin betont langsam in ihr Fischhus. Das Ganze grenzte an Erpressung; von einem Köder konnte man in diesem Fall kaum sprechen.

»Deine Frau ist ein fürchterlich schlaues Weib. Mich hat sie mit ihren ominösen Informationen am Haken und dir spannt sie den einzigen Kunden aus«, erklärte er Jan.

Darauf hatte der Wirt des Verkaufswagens nicht viel zu sagen, stattdessen schob Husmann himself alias Muschelputzer-Man Oke barmherzig ein weiteres Gratis-Feuerwasser zu: »Damit flutscht der Gemüsekram besser.«

Dem konnte Oke nur zustimmen. Er kippte die durchsichtige Flüssigkeit in einem Zug hinunter und donnerte das Schnapsglas auf die Resopal-Platte: »Wat mutt, dat mutt«, stellte er todesmutig fest und wandte sich zum Gehen.

»Grüß mir das abtrünnige Huhn«, hörte er Jan rufen.

Der wäre doch am liebsten mitgekommen. Wenn Oke sich nicht täuschte, wollte Jan nichts anderes, als zu seiner Wencke zurückzukehren. Während er hinter Wencke herstapfte, hörte er, dass Jan hinter ihm »Kokomo« von den Beach Boys anstellte.

Der XXL-Dorfpolizist zwängte sich durch den provisorischen Eingang. Eine dicke Plastikplane schützte Wenckes Gäste vor zu starkem Ostwind. Dahinter hatte ihn bisher die behagliche Atmosphäre einer Strandhütte umfangen, deren eine Wand ein Rettungsring zierte und die andere den Blick teilweise aufs Meer freigab. Jetzt nahmen ihm tellergroße Blätter die Sicht. Oke drehte sich irritiert um die eigene Achse: Wencke wollte offenbar der Gartenabteilung des Lütjenburger Baumarkts Konkurrenz machen.

Das Fischhus hatte sich seit Jans Auszug ziemlich verändert. Die Hausherrin hatte aus der Strandbude eine grüne Hölle gemacht. Im Schatten mannshoher Pflanzen konnte er nur raten, in welcher Richtung er die Theke suchen musste. Oke bekam bereits Platzangst. Fast erwartete er, dass aus dem Dickicht ein Orang-Utan hervorschwang.

»Huhu!«

Mit der Schnelligkeit eines langjährigen SEK-Beamten

drehte er sich um. Aber er sah inmitten des Grüns nichts Exotischeres als die Bäckereifachverkäuferin seines Vertrauens: Wie ein Affe auf dem Schleifstein hing sie mehr, als dass sie saß auf einem der zierlichen Barhocker. »Edeltraut! Du hier?«, rief er überrascht.

Die mollige Hohwachterin mit der Hochsteckfrisur winkte ihm so eifrig zu, dass ihr Doppelkinn erzitterte. »Die Bäckerei wird renoviert«, teilte sie ihm mit.

»Renoviert?«, fragte er verdutzt. Die Bäckerei war in den vergangenen 30 Jahren nicht renoviert worden.

»Der Chef will ein Café eröffnen. Mit Bedienung. Neue Mitarbeiter sucht er auch. Er sagt, Hohwacht wird das neue St. Peter-Ording. Da rechnet sich das wohl. Soll alles größer und schöner werden«, informierte ihn Edeltraut selbstzufrieden. Sie wusste mehr als er!

Es beunruhigte ihn, was er da hörte. Ob ihr Bündnis in dem Fall noch galt? Edeltraut und er hatten seit Längerem ein Geheimnis. Nichts Amouröses, auch wenn sie ihn manchmal so komisch anlächelte. Statt Körperflüssigkeiten tauschten sie Nahrung: Für eine Scheibe von Inses selbst gebackenem Chiasamen-Brot mit Linsencreme schmierte Edeltraut ihm ein halbes Zwiebelmettbrötchen. Der Gedanke an Essen brachte ihn zu seiner Aufgabe zurück. Er war hier, um die Kochexperimente der Kirschkernschnitzerin über sich ergehen zu lassen und dadurch an Informationen über einen angeblichen oder Beinahe-Schusswechsel zu kommen. Ein Vorhaben, das jedem Geheimagenten den Schweiß auf die Stirn treiben würde. Eigentlich jedem, der sich schon mal an Wenckes Nuggets festgebissen hatte.

Jetzt musste er in diesem Dschungel nur noch die Theke finden. Einen Hinweis darauf, dass es die noch gab, lieferte ihm das Glas vor Edeltraut. Bei »Wenckes Algen-Glück«

handelte es sich um eine grünlich-braune Flüssigkeit, die dem Hörensagen nach aus einer Algen-Spinat-Brennnessel-Mischung bestand und nach einiger Zeit unappetitliche Blasen bildete. Edeltraut spürte die Blicke. »Willst du ein Schlückchen abhaben, Oschi?«

Er schüttelte schnell den Kopf. »Nein danke, ich muss noch fahren.«

Seine Lieblingsbäckereifachverkäuferin griente zuckersüß. Sie legte den Kopf schief, was ihre Hochsteckfrisur, die ihn immer an eines der Mandarinen-Sahnetörtchen in ihrer Verkaufsvitrine denken ließ, gefährlich ins Wanken brachte. »Da ist kein Alkohol drin. Leider.« Sie kicherte. »Was hältst du eigentlich hiervon: ›Die Wellen rauschen, die Möwen kreischen, ich will einen Blick auf die Ostsee heischen‹?«

Was reimte Edeltraut da vor sich hin? Wahrscheinlich high von den Algen. Dann erinnerte er sich an den Dichtkunst-Wettbewerb, der gerade im Küstenort begonnen hatte. »Heißt es nicht erhaschen?«

»Ja, aber dann reimt es sich nicht so gut. Und ich möchte so gern die Hotel-Übernachtung gewinnen.«

»Denn man to«, ermunterte er Edeltraut. Wahrscheinlich würde jetzt auch Vincent Gott zur Höchstform auflaufen. Der liebte doch Gedichte.

»Bitte sehr! So eine schöne, umweltschonende Stoffserviette gibt's bei Jan sicher nicht!« Wencke Husmann hatte sich mit ihrem Tablett von hinten durchs Dickicht angepirscht. Sie wandte sich an Edeltraut: »Dein Vers ist sehr schön, meine Liebe. Er hat was Expressionistisches. Ich würde ihn auf jeden Fall einreichen. Ich bin da profaner unterwegs: ›Seitan-Nuggets auf dem Teller – und dein Tag wird etwas heller.‹«

Oke hörte nur mit halbem Ohr zu. Er konzentrierte

sich auf seine bevorstehende Aufgabe. Ungnädig betrachtete er das Arrangement. Wofür er eine Serviette brauchte, wenn auf dem Porzellan doch nur drei mikroskopisch kleine Nuggets auf etwas Streugut lagen, das aus einem der Pflanzgefäße ringsum stammen konnte, begriff er schon mal nicht. Angriffslustig pikte er in ein Teilchen. Misstrauisch begann er zu kauen. Kurz darauf schluckte er die geschmacksneutralen Fasern mühsam hinunter. Er hatte keine Ahnung, was er da aß. Es hätte Kunstrasen sein können. Oder, wegen der Länge, ein paar Teppichfransen. »Seitan« musste eine Wortverwandtschaft mit »Satan« haben.

»Und?«, forderte Wencke ein Lob für ihre Kochkünste. Erwartungsvoll starrte sie ihn an.

»Besser als dein Fischerfrühstück ohne alles«, stellte er dann möglichst sachlich fest. Mit ihren Bratkartoffeln hätte man Hohwachts Straßen pflastern können. »Nu aber Budder bei die Fische. Was ist auf dem Schützenplatz passiert?«

Die Fischbudenbesitzerin lächelte gerissen. »Das erzähle ich dir sofort«, sie hob die Hand zum Zeichen, dass er warten solle, »wenn du mir versprichst, dass ich von dir fünf Sterne bei TripAdvisor bekomme.«

Auch das noch. »Das grenzt nicht nur an, das *ist* Erpressung eines Staatsdieners«, entgegnete er.

Sie lachte auf. »Erpressung? Du bist doch gar nicht im Dienst.«

»Ne, Oschi, du bist nicht im Dienst«, echote Edeltraut von ihrem Platz aus, augenscheinlich beseelt von Wenckes Lob für ihr bescheidenes Gedicht. Als wenn die einen lyrischen Verstand hätte. Na, da hatten sich zwei gefunden!

Er spürte, dass sein Blutdruck stieg, versprach dennoch: »Von mir aus kriegst du zwölf Sterne, wenn du redest.« Der Aufenthalt in diesem feuchtwarmen Tropenwald machte ihm langsam zu schaffen. Die hohe Luftfeuchtigkeit, die von verschiedenen Sprinklern herrührte, erschwerte es dem Körper, überschüssige Wärme in die Umgebung abzuleiten. Anders formuliert: Wenn er noch länger hier stand, würde er aus den Latschen kippen. Oke griff, ohne nachzudenken, nach dem Glas vor ihm, setzte es an und trank es aus. Erst als er das Glas wieder abstellte und dabei das seltsame Gefühl bekam, als bögen sich seine Zehennägel nach oben, merkte er, dass Wencke ihm unbemerkt ihr Algen-Glück vorgesetzt hatte.

## CARMEN

Achtsamkeit war für Carmen der neue Weg zur Erleuchtung. Sie freute sich darauf, am Strand zu sein, dem Rauschen der Wellen zuzuhören und mit tiefen Atemzügen die frische, saubere Luft einzuatmen. Wie sie es bei den Achtsamkeits-Spaziergängen nach Feierabend in der Hamburger Werbeagentur gelernt hatte. Damit würde sie ihren Akku aufladen, denn der war ungefähr so leer wie eine Chipstüte im Hause Bachmann 15 Minuten nach dem Auspacken des Einkaufs. Deshalb hatte sich Carmen freiwillig als Begleitung für die Klassenfahrt ihres Sohnes Cedrik gemeldet. Auch wenn ihr Tochter Carla und Ehemann Martin in Hohwacht ein wenig fehlten. Sie schniefte. Hilfesuchend sah sie sich um. »Hast du mal ein Taschentuch?«, wandte sie sich über die Köpfe der Schüler hinweg an Cedriks Lehrerin. Zoe Petridis machte ein Zeichen, dass sie sie nicht verstand, bahnte sich aber bereits einen Weg durch die Drittklässler in ihre Richtung.

»Was ist denn?« Zoe Petridis sah sie fragend an. Die Pädagogin mit griechischen Wurzeln, Carmen schätzte sie auf Mitte 30, trug an diesem Tag zu ihrem geblümten Rock braune Stiefel und eine wärmende Fellweste. Sie erinnerte an einen Hippie aus den 70ern und sah einfach Bombe aus.

»Schenk der Welt dein Licht ohne Neid«, rief sie sich einen Rat des Coaches der Feierabendrunde ins Gedächtnis. Auch wenn sie sich in ihrem praktischen Jeans-Windjacke-Gummistiefel-Outfit neben der attraktiven Zoe plump fand. »Hast du ein Taschentuch für mich?«

Zoe kramte in ihrer Collegetasche und hielt ihr schließlich stumm ein Paket Taschentücher hin und wandte sich sofort wieder ab. Aufmerksam stellte Carmen in diesem Moment drei Dinge fest. Erstens: Die Möwen über ihrem Kopf klangen, als würden sie lachen. Zweitens: Zoes dicker Lidstrich war sehr kunstvoll gezogen. Und drittens: Seitdem sie hier angekommen waren, hatte sich etwas an Zoes Verhalten verändert. Sie wirkte in den vergangenen Tagen überhaupt nicht mehr so zwanglos und lebenslustig wie sonst. Zoe hatte sich von ihr zurückgezogen, schien irgendwie bedrückt. Aber warum? Die Luft war kalt und klar, der Himmel leuchtete blau und die Schüler sprangen angesichts ihres geplanten Strandausflugs ausgelassen wie Lämmer durch die Gegend. Eigentlich gab es keinen Grund zu so einer verdrießlichen Miene. Carmen würde ihren Geist in den nächsten Stunden ruhen lassen und weiter beobachten, ohne zu bewerten.

Während die Gruppe in Richtung Strand losmarschierte, warf sie immer wieder einen Blick zurück über die Schulter, wo sie Zoe am Ende der Schülerschar ausgemacht hatte, zusammen mit ihrer Kollegin Rahel Zimmermann. Es sah aus, als würden die beiden miteinander streiten: Die Religionslehrerin, eine dunkelhaarige Frau mit fast durchscheinender Haut, redete so heftig gestikulierend auf Zoe ein, dass das goldene Kreuz an ihrer Brust hin und her schaukelte und in der Frühjahrssonne aufblitzte. Carmen spitzte die Ohren. Aber die Frauen waren zu weit von ihr entfernt, als dass sie etwas verstehen konnte.

»Sind wir bald da?«

Carmen überlegte kurz, wie das Mädchen mit Zahnspange hieß, das die Frage an sie richtete. »Du bist Lina, oder?«

Die Viertklässlerin nickte.

»Ha, ich werde besser im Namenmerken! Und ja, bestimmt. Halte mal nach Zelten Ausschau.« Auf dem Programm stand an diesem Vormittag der Besuch des Camps der Meeresschützer von »Protect Our Planet« und eine Ausfahrt mit der »Albatros« vom Hafen Lippe aus.

Der Fußmarsch dauerte nicht lang. Schon bald sahen sie die Planetenflagge im Wind flattern. Ein Mann mit schafshellen Wolle-Haaren und nerdiger Hornbrille kam ihnen entgegen. Er lief trotz der Aprilfrische in Shorts und ohne Socken in Sneakern herum. Die kurze Hose brachte seine ausgeprägte Wadenmuskulatur zur Geltung. Auch das nahm sie achtsam wahr …

»Hey, willkommen, ich bin Felix Sonntag. Und du bist …?«

Sie lächelte ihn an. Er lächelte zurück. Sie lächelte ihn weiter an. Achtsam zu sein, bedeutete, gütig zu seinen Mitmenschen zu sein. Auch, wenn diese zu jung für einen waren und man sowieso einen Ehering trug.

»Du bist?«, wiederholte er seine Frage, jetzt ohne das einnehmende Lächeln.

»Äh … Ich bin nur die Begleitmutti. Die Lehrerinnen sind da hinten«, stotterte sie und kam sich ziemlich belämmert vor. Begleitmutti …

Sie ließen sich alle zusammen auf einer Rasenfläche neben Felix' Drei-Mann-Zelt nieder, im großen Kreis um eine erkaltete Feuerstelle. Es war eine windstille Ecke im Hafen Lippe und Carmen genoss die angenehme Wärme der Sonne auf den Schultern. Sie erfuhren, dass Felix alltags Bauwerksfundamente begutachtete, die unter Wasser standen. »Aber wenn ich Urlaub habe, fahre ich mit ›Protect Our Planet‹ raus.« Er hatte eine tiefe Stimme. Sie spürte nach, wie Klangfarbe und Sprechweise auf sie wirkten. Einfach nur gut. Weich wie Samt streichelte die Stimme ihre Ohren. Carmen wusste allerdings, dass die Umweltaktivisten bei ihren Einsätzen gegen den Walfang nicht zimperlich vorgingen. Sie nahmen dabei in Kauf, in Konflikt mit den Behörden des jeweiligen Landes zu geraten.

Gerade stellte die Wohlfühl-Stimme ein paar Mitglieder der Gruppe vor: eine Frau mit kurzer Igel-Frisur und einen Mann im zerknautschten Shirt, der so aussah, als hätte er sich mindestens eine Woche lang nicht rasiert und genauso lange nicht geduscht. »Das ist Ira Scholz, sie arbeitet eigentlich an der Uni für Meeresbiologie in Rostock. Und das ist Thomas Lechner. Er ist bei der Bahn. Aber er ist ein klasse Taucher!«

Thomas schaltete sich ein: »Mach es nicht zu lang, Felix.«

Felix lachte. »Thomas hat es nicht gern, wenn er im Mittelpunkt steht …« Sie registrierte, wie Felix' Zungenspitze kurz über seine vollen Lippen fuhr. »Wir haben vor der Küste Schleswig-Holsteins ungefähr 300 Geisternetze geortet, die wir nach und nach alle aus dem Wasser holen wollen.«

Lina erkundigte sich mit aufgerissenen Augen: »Geisternetze?«

»Geisternetze haben nichts mit Gespenstern zu tun. So werden Netze genannt, die Fischer heimlich im Meer entsorgt haben. Sie treiben ziellos unter der Oberfläche herum. Das sieht im Wasser manchmal gespenstig aus«, erklärte Felix.

Lina lachte: »Ach so!«

Igel-Ira schaltete sich ein. »Warum, glaubt ihr, ist es wichtig, dass die Netze aus dem Wasser geholt werden?«

Als sich keins der Kinder meldete, gab Ira selbst die Antwort: »Wir wollen verhindern, dass sich Schweinswale und Kegelrobben darin verfangen.«

»Können Wale nicht unter Wasser atmen?«, wollte Ben wissen.

»Nein, Wale gehören zu den Säugetieren, und deshalb müssen sie regelmäßig an die Wasseroberfläche schwimmen, um nach Luft zu schnappen«, erklärte Felix und nahm seine Hornbrille ab, um sie mit dem Bund seines

Sweaters zu säubern. »Wal-Kinder können sich unter Umständen aus den Netzen befreien, aber die engen Maschen der Netze schneiden ihnen in die Haut und verletzen sie.«

Niemand sagte etwas. Ein paar Kinder guckten betroffen zu Boden.

»Ja, das ist traurig. Aber darum wollen wir die Netze ja an Land holen«, wechselte Felix behutsam das Thema. »Wir gehen gleich rüber zum Hafen und zeigen euch unser Schiff.«

Während sich Felix mühelos aus dem Schneidersitz erhob, um mit Thomas die Tauchausrüstung zusammenzusuchen, schaute Carmen unauffällig zu Zoe und Rahel Zimmermann hinüber. Aber deren Mienen blieben verschlossen.

Auf dem Weg zum Schiff hörte Carmen, wie Thomas Lechner einigen Jungen erzählte, dass die »Albatros« früher ein Fischkutter gewesen war und dass sie heute ein Planet-Erde-Emblem zierte. Den Rest des Gesprächs bekam sie nicht mehr mit, denn die Lehrerinnen hatten erneut zu streiten begonnen, diesmal in Hörweite. »Das kannst du nicht machen, Rahel! Wehe! Du sagst kein Sterbenswörtchen. Zu niemandem!« Zoes harscher Ton überraschte und erschreckte Carmen, aber sie wagte es nicht, sich umzudrehen. Von wegen Love and Peace. »Wenn du uns das antust, dann …« Zoe brach ab.

»Ich muss aber«, entgegnete Rahel fest. »Der Herr prüft die Herzen«, konnte Carmen noch verstehen, bevor der Rest des Satzes in einer Unterhaltung unterging, die Cedrik und Ben lautstark über ihr aktuelles Lieblingscomputerspiel führten, während sie geschäftig an ihr vorbeiliefen.

Was durfte Rahel Zimmermann nicht preisgeben? Carmens Neugierde war geweckt. Sie war so ins Grübeln vertieft, dass sie direkt in Felix' Sixpack lief.

»'tschuldigung«, sagte sie und starrte perplex in seine stahlgrauen Augen, die durch die Brillengläser riesig wirkten.

Sein Lächeln schwebte schräg über ihr. »Wir wollen zuerst die Ausrüstung an Bord bringen. Könnten Sie hier mit den Kindern warten?«

»Äh, klar, das kann ich«, brachte sie hervor und kam sich wieder unbeholfen vor. Carmen hatte sich für die Kinderbetreuung eine eigene Strategie zurechtgelegt und mit dem Kürzel SSB zusammengefasst: sichten – sichern – beschäftigt halten.

Die Sichtung ergab jetzt, dass Jannis ausbüxen und sich auf die »Albatros« schleichen wollte, möglicherweise um sich ebenfalls auf einen Tauchgang vorzubereiten. Carmen rief ein kurzes »Jannis«, dessen Modulation dem Jungen Folgendes unmissverständlich mitteilte: Ich hab dich genau im Blick, Früchtchen. »Jannis, sammelst du bitte alle Rucksäcke ein? Wir legen sie gleich auf einen Haufen!« Jannis murrte zwar, aber begann, die Rucksäcke zu schichten. Klappte doch!

# FELIX

Sie würden aufpassen müssen, dass ihnen kein Knirps über Bord ging. »Ira, behalt mal den Kleinen im Parka im Auge. Der redet dauernd davon, dass er tauchen gehen will.« Ira nickte. Als Erstes platzierten sie die Schüler an dem großen Tisch an Deck. Sie hatten bei Fahrten schon hin und wieder Leute mitgenommen. Doch zumeist handelte es sich dabei um Pressevertreter oder neue Freiwillige. Keine quirligen Kinder. Felix schaute in aufgeregte Gesichter. »Wir bereiten uns nachher ein leckeres Seemannsessen in der Kombüse zu. Wer will mir helfen?«

Die blonde Mutti in Gummistiefeln meldete sich sofort. Felix quittierte dies mit einem Lächeln. »Sehr gut. Und jetzt schaut doch mal, ob ihr Schweinswale entdeckt. Sie schwimmen oft allein oder zu zweit. Es gibt sieben verschiedene Arten. Glattschweinswale ohne Rückenflossen leben beispielsweise im Indischen Ozean. Hier bei uns in der Ostsee ist der Gewöhnliche Schweinswal beheimatet. Er wird auch Kleiner Tümmler, Braunfisch oder Meerschwein genannt.«

Ein paar Kinder lachten bei dem Wort »Meerschwein«.

»Schweinswale sehen Delfinen ähnlich«, erklärte Felix. »Es gibt nur noch sehr wenige von ihnen in der Ostsee.«

»Wegen der Geisternetze?«, erkundigte sich Lina.

»Wegen der Geisternetze und wegen der Stellnetze, die die Fischer auslegen und später wieder einholen. In der Ostsee sterben mehr Schweinswale in Netzen als Kälber, also Schweinswal-Babys, geboren werden. Dazu kommt, dass wir ihren Lebensraum durch die Verschmutzung der Meere zerstören.« Felix überlegte, dass er das Thema nicht zu ernst angehen durfte. Er wollte die Kinder für den Umweltschutz begeistern, nicht sie abschrecken.

»Das Schiffswrack, zu dem wir wollen, liegt übrigens ganz in der Nähe in der Hohwachter Bucht. Es handelt sich um ein gesunkenes dänisches Handelsschiff. Es hatte Kalkstein geladen. Aber es wird erzählt, dass sich Schmugglerware an Bord befand, also ein Schatz, vielleicht Gold.« Felix sah, dass die Kinder mehr hören wollten. Verrückt: Egal, ob jung oder alt, alle liebten Geschichten über Schiffe, die von Flotten versenkt worden, auf Riffe aufgelaufen oder in einem Sturm verloren gegangen waren. Es waren Geschichten voller Wunder und Mysterien, aber auch voller menschlicher Tragödien.

Felix sah sich suchend um. Merkwürdig, dass die beiden Lehrerinnen sich bisher überhaupt nicht am Gespräch beteiligt hatten. Er registrierte, dass die Begleitmutti ihn abwartend anblickte. Deshalb erzählte er weiter: »Wracks gibt es hier jede Menge. Allein bei Rügen liegen viele. Man vermutet, dass dort sogar Einbäume aus der Steinzeit zu finden sind.«

»Sucht ihr nachher auch den Schatz?«, fragte ein Mädchen mit Zahnspange.

»Nee!«, warf Thomas ein, der sich in der Zwischenzeit einen Taucheranzug angezogen hatte. »Wir haben mit dem verhedderten Geisternetz genug zu tun. Wenn wir überhaupt was sehen ... Das Wrack liegt in 17 Metern Tiefe und da unten ist es stockfinster.« Er deutete auf Felix' Bein, an dem sich eine Narbe vom Knie bis zum Knöchel zog: »Er ist mal an einer Schiffsschraube hängen geblieben. Wir müssen höllisch aufpassen!«

# OKE

Endlich sollte er die lang ersehnte Antwort bekommen.

»Du kennst doch die Schützen? Die haben mittwochs ihren Übungsabend …«, schilderte Wencke.

Oke wünschte, seine Mitmenschen würden weniger Zeit auf überflüssige Worte verschwenden. Inbrünstig hoffte er, sich zumindest nicht noch mit der Entstehungsgeschichte des Schützenwesens in Schleswig-Holstein befassen zu müssen.

Doch es dauerte, bis die Fischbudenbesitzerin zum Punkt kam: »… tja, und dann hat Otto Willenbrock auf Hauke geschossen!«

Der Kommissar hatte das Gefühl, ein längst heruntergeschlucktes Gemüse-Rechteck hätte sich in seinem Hals verkantet. Er hustete und fragte dann: »Otto Willenbrock? Der Seebestatter? Der hat auf Hauke geschossen?«

Die Fischbudenbesitzerin ruderte ein wenig zurück: »So ganz genau hat es niemand gesehen. Werner jedenfalls nicht, aber Hilla angeblich schon. Aber wer weiß, vielleicht hat die sich das alles nur eingebildet? Hauke wurde jedenfalls nicht getroffen. Dann hätte er ja auch ins Krankenhaus gemusst, oder so … Und das hätte dann wohl doch jemand mitbekommen, oder?«

»Hilla Bär aus dem Schullandheim?«, erkundigte er sich.

»Ja, Hilla aus dem Schullandheim – sie ist unsere Schützenkönigin. Das wusstest du doch sicherlich?«

Er überging ihre Frage. »Und warum hat Hauke keine Anzeige bei mir erstattet?«

Wencke reagierte empört. »Also Oschi, ehrlich, soll ich jetzt deinen Fall lösen? Ein bisschen musst du noch selbst herausfinden.«

Edeltraut echote: »Musst du selbst herausfinden. Vielleicht kommt am Ende raus, dass Otto deinen Hauke in der Ostsee versenkt hat.« Offensichtlich kam Edeltraut die Ungeheuerlichkeit ihrer Mutmaßung erst jetzt in den Sinn, denn eilig erklärte sie: »Hilla hat das behauptet, aber da war sie vielleicht 'n büsschen betütert.«

Den Kommissar interessierte etwas anderes: »Wieso sollte der Kaptain der ›Gode Wind‹ auf Hauke zielen?«

Die beiden Frauen blickten sich wissend an. »Na, weil doch Hauke und Ottos Ehefrau ein Verhältnis hatten«, antwortete Wencke schließlich.

Das war ihm neu. »Und jetzt meint ihr, Otto hat Hauke umgebracht? Kinnings, wir sind in Hohwacht, nicht in Hamburg. Hier wird sich kaum jeden Sommer ein Mord ereignen! Das ist doch Tinnef.«

»Wahrscheinlich kein Unfug«, behauptete Wencke fest. »Sonst hätte Hauke garantiert Anzeige bei dir erstattet.«

# FELIX

Unter dem kalten Neopren spürte er sein Herz. Es wummerte ziemlich stark. Tauchgänge wie dieser machten ihn immer ein wenig nervös. Sie wollten mit Luft gefüllte Hebesäcke an dem tonnenschweren Netz anbringen und diese an eine Bergungswinde anschließen. Klang so weit einfach. Doch es bestand immer das Risiko, dass etwas Unvorhergesehenes geschah, und er hatte definitiv keine Lust, dass seine Gebeine am Ostseegrund ruhten.

»Wal – da bläst er!« Den Spruch konnte sich Felix nicht verkneifen, prüfte damit aber lediglich die Sprechverbindung und warf Ira einen forschen Blick zu. Seit sie ein Schleppnetz von einem gesunkenen Fischkutter gezogen hatten, war sie nicht mehr mit unten gewesen. Sie hatte sich nach einem hektischen Aufstieg einen Riss im Trommelfell zugezogen. Der Schaden war zwar äußerlich verheilt, aber im Inneren hatte die Angst vor Tauchunfällen sie nicht wieder verlassen.

Ira stand an der äußeren Kante des Boots, zusammen mit einigen Kindern und ihrer »Begleitmutti«, und verfolgte jede seiner Bewegungen.

»Hört ihr die Sauggeräusche?« Carmen Bachmann machte ein schmatzendes Geräusch mit den Lippen. Es klang wie nasser Waschlappen auf Pobacke. Einige Kinder bejahten, andere sahen sie irritiert an. »Damit der Taucher unter Wasser Luft bekommt, benötigt er die Sauerstoffflaschen. Die daran angeschlossenen Atemregler erzeugen diese Sauggeräusche.«

Die Ostsee umspülte das Schiff. Felix sah auf die unruhige Meeresoberfläche. Ihn erwartete eine undurchschaubare, geheimnisvolle Tiefe. Nie wusste er vorher, mit was genau er es zu tun bekam. Er sprang.

Nichts als Kälte umfing ihn und für den Bruchteil einer Sekunde erstarrte er. Dumpf drangen die Rufe der Kinder zu ihm hinunter.

Felix musste sich orientieren. Mit seiner Tauchlampe leuchtete er in den grau-grünen Nebel. Doch der Lichtschein reichte nicht aus, um die Trübung zu durchdringen. Er sorgte lediglich dafür, dass der Schleier etwas heller wurde. Ein weiteres Licht blitzte auf: Thomas' Lampe. Der Kollege beleuchtete die eigene Hand, soweit Felix das erkennen konnte. Der Daumen zeigte nach unten. Das hieß: tiefer. Felix stieß die Beine kräftig durch. Die Flossen nahmen seine Körperbewegungen auf. Auf diese Weise bewegte er sich fort und drang ins Ungewisse vor.

Tiefer und tiefer arbeitete er sich vor, Thomas hinter sich wissend, bis er im Schein seiner Lampe ein verrostetes Metallstück ausmachte. Es war von Algen bewachsen, deren grüne Härchen sich leicht im Wasserstrom bogen. Er war überzeugt, das Wrack gefunden zu haben.

Herrje! Ein kleiner Fisch war dicht an seinem Gesicht vorbeigeschossen. Der Schreck saß ihm noch in den Gliedern. Dabei wusste er, dass sich Tiere in Wracks versteckten. Felix bemühte sich um eine ruhige Atmung und sah sich nach Thomas um.

Sein Kumpel war nicht mehr hinter ihm, sondern auf der anderen Seite des Wrackteils. Er winkte: Etwas stimmte nicht.

Felix gab sich mit den Flossen einen starken Schub. Zu hastig tauchte er um das havarierte Schiff. Ein dummer

Anfängerfehler. Was war los mit ihm? Nicht er hatte den Unfall gehabt, sondern Ira. Doch jetzt hatte sich eine seiner Flossen im Netz verfangen, das an der Schiffsschraube hing. Mit seiner übereilten Reaktion hatte er zudem einen Teil des Netzes unbeabsichtigt angehoben und befand sich nun in einer Wolke aus trübem Wasser, die selbst Thomas' Lichtschein verschluckte. Er wusste nicht, was Thomas entdeckt hatte.

Felix' Herz schlug viel zu schnell. Sich selbst mit einem Tauchermesser aus einem Nylonnetz zu befreien, hörte sich zwar in der Theorie leicht an, war aber in der Brühe und ohne festen Halt alles andere als einfach. Schließlich waren die Netze extra so gemacht, dass sie einiges aushielten – auch Taucher. Unsicher drehte er sich um.

Er war Berufstaucher! Felix schloss die Augen und zwang sich zur Ruhe. Nach mehreren Atemzügen fuhr er mit der Taucherlampe das Gewirr aus Schnüren ab und schrak erneut zusammen: Außer ihm hing noch etwas anderes im Netz.

Bei diesem Fang konnte es sich nicht um einen Meeresbewohner handeln. Er kannte jedenfalls kein einziges Tier, das aussah wie ein stümperhaft abgetrennter Fuß in einem Turnschuh. Hautfetzen bewegten sich algengleich. Da war sie, Panik. Felix hatte ihr nichts entgegenzusetzen. Sie überfiel ihn, umhüllte ihn wie das Meerwasser und raubte ihm die Sinne. Sosehr er sich innerlich dagegen wehrte: Alles um ihn herum wurde schwarz.

## WENCKE

»Wurde hier schon mal ein Fuß gefunden?«

Der Reporter streckte ihr das Mikrofon direkt unter die Nase, fast berührte er sie damit, sodass sie keine Chance hatte, ihm auszuweichen.

»Nicht, dass ich wüsste.« Wencke ging ein paar Schritte rückwärts und schlängelte sich geschäftig mit ihrem Tablett zwischen den Tischen hindurch, um dem Journalisten zu entkommen. Schwierig, so gerammelt voll, wie die Hütte an diesem Abend war. Ungewöhnlich voll für einen Wochentag im April, wo sie sonst auch schon mal Zeit hatten, eine Partie Doppelkopf im Fischhus zu spielen. Sie ärgerte sich über den unhöflichen Presse-Fuzzi. Über diesen und all seine aufdringlichen Kollegen. Der schaurige Fuß-Fund an der Hohwachter Bucht hatte dafür gesorgt, dass sich in den vergangenen Stunden Journalisten, offenbar aus dem ganzen Land, ins ehemalige Fischerdorf aufgemacht hatten. Als wären sie Pilger und Hohwacht ein Wallfahrtsort. Nur schienen sie allesamt kein Benehmen zu haben.

Der Reporter verfolgte sie weiterhin mit seinem Mikro durch den halben Laden: »Oder ein Turnschuh?«

Sie versuchte erneut, den Kerl abzuschütteln, indem sie sich zwischen zwei Stammkunden durchquetschte, die gebannt ins Smartphone starrten. »Nein, ich weiß auch nichts von Turnschuhen – ich gehe lieber barfuß!«

Kurz darauf stellte sie eine asiatische Rotkohl-Kichererbsen-Bowl vor Vincent Gott ab. »Hier, bitte, lieber Vincent.« Sie wusste es zu schätzen, dass der Kölner Oke offenbar überredet hatte, mit ins Fischhus zu kommen. Heute beehrte der Herr Kommissar sie schon zum zweiten Mal! Auch wenn Oke Oltmanns sich diesmal geweigert hatte, etwas zu bestellen: »Mein Körper versucht noch, deine Gemüsenuggets zu verarbeiten. Woraus hast du die eigentlich gemacht? Feuersteingebröse?«

Vincent prustete los und entschuldigte sich sofort dafür bei Wencke. »Wat wellste da maache ...« Oschi war eben einfach Oschi, unverbesserlich.

»Was ist denn nun mit diesem Fuß?«, erkundigte sich die Fischbudenbesitzerin bei ihrem Lieblingspolizisten Vincent. »Ich will ja nix beschreien, aber könnte der einem der hiesigen Fischer gehören? Ich meine ja nur ...«

»Wir sind hier mitten in einer Lagebesprechung, Wencke«, unterbrach sie der XXL-Hauptkommissar barsch. »Zumal noch ohne Kaffee ... Und könntest du diese botanische Sammlung mal ins Gewächshaus bringen?« Er deutete auf die Topfpflanze auf dem Tisch zwischen ihm und Vincent.

»Was heißt hier ›Sammlung‹? Das ist EIN Fensterblatt, eine Zimmerpflanze der Gattung Monstera, die auch deiner eigenbrötlerischen Seele guttut«, erwiderte Wencke gereizt. Journalisten und Fuß-Funde machten sie nervös. Sie musste deshalb nachhaken: »Holtermann sagt, der Fuß war schon verwest?«

»Dä schwad vill, wenn de Dach lang es«, meinte Vincent. Jeder wusste, dass der Hohwachter Briefträger hin und wieder Märchen erzählte.

Oke bedachte den Kollegen mit einem Blick, der vermutlich ausdrücken sollte: Das musst du Quasselstrippe gerade sagen. Dann legte er die Hände flach auf den Tisch und sah die Gastwirtin lange an. »Wencke, wir sind am Anfang der Ermittlungen!« Er streckte ihr die Monstera demonstrativ entgegen: »Und du würdest die Untersuchung voranbringen, wenn du deinen Herbarium-Abholservice mal in Gang brächtest.«

Von Pflanzen hatte Oschi so gar keine Ahnung! Trotzdem nahm sie ihm die Monstera ab und wäre auf dem Weg zum Tresen damit beinahe in zwei Redakteure aus Lütjenburg gerannt. Auch diese beiden wollten im Fischhus nach den neuesten Nachrichten zum grausigen Fund fischen.

Dass die Entdeckung in der Ostsee für solcherart Aufsehen sorgte, hatte damit zu tun, dass es nicht die erste dieser Art war. So jedenfalls verstand sie den Reporter, der ihr erklärte: »Haben sie die Sechs-Uhr-Nachrichten nicht gesehen? Es gibt wahrscheinlich einen Zusammenhang zu einer Serie von Fuß-Funden in Kanada!« Sein Kollege, ein Mann mit riesigem Leberfleck auf der Stirn, wiederholte: »Kanada! Unglaublich, oder?« Wencke riet ihm, mit dem Fleck zum Hautarzt zu gehen, und fügte, weil er ihr leidtat, bestätigend hinzu: »Kanada! Unvorstellbar.«

An der Pazifikküste wurden offenbar seit 2007 alle Nase lang abgetrennte Treter gefunden. Elf im Ganzen. Wobei es Unterschiede in der Berichterstattung geben sollte: Einige Medienvertreter beriefen sich auf 15 Funde. Nun schien es jedenfalls ein Fuß bis in die Hohwachter Bucht geschafft zu haben.

Wencke bediente, sooft es ging, in der Nähe der Polizisten, um nachrichtentechnisch auf dem neuesten Stand zu bleiben. Sie ärgerte sich zum ersten Mal seit der Trennung von ihrem Ehemann, dass sie keine Fischfrikadelle im Angebot hatte. Jans Buletten hätten Oschi garantiert gesprächiger gestimmt.

Vincent erkundigte sich gerade: »Einige der Füße steckten in Turnschuhen der Größe 43/44, korrekt? Und ein Zusammenhang zwischen den Funden wurde bis heute nicht entdeckt?«

»Hhm«, machte Oke zum Zeichen seiner Zustimmung.

»Und es gab weiter keine Übereinstimmungen, zum Beispiel die Marke oder das Modell der Schuhe?«

»Na ja, Badelatschen waren keine darunter – die wären wahrscheinlich weggeschwommen«, meinte Oke. Dann verscheuchte er die Lütjenburger Reporter, die eine Stellungnahme von ihm einforderten. Oke baute sich zu voller Größe vor ihnen auf und verkündete in einem Ton, in dem andere in der Geschichte ganze Republiken ausgerufen hatten, dass ihm gleich der Kragen platze.

In dem Moment teilte sich der Plastikvorhang zum Fischhus. Eine schwarzhaarige Frau betrat den Raum, blickte aus stark geschminkten Augen unter einem gemusterten Kopftuch hervor und ließ die Finger über ihre zahllosen Ketten gleiten. Mit düsterer Stimme raunte sie mehr, als dass sie sprach: »Wo bitte ist der Fuß? Mein Name ist Ortrud, Fräulein Ortrud. Ich kann mithilfe des Fußes Kontakt zur Gegenwelt aufnehmen und das Rätsel lösen. Vertrauen Sie mir.«

Die Reporter stürzten sich auf sie wie gefräßige Haie.

*

*Am Grunde der Ostsee, da liegen die Leichen*
*Von Krieg und Vertreibung, von Kälte und Not.*
*Am Grunde der Ostsee, da rosten die Bomben,*
*Versenkt von der Wehrmacht, ein schleichender Tod.*

*Am Grunde des flachen, des brackigen Beckens,*
*Da liegt manche Leitung, zerborsten im Streit.*
*Am Grunde des wirrsamen Gartens der Schären*
*Belauern sich U-Boote, kampfbereit.*

*Wie kreuzten die Schiffe in manchen Zeiten*
*Im friedlichen Handel, im freundlichen Wind!*
*Wie lieben die Menschen an Stränden und Küsten*
*Das milde Gewässer, die Lüfte so lind!*

*Ach, wär's eine See, die in Frieden verbindet,*
*Zum Nutzen der Völker, das wünschte ich sehr,*
*Der Russen und Schweden, der Finnen und Deutschen,*
*Der Dänen und Polen: das Baltische Meer.*

In memoriam Bertolt Brecht – Jochen Windheuser, Hochschullehrer a. D. aus Bremen

# DIENSTAG

## OKE

Es gab schöne Arten, eine Nacht zu beenden. Hohwachts Ermittler bevorzugte eindeutig die Variante, bei der er vom Geruch frischen Kaffees sowie Spiegeleiern und Speck aus dem Schlaf geschmeichelt wurde. Es gab aber auch unschöne Arten, eine Nacht zu beenden. Wenn einen zum Beispiel ein mechanischer Wecker um 4.30 Uhr aus einem Spiegeleier-mit-Speck-Traum rasselte. Oke wischte die Uhr vom Nachtschrank. Ruhe! Selig dockte er wieder an der Matratze an. Die lange Kralle eines Rapetosaurus tastete nach seiner Schulter und pikte ihn unsanft. »Oschi, du musst raus«, hörte er Inse sagen. Ruckartig setzte er sich auf. Inse musste ihn geweckt haben, denn nirgends sah er ein urzeitliches Tier. Sie schlief aber schon wieder.

Müde lauschte er einen Augenblick Inses gleichmäßigem Schnarchen. Stöhnend lüpfte er die Decke und warf die nackten Beine über den Bettrand, wobei er noch lauter stöhnte, weil seine Bandscheibe diese schnelle Bewegung mit einem dumpfen Schmerz quittierte. Liebend gern hätte er seine vermaledeite Zwischenwirbelscheibe als Argument vorgeschoben, nicht fischen zu gehen. Irgendwann würde er Dr. Schellers Vorschlag einer Reha nicht mehr ausweichen können. Doch sein Pflichtgefühl erlaubte ihm kein Faulenzertum.

Der gestrige Tag war einer der längsten überhaupt gewesen. Sie hatten den Fuß sichergestellt, den ein Taucher im Meer entdeckt hatte, und beim Institut für Rechtsmedizin an der Uni Kiel ein vollständiges DNA-Datenprofil angefordert. Davon abgesehen, dass sie es mit einer hysterischen Religionslehrerin mitsamt ihrer nervösen Kollegenschaft und zahlreichen aufgeregten Gören zu tun bekommen hatten. Der Taucher, der den Fuß gefunden hatte, war hingegen nicht ansprechbar gewesen. Für diesen Felix Sonntag hatte er einen Notarzt gerufen, weil der Mann kurzzeitig das Bewusstsein verloren und unter Schock gestanden hatte. Schweiß hatte sich auf seiner Stirn gebildet, gleichzeitig hatte er gezittert. Seine Kollegen hatten ihn zuvor nach einer Panikattacke an Bord gezogen, in die Schocklage mit hochgelagerten Beinen gebracht und ihn zugedeckt.

Der zweite Taucher, der mit ihm im Wasser gewesen war, hatte ebenfalls behandelt werden müssen. Er hatte über leichten Schwindel und Übelkeit geklagt, Symptome einer Dekompressionserkrankung, wie er von einer Frau mit Igelfrisur erfahren hatte. Oke kannte sich damit nicht aus, aber es handelte sich offenbar um eine übermäßige Anreicherung von Stickstoff im Gewebe. Ursache war die Bildung von Gasblasen, die während des schnellen Auftauchens entstanden. Beide Taucher gehörten zu POPL, es war ausgerechnet die Gruppe, die Fischer wie Hauke auf dem Kieker hatte.

Bis nach Mitternacht hatten Vincent Gott und er über den ominösen Fuß gerätselt. Natürlich hatte er an Hauke gedacht. Als Erstes. Er wollte Inse zwar nicht vorschnell beunruhigen, ebenso wenig Haukes Ehefrau Darja, doch hatte er seine Gattin vorsichtige Erkundigungen einholen lassen, ob Hauke gern Turnschuhe trug und möglicherweise sogar zuletzt getragen hatte. Die Nachforschungen, die aus einem Anruf bei Darja bestanden hatten, hatten ergeben, dass Hauke tatsächlich meistens auf sportlichem Fuß unterwegs war.

Auch wenn er im Moment keinen Grund sah, warum es der kanadische Fußripper auf Inses Cousin abgesehen haben sollte, hielt er es zumindest für sehr wahrscheinlich, dass es sich um einen Teil des verschwundenen Verwandten handelte. Er hatte im Polizeiregister O-FISCH (Offene Fälle in Schleswig-Holstein) nachgesehen: In dieser Gegend wurden ansonsten keine weiteren Einzel-Füße oder Männer vermisst. Tatsächlich hatte die Eingabe des Wortes »Fuß« in das Suchfeld lediglich gezeigt, wie oft die Kollegen die Formulierung »auf freiem Fuß« benutzten. Es blieb noch zu prüfen, ob der Verwesungsgrad mit dem Zeitpunkt von Haukes Verschwinden zusammenpasste.

Und so was nannte sich Ferien! Aber er konnte Vincent Gott in so einer Situation nicht im Stich lassen. Für ihn war es selbstverständlich, dass er in die Ermittlungen einstieg. Eigentlich war er bereits mittendrin. Inse und Darja würden einen anderen Ersatzfischer als ihn finden müssen. Heute musste er noch einmal mit Mütze aufs Wasser fahren, aber dann …

»Könnte das Haukes Fuß gewesen sein?« Mütze klang äußerst beunruhigt.

»Das prüfen wir noch«, wich Oke aus. Er wollte sich nicht in Spekulationen ergehen. »Du hast also weiterhin nichts von Hauke gehört?«

Mütze sah ihn an, als wollte Oke ihn auf den Arm nehmen. »'türlich nicht. Dann hätte ich wohl etwas gesagt!«

Keine zwei Stunden später stoppte Mütze die »Loreley« nahe den roten Fahnen, die kennzeichneten, wo das Stellnetz seit dem Vortag lag. Mütze warf ihm eine Regenjacke zu: »Ich glaub zwar nicht, dass du die zubekommst, aber die wirst du brauchen, die Fische sind ziemlich glitschig.«

Die aufgehende Sonne färbte den Horizont rot-golden. Oke beobachtete, wie die Maschine das Netz langsam und stetig aus dem Meer zog. Schillernde Wassertropfen perlten von den Maschen. Je höher das Netz stieg, desto mehr silbrige Fische schienen darin zu zappeln. Das Geräusch aneinanderschlagender Leiber ließ Oke genauer hinschauen: Die Fische schnappten nach Luft, Kiemen spreizten sich, Glupschaugen traten aus den Höhlen. Kein schöner Anblick.

»Oh Mist!« Mütze wirkte plötzlich aufgeregt.

»Was?« Vor Schreck ließ Oke die Jacke fallen. Fast fürchtete er, dass sie einen weiteren Fuß-Fang gemacht hatten.

»Toter Schweinswal«, informierte ihn Mütze bedrückt.

Er konnte trotz seiner Größe nichts erkennen. Mütze stand mit dem Rücken zu ihm und verdeckte einen Teil des Netzes. Oke trat näher. Der etwa anderthalb Meter lange Wal war in das Fischernetz geraten und ertrunken. Er hatte Netzmarken an der Nase und eine eingerissene Brustflosse. Oke spürte plötzlich ein Gefühl des Verlustes.

»Wollen wir ihn wieder reinwerfen?« Mütze stand mit hängenden Schultern in seiner Wathose und Regenjacke einfach nur da und sah abwartend zu ihm hoch.

»Hat Hauke das so gemacht?« Oke glaubte, die Antwort schon zu kennen.

Mütze nickte.

Als Küstenbewohner hatte er es oft erlebt, dass tote Schweinswale angeschwemmt wurden. Ein Kalb hatte noch gelebt, als es von Touristen entdeckt worden war. Sein Versuch, es gemeinsam mit anderen Dorfbewohnern mit feuchten Tüchern aus dem Fischhus so lange zu stabilisieren, bis Helfer eintrafen, schlug seinerzeit fehl. Der Meeressäuger verendete am Strand – unter den Augen zahlreicher Schaulustiger, die Selfies mit dem sterbenden Wal machten.

»Sie hätten ihn nicht retten können. Schweinswale sind sehr empfindlich«, hatte ihm damals eine Mitarbeiterin des Deutschen Meeresmuseums in Stralsund erklärt, die bei Sichtungen und Totfunden der Wale informiert werden musste. »Und wir hätten ihn ohnehin nicht aufnehmen können. Es gibt nur eine Rettungsstation und die befindet sich in den Niederlanden.« Es war ein schwacher Trost gewesen. Damals hatte er genau dieses Gefühl des Verlustes empfunden, das ihm jetzt zusetzte. Ihm jedenfalls würde das Bild des Kadavers im Sand nicht so schnell aus dem Kopf gehen.

Eine Möwe schrie, als wollte sie eine Klage anstimmen. Schweinswale waren selten geworden. Die letzten Zählungen ließen befürchten, dass in der westlichen Ostsee nur noch 250 Exemplare lebten. Das erklärte den vehementen Einsatz der Aktivisten von POPL. Oke erinnerte sich an die Empörung, die die Sprengung von britischen Fliegerbomben aus dem Zweiten Weltkrieg vor wenigen Jahren vor einem Schutzgebiet bei Fehmarn ausgelöst hatte. Die Detonation hatte die inneren Organe von zwei Dutzend Schweinswalen so stark verletzt, dass die Tiere verendet waren. Die Beschäftigung mit Tierleichen in seinem Schuppen, wo er sie präparierte, hatte bei ihm zu einer wachsenden Wertschätzung der Lebewesen geführt, so merkwürdig sich das für Außenstehende auch anhören mochte.

»Wieso ist der im Netz gelandet?« Oke stellte einigermaßen erstaunt fest, dass seine Stimme belegt klang.

Mika drehte ihm wieder den schmächtigen Rücken zu. Er schien die Augen nicht von der dreieckigen Rückenflosse und der glatten Haut des Wals abwenden zu können. »Die Netze sind für sie unsichtbar unter Wasser, die sind aus dünnen Nylonfäden gefertigt, die sie nicht schnell genug orten können, weil der Schall von den Netzen nicht ausreichend reflektiert wird.«

Oke wollte nicht akzeptieren, was Mika sagte: »Dafür gibt es doch diese Pinger, die Töne senden, die der Mensch nicht hört, aber der Schweinswal. So was hat Hauke doch benutzt, oder nicht?« Erneut fürchtete er, die Antwort zu kennen.

»Nee, hat Hauke nicht. Er hatte Bedenken, dass das Geräusch den Dorsch gleich mit vertreibt. Außerdem war ihm das auch zu viel Arbeit, den Pinger mit einem Auftriebskörper am Netz zu befestigen.« Mika sprach zu Oke, ohne sich umzudrehen.

»Dammi noch mal to!« Eine Zeitlang blieb es still zwischen ihnen. Sie hörten, wie das Wasser gegen den Bug schlug.

Mika drehte sich nun doch zu ihm um. »Die Pinger nützen sowieso nichts. Sagt jedenfalls Hauke. Die Schweinswale gewöhnen sich an den Lärm, dann werden sie nicht mehr abgeschreckt.« Mika hatte offenbar das Gefühl, seinen Arbeitgeber, der durch Abwesenheit glänzte, in Schutz nehmen zu müssen. »Die Pinger sind hier auch nicht Pflicht. Ein paar nutzen freiwillig PAL. Aber davon hielt Hauke auch nichts.«

Oke merkte auf. »PAL?«

»Das ist auch ein Warngerät. PAL warnt die Wale in ihrer eigenen Sprache. Hauke meinte, es sei nicht sicher, ob der Wal den Ton überhaupt versteht. Nordseewale haben angeblich andere Dialekte als Ostseewale ...«

Dieser Mistkerl. Ein Klingeln unterbrach Okes Vorstellung davon, wie er Inses Cousin die Leviten lesen würde, wenn er ihn zu Gesicht bekäme. Oke griff nach seinem Diensthandy. »Wer stört?«

Am anderen Ende meldete sich ein aufgebrachter Polizeichef: Jens Hallbohm. »Was steckt nun hinter dieser Fuß-Sache?« Der Fuß-Fund brachte sicher Hallbohms gesamten Tagesrhythmus durcheinander. Anders konnte sich Oke den Anruf kurz nach Sonnenaufgang nicht erklären.

»Den Täter haben wir noch nicht ... Ich wollte diesbezüglich erst eine Dienstreise nach Kanada anmelden«, gab Oke trocken zurück. Er hatte keine Lust, sich von einem Schreibtischtäter wie Hallbohm Stress machen zu lassen. Nach all den Jahren bei der Polizei wusste er, wie weit er bei seinem Chef gehen konnte.

Hallbohm schnappte nach Luft, bis ihm aufging, dass Oke ihn auf den Arm nahm. Er gab aber schon die nächsten Anweisungen durch: »Ich hoffe, ihr klärt das zügig. Hat sich irgendjemand den Fuß beziehungsweise den Schuh schon genauer angesehen? Größe? Farbe? Marke? Ist es vielleicht ein Nike-Sneaker? Die sollen ja richtig teuer werden im Lauf der Zeit. Echte Sammlerstücke, sagt mein Sohn. Könnte ein Motiv sein!«

Dann hätte der Täter den Schuh aber mitgenommen.

Das Schweigen irritierte Hallbohm. »Bist du noch dran? Du sagst ja nix! Oschi? Wo bist du denn jetzt?«

»Fischen«, sagte Oke knapp.

»FISCHEN?« Hallbohms Stimme wurde um einige Dezibel lauter. Oke konnte sich bildlich vorstellen, wie sein Chef die sonst schlaff herabhängenden Wangen vor Empörung aufblies.

Hohwachts dienstältester Hauptkommissar erklärte dem Polizeichef den Zusammenhang und beruhigte ihn einigermaßen, indem er mit wenigen Worten den Stand zusammenfasste.

»In Schweden wurde auch ein abgetrennter Fuß angeschwemmt«, sinnierte Hallbohm.

Wie schnell konnte der Fuß-Killer an zwei so entfernt liegenden Orten zuschlagen? »Wann war das?«, erkundigte sich Oke überrascht.

Hallbohm klickte lautstark auf seiner Maus herum, wie er es immer tat: »Am 8. Juli 2008. Steckte in einer Socke und einem Sportschuh.«

2008 – das war mehr als 15 Jahre her.

Hallbohm meldete sich wieder: »Zur Größe wird im alten Bericht nichts erwähnt. Welche Größe hatte unser Schuh?«

42. Das wusste Oke, aber er hatte keine Lust mehr auf dieses Telefonat. Die Fragen seines Chefs begannen, ihn zu nerven. »Normale Größe«, raunzte Oke.

Jens Hallbohm ignorierte die freche Antwort, behielt jedoch wie immer das letzte Wort: »Schau dir um Himmels willen die neue Ausgabe des ›Reporter‹ an, und erklär mir das. Und melde dich wieder bei mir – Oschi!«

Würde er gewiss nicht. Eher würde er mit seinem Dienst-E-Bike freiwillig acht Stunden Streife fahren.

Als Oke das Handy wieder in der Hemdentasche unter seinem Troyer verstaut hatte und die Regenjacke aufhob, wiederholte Mütze seine Frage: »Was machen wir jetzt mit dem Wal?«

»Melden. Totfunde müssen registriert werden!«

Der junge Mann in der Wathose schob mit dem schmutzigen Zeigefinger seine Mütze ein paar Zentimeter aus der Stirn. »Von mir aus. Aber dann haben wir garantiert wieder die POPL-Leute am Hals, das ist mal klar. Und die verstehen bei so was keinen Spaß.«

Tierschützer waren jetzt Okes kleinstes Problem.

»Die haben Hauke letztes Mal ganz schön in die Mangel genommen. Von wegen, ob er legal fischt und so und ob er schon mal kaputte Netze über Bord geschmissen hat. Hab ich doch schon erzählt! Die haben sich alle Papiere zeigen lassen. Er meinte, die Polizei hätte dabei sein müssen. Die dürften gar nicht so unverschämt rumfragen.«

Oke schwieg und Mütze begann, eine Scholle, die sich mit den Kiemen im Netz verhakt hatte, aus den Maschen zu pulen. »Wir müssen ja hier mal zu Potte kommen«, sagte er und warf den Fisch im hohen Bogen in eine Kiste.

Oke drehte den Kopf zum Schweinswal. »Du nutzt jedenfalls ab sofort irgendein Warngerät – PAL oder Pinger oder was für eine Unterwasserhupe. Mir egal. Auch wenn ich nicht mitfahre.« Okes Stimme duldete keinen Widerspruch.

»Von mir aus. Der Pinger müsste sogar noch an Bord sein, mein Vater hat das Ding genutzt. Als ihm die ›Loreley‹ noch gehörte.«

Oke begab sich auf die Suche nach dem Signalgeber, nicht, dass das Vorhaben in Vergessenheit geriet. »Wo habt ihr denn das technische Gedöns versteckt?« Versuchsweise lüpfte er einen Deckel und lugte ins Dunkel.

Mütze schleuderte einen weiteren Fisch in die Box. »Da jedenfalls nicht. Das ist der Kettenkasten.«

Oke stutzte. Er hatte doch eben ein Netz gesehen! Statt den Deckel fallen zu lassen, hob er ihn ein Stück an und beugte sich tiefer hinab, um besser sehen zu können. Ein penetranter Geruch schlug ihm entgegen. »Da unten ist aber ein Netz!«, beharrte er.

»Kann nicht sein, das ist der Kettenkasten – für die Ankerkette«, meinte Mika verwundert.

Oke schnüffelte. Es roch muffig, aber auch süßlich, metallisch. Der Kommissar fuhr sich mit dem Handrücken unter der Nase entlang. Er wusste, wie Tod roch. Er stieg die wackelige Leiter hinab und ahnte beinahe, was oder besser wer ihn unten in der düsteren Stahlkammer erwartete. Kurz darauf hatte er Gewissheit.

Die Leiche war in ein Netz gewickelt. Der Mann trug eine Cordjacke, die kecke Haartolle hatte weitgehend ihre Form behalten. Schon der erste Blick ließ für ihn keinen Zweifel daran, dass er Inses verschwundenen Cousin Hauke aufgestöbert hatte – im Kettenkasten seines eigenen Schiffes. Er hätte es eher durchsuchen müssen. Auch wenn er sich das schwerlich eingestehen konnte: Er hätte sich eher kümmern müssen. Hatte Hauke noch gelebt, als er hier eingepfercht worden war? Selbstvorwürfe regten sich in ihm. Stärker als zuvor. Erst der Wal, jetzt der Fischer.

Aufmerksam betrachtete der Profi in ihm den Leichnam. Wie erwartet fehlte ein Fuß. Man brauchte kein forensischer Experte zu sein, um festzustellen, dass er wenig fachmännisch abgetrennt worden war. Oke sah sich noch einen Moment von seiner unbequemen Position aus in dem stickigen Raum um. Er konnte keine weiteren Indizien entdecken, wollte den Tatort auf keinen Fall für die Spurensicherung verfälschen. Ob Hauke noch andere tödliche Wunden hatte, ließ sich im Dunkeln und in dem Knäuel aus Netz, Kleidung und Mensch schwer ausmachen. Er warf noch einen letzten Blick auf den Stahlboden: kaum Blut. Der Mörder musste Hauke an einem anderen Ort ermordet und dann hier hineingeworfen haben. Seine These. Oke raffte sich auf und machte sich auf den steilen Weg zurück an die frische Luft. Erst oben wurde ihm bewusst, dass ihm wieder speiübel war.

Mütze hatte die Fische Fische sein lassen. Er stand neben dem Kettenkasten. Seine Augen flackerten unstet wie die Wasseroberfläche unter der Sonneneinstrahlung. »Wieso hat das so lange gedauert? Was war da unten?«, fragte er mit kippeliger Stimme.

Okes Antwort fiel knapp aus: »Zurück – zum Hafen! Sofort.«

Aus Mützes Gesicht sprach blankes Entsetzen: »Warum sofort? Was ist da unten?«

Der Kommissar war sich nach dem, was er in den vergangenen Tagen gehört hatte, bereits ziemlich sicher gewesen, dass eine Frauengeschichte hinter Haukes ominösem Verschwinden steckte. Jetzt, da Hauke fußlos aufgetaucht war, hatte er Zweifel. Ein derart brutales Vorgehen deutete seiner Meinung nach eher auf einen Mann als Täter hin. Es musste nicht unbedingt ein Kanadier sein. Es gab in diesem Fall keinen Mangel an Verdächtigen und Motiven. Er erinnerte sich an Wenckes Bericht vom gehörnten Seebestatter, ebenso an Mikas Gerede über übergriffige Walschützer. Aber letztlich konnte sogar Mika Hand an

Hauke gelegt haben. Niemand konnte in einen Menschen hineinsehen.

Das Diensthandy entband ihn einer Antwort. Hallbohm hatte etwas vergessen: »Lass die Schweden! Wir konzentrieren uns auf Kanada! Es waren an der Westküste nicht elf, es waren 13 Füße!« Er schrie die Zahl fast: »Dreeiihzeehn!«

Hallbohm hatte reichlich lang gebraucht, um die Fuß-Sache mal bei Google einzugeben, dachte sich Oke, hielt aber den Mund.

»Wir haben es wahrscheinlich mit einem Kanadier, einem Serienmörder, zu tun, der jetzt in Hohwacht sein Unwesen treibt!«, mutmaßte Hallbohm.

Oke korrigierte seinen Chef nicht, was die Zahl der Funde anging. Stattdessen sagte er: »Schön, dass Sie die Füße im Internet gefunden haben, ich habe hier den Rest zu unserem Fuß.«

## VINCENT

Vorsichtig drehte er sich auf die andere Seite, um A ihr nachhaltiges Kartonbett, 70 Prozent Recyclingmaterial, nicht versehentlich zu verschieben und B sie nicht zu wecken, und griff nach seinem Moleskine-Notizbuch auf dem Nachttisch. Es hatte mehr gekostet als ein Block aus recyceltem Papier, aber es war eben auch viel schöner. Gedankenverloren blätterte Vincent bis zu dem Gedicht, das er verfasst hatte, als sein Handy ihn aufschreckte. »Hauke liegt im Kettenkasten seines Schiffs«, dröhnte kurz darauf die Stimme seines Kollegen an Vincents Ohr. »Am besten, du machst dich auf den Weg zum Hafen.«

Während er aufsprang, um sich anzuziehen, murmelte Jonna schläfrig: »Oh Mann, wo brennt's jetzt wieder?«

Es war nicht sehr lang her, dass er die Reformhausfachberaterin aus Lütjenburg kennengelernt hatte. Sie hatte vorigen Sommer gegen Mastställe in der Region protestiert und als Zeugin in einem Mordfall ausgesagt. Bei einer SUP-Spaßregatta, bei der sie mit Wencke Husmann und deren Huhn Marlene gemeinsam angetreten waren, hatte er sich dann bis über beide Ohren in die junge Frau verliebt, und in diesem Jahr wollten sie heiraten. Aber jetzt hatte er keine Zeit für Erklärungen. Außer: »Ich muss zum Dienst.«

»Och menno.« Sie nahm das Notizbuch, das auf ihre Bettseite geraten war. Vincent liebte Gedichte, Morgenstern mochte er, Rilke auch. Er selbst dichtete eigentlich nicht. Doch ein Haiku, die traditionelle japanische Gedichtform, seit Jahrzehnten weltweit populär, hatte er sich ausgedacht und in die noch jungfräulich weißen Seiten geschrieben. Er hatte mit den wenigen Silben, die das Haiku ausmachten, eine Abendstimmung am Ufer bei Hohwacht zum Ausdruck bringen wollen. In diesem Moment hatte sie seine Zeilen entdeckt und las diese laut vor: »Fuß auf warmem Holz / Der Steg führt aufs Meer hinaus / Abend in Hohwacht.« Sie sinnierte kurz über die

Worte und rief dann erfreut aus: »Ein Haiku! Cool. Das könntest du für den Wettbewerb einreichen!«

Vincent zog Jonna zu sich und gab ihr einen Kuss. Sie duftete nach Sandelholz, den Räucherstäbchen, die sie abends oft entzündete. »Isch han disch jän!«

Sie warf ihm lachend ein Kissen an den Kopf. »Oh mein Gott, das will ich hoffen, dass du mich gernhast, sonst würde ich dich nicht heiraten!« Sie ließ sich zurück ins Bett plumpsen, zog die Decke bis unter die Achseln und schloss genießerisch die Augen. »Hach, schön, wenn man sich noch mal einkuscheln kann.« Dann wiederholte sie nachdenklich die Zeile aus seinem Haiku. »›Fuß auf warmem Holz‹. Hast du dabei an die Flunder gedacht?«

Die Flunder lag am Hauptbadestrand in Hohwacht. Die hölzerne Seebrücke erinnerte mit ihrer Form, ein Steg, der in einem Viertelkreis endete, an den gleichnamigen platten Fisch. Vielleicht würde es die Mehrtens vom Tourismusverein sogar honorieren, dass er in seinem Haiku auf das Wahrzeichen des Ortes anspielte. »Ja, klar, an die Flunder«, antwortete er und seufzte: »Wo ich dich hoffentlich heiraten werde. Aber jetzt muss ich wirklich los, dieses Phantom von Fuß-Killer jagen …« Er beeilte sich mit dem Anziehen.

»Du willst mich auf der Flunder heiraten?«

Er zögerte mit der Antwort. Einerseits weil er damit beschäftigt war, sein Hemd zuzuknöpfen, andererseits weil er eine endlose Liste idyllischer Plätze in der Region im Kopf hatte. »Auf dem Leuchtturm Neuland bei Behrensdorf oder auf dem Leuchtturm Holtenau geht natürlich auch. Oder auf der Prinzeninsel in Plön.« Vincent ließ nach jedem Vorschlag eine Viertelsekunde Pause, damit sich seine Zukünftige äußern konnte.

»Ich wollte eigentlich zu meiner Familie ins Sauerland ... Meine Mutter hat schon mit dem Pastor gesprochen. Im September hätte er noch einen Termin frei«, nannte sie ihm ihre eigenen Pläne. »Wir könnten in diesem Landhotel am Rothaarsteig buchen. Die haben ein wasserloses Urinal – das spart 95 Prozent Wasser ein! Außerdem sind die richtig weit vorn, was Mülltrennung betrifft: Aus den Kerzenresten aus den Hotelzimmern werden Grillanzünder hergestellt!«

Das beendete Vincents gute Stimmung. Beim Thema Hochzeitsreise dachte er nicht an Urinale und Mülltrennung. Irgendwie hatte er sich das Ja-Sagen romantischer vorgestellt, mit Blick auf die unendliche Weite der Ostsee, umgeben von salziger Luft. »Eine Hochzeit auf der Flunder wäre aber sehr stimmungsvoll«, murmelte er nun und suchte in Jonnas unaufgeräumten Schrank nach Schuhputzmittel. Leiche hin oder her – er hatte einen Fleck auf seinen italienischen Kalbslederschuhen entdeckt. So konnte er nicht aus dem Haus. Als er die gesuchte Dose endlich gefunden hatte, drehte er sich zu ihr um: »Wir könnten ein Klavier und Stehtische bestellen. Sag Ja!«

Sie schlug die Decke zurück und schlüpfte in ihre Jeans. Sie sah toll aus, in BH und Jeans, aber sie zog einen Schmollmund. »Und Wencke soll das Catering übernehmen?«

Vincent schwieg. Die Sache mit dem Essen war tatsächlich heikel. Er holte lieber erst mal seine Jacke vom Haken, bevor er antwortete.

Jonna kam ihm barfuß hinterher und umschlang ihn mit beiden Armen von hinten. Zu zweit hatten sie kaum Platz in dem engen Flur. »Was ist? Warum sagst du nichts?«

Er erklärte ihr das Problem: »Wenn wir Wencke fragen, ob sie ein Büfett zusammenstellt, ist Jan beleidigt, andersherum genauso.«

»Dann auf ins Sauerland!«, rief sie, klatschte übermütig in die Hände und vollführte einen kleinen Tanz zwischen Schirmständer und Schuhschrank. »Meine Eltern würden sich freuen!«

Er konnte es nicht ändern, er fühlte sich betrogen. Seine Liebe von der Ostsee wollte gar nicht an der Ostsee heiraten! Der Plan, vor den Traualtar zu treten, stellte ihre Beziehung unerwartet auf die Probe. Warum musste alles so kompliziert sein? »Können wir das später besprechen? Ich muss jetzt los …«

Sie musste ihm die Enttäuschung angesehen haben, denn als er die Hand auf die Türklinke legte, hielt Jonna ihn zurück: »Solange Oke Oltmanns nicht am Ende Seemannslieder singt, bin ich mit vielem einverstanden. Aber lass dir gesagt sein, dass ich Jan das Catering definitiv nicht allein überlasse!«

# MALGORZATA

»Dobrij den!« Die Gestalt vor dem Empfangstresen ihrer Pension passte überhaupt nicht nach Hohwacht. Der korpulente Mann trug einen Designermantel mit Pelzkragen, eine Klunkerkette blitzte durch das Hemd, das weit offen stand, goldene Rolex, rotbrauner Vollbart. »Ich hätte gern Ihre besten beiden Suiten. Und Essen aufs Zimmer bitte, Lachs. Und etwas Wououdka, wenn es nicht zu viel Miehe macht.« Er sprach Wodka mit einem doppelten Ou und insgesamt sehr langsam aus.

Klunkerkette hatte halbrechts hinter sich noch einen Begleiter mitgebracht, der offenbar vor allem einen Zweck erfüllen sollte: unterdrückte Gewaltbereitschaft signalisieren. Er war unerheblich kleiner als zwei Meter und der Maßanzug konnte die Muskelmasse nur schwer bändigen. Dazu die Tätowierungen. Im Gesicht! Sie war einigermaßen perplex, weil es die illustren Herrschaften nicht für nötig befunden hatten, zu reservieren, zu buchen oder ihre Ankunft wenigstens telefonisch anzukündigen.

Unter anderem deshalb reagierte Malgorzata Rieken auf das Duo mit einem wenig eloquenten »Ääää?!«.

Ihre Zimmervermietung in Hohwacht hatte sich zu einem einträglichen Geschäft entwickelt. Der verträumte Fischerort hatte seit Hermanns Tod ein Stadium erreicht, in dem ihn Touristen einen »Geheimtipp« nannten und insbesondere in den Sommermonaten in Scharen anreisten. Nicht dass Hermanns Dahinscheiden in kausalem Zusammenhang mit dem anschließenden Ansturm der

Gäste gestanden hätte. So schlimm war er als Wirt nicht gewesen.

Jedenfalls konnte es ihr nur recht sein, dass die Ostsee als Reiseziel immer beliebter wurde. Vielleicht wurde Hohwacht tatsächlich noch das neue St. Peter-Ording? Aber was neuerdings für Leute eintrafen. Die beiden Herren zum Beispiel waren in einem mattschwarzen Mercedes angekommen, ungefähr im Wert eines Einfamilienhauses mit Seeblick. Was wollten die hier? Malgorzata jedenfalls war geschäftstüchtig genug, schnell die Schlüssel zweier einigermaßen passabler und aufgeräumter Zimmer vom Haken zu nehmen – das Zeitalter der Schlüsselkarte war in der »Zimmervermietung und Meer« noch nicht angebrochen.

Als gebürtige Polin hatte sie in ihrer Schulzeit Russisch gelernt und konnte so den vorderen Herrn in seiner Heimatsprache begrüßen, was seine Augen aufblitzen ließ. »Igor Tolstoi mein Name, und mit welcher Schönheit habe ich das Vergnügen?« Er betrachtete sie nun interessiert.

Unwillkürlich fasste sie sich ins Haar. Sie hätte es längst mal wieder nachfärben müssen, in diesem Erdbeerblondton, den es bei Jensen am Spielplatz gab.

»Malgorzata Rieken, Pensionswirtin«, gurrte sie. »Tolstoi? Wie beeindruckend! Haben Sie etwas mit dem Schriftsteller zu tun?«

»Leider weiß ich das nicht genau, aber möglicherweise war er mein Ururgroßvater mütterlicherseits«, meinte der Mann mit dem rotbraunen Bart.

Zufällig wusste sie, dass der Urheber von »Krieg und Frieden« 13 Kinder und viel mehr Enkel hatte. Es konnte also durchaus stimmen, was der Mann sagte.

»Dann schreiben Sie auch?«, nahm sie den Faden auf.

Er schielte zur tapezierten Decke. »Meiner Großmutter zu Weihnachten.« Tolstoi ließ ein donnerndes Lachen hören und zwinkerte ihr zu. Sie spürte plötzlich ein seltsames Flirren im Magen, als hätte sich ein Schmetterling dort hineinverirrt. Der sonderbare Gast war mit seiner stattlichen Größe und den vollen Lippen nicht unattraktiv. Und er hatte wahrscheinlich Geld! Sie wartete, ob noch etwas zu seiner Schriftstellerei kam, er deutete aber stattdessen auf die beiden Schlüssel, die sie auf den Tresen gelegt hatte. »Also, haben Sie Zimmer frei?«

Sie nickte. »Sicher, für wie lange?«

»Ich weiß es nicht. Sehen Sie, ich suche Bernstein. Besondere Stücke. Man weiß nie, wann man etwas findet, manchmal sind echte Schätze darunter … Aber ich bezahle im Voraus.«

Gebannt beobachtete sie, wie er ein Bündel Fünfhunderter aus der Manteltasche zog, mit einem goldenen Clip zusammengehalten. Wenn das Hermann noch erlebt hätte! Da war die Kurtaxe mit drin, ohne große Diskussion! »Bitte sehr!« Sie schob ihm die Schlüssel hinüber. »Zimmer 7 und 9. Sie bleiben, solange Sie wollen! Wenn Sie mir bitte bis heute Abend noch die Anmeldebögen ausfüllen mögen?«

Tolstoi fragte, ob es einen Hoteltresor gebe, um seine Wertsachen aufzubewahren, und deutete vielsagend auf einen kleinen schwarzen Koffer neben seinen Füßen. Na holla, wenn das Bündel im Mantel für den noch nicht mal als Wertsache galt, was mochte dann erst in dem Aktenkoffer sein?

»Nein, einen großen Tresor haben wir nicht, nur die kleinen Zimmersafes, aber Sie können mir Ihre Wertsachen gern geben. Ich lege den Koffer hier unter meinen Tresen. Da geht keiner dran!«

Er lächelte wieder, diesmal nicht ganz so beflissen. »Nein, danke!« Tolstoi streckte die Hand aus, um nach dem Schlüssel zu greifen. Die beiden drehten sich um, um ihre Zimmer aufzusuchen. »Do svidaniya!«

Ihr fiel noch etwas ein: »Ach ja, Wodka ist keiner da – aber wir haben eiskalten Muschelputzer. Lecker!«

Nach dem Abgang der Russen hätte sie sich selbst gern einen Schnaps gegönnt. Unerwartet kam Freude in ihr auf. Eine Witwe konnte wieder heiraten – noch dazu, wenn es sich bei ihrer Wahl um eine hinreichend gute Partie handelte. Gerade, als sie versuchte, sich als Gemahlin an Tolstois Seite vorzustellen, öffnete sich die Tür erneut und ein weiterer Gast trat ein. Mit Waffen – wenn auch in Taschen. Der weißhaarige, spindeldürre Mann mit Brille trug drei Flintentaschen aus Leder über der Schulter, nahm sie nun ab und lehnte sie an die Wand.

Dann zog er seine Handschuhe aus, legte sie auf den Tresen, blickte Malgorzata aus eisgrauen Augen durch das Brillenglas freundlich an und sagte mit deutlichem skandinavischem Akzent: »Hej. Ich-freue-mich, Ihre-Bekanntschaft-zu-machen. Mein-Name-ist-Rognar-Torgersen, ich-würde-gerne-ein-ruhiges-Zimmer-bei-Ihnen-mieten, in-Vollpension, wenn-es-beliebt.« Er sprach so fließend, dass sie Schwierigkeiten hatte, zu erkennen, wo ein Wort anfing und wo es aufhörte. Sein I klang wie ein gequältes Ü, sein A war mehr ein O. Während sie noch rätselte, was genau er wollte, zückte er ein kleines Etui und zog geschickt eine platinfarbene Kreditkarte hervor. Er lächelte sie mit seinem maskenhaften Gesicht weiter an. »Und-könnten-Sie-die-Freundlichkeit-besitzen, mich-in-die-örtliche-Jägerschaft-zu-vermitteln? Ich-würde-gerne-das-eine-oder-andere-schöne-Stück-erlegen.«

## OKE

Oke stützte sich mit der einen Hand auf die Reling der »Loreley«, in der anderen hielt er das Telefon. Die See war zwar einigermaßen ruhig, was sich aber von seinem Magen nicht sagen ließ.

»Sieh zu, dass die Presse keinen Wind von der Sache bekommt, Oschi! Die Spurensicherung schicke ich zum Hafen – die Kollegen sind praktisch unterwegs.« Sein Chef hatte sich nach Okes Meldung wieder gefangen. Nun wollte Jens Hallbohm Details wissen, Oke allerdings nicht zu viel sagen – schließlich musste er sich erst darüber klar werden, welche Rolle Mütze in dieser Angelegenheit spielte.

Er würgte den Chef ab und wandte sich Mütze zu. »Alles klar, Jung?«

Der junge Fischer hatte inzwischen eins und eins zusammengezählt und lehnte mit blasser, kaltschweißiger Haut an der Fischkiste. Er grinste schief. »Joa, geht schon. Nur die Vorstellung, dass da unten Hauke liegt …« Mütze würgte und beugte sich eilig über die Reling.

Oke hatte zwar das Gefühl, dass er auch gleich kopfüber über der Ostsee hängen würde, so sehr rebellierte sein Magen, wartete aber schweigend ab, bis es Haukes ehemaligem Mitarbeiter besser ging. »Wieso denkst du, dass es Hauke ist?«, hakte er schließlich nach.

Sein Gegenüber wischte sich mit dem Handrücken energisch über den Mund. »Wer denn sonst?«

Der Kommissar ignorierte die Gegenfrage. »Wann hast du Hauke noch mal zuletzt gesehen?«

»Habe ich doch erzählt. Am Mittwoch. Abends wollte er zum Übungsschießen.«

»Wie war er an dem Tag zuwege?«, setzte Oke nach.

Mika schob die Strickmütze, die ihm seinen Spitznamen beschert hatte, hoch und kratzte sich mit dem Zeigefinger am Kopf. Eine Geste, die Oke schon oft bei ihm beobachtet hatte. Dann zuckte der Junge die Achseln. »Wie soll er zuwege gewesen sein? Wie immer, würde ich sagen. Er hat viel telefoniert und Nachrichten verschickt.«

Oke erinnerte sich an ein Gespräch, das er mit Mika über Hauke geführt hatte. Eine Frage war offengeblieben: »Was bedeutet eigentlich die Aubergine?«

Mika wurde ansatzweise rot: »Ach, das ist so ein Dirty-Talk-Ding. Steht für ›Penis‹ …«

Oke nahm die Information mit einem vielsagenden Blick zur Kenntnis. Ob diejenige, der Hauke anzügliche Nachrichten geschickt hatte, vielleicht mehr über seinen Tod wusste? Er hatte sich schon flüchtig umgeschaut. »Du hast nicht zufällig sein Handy hier irgendwo rumliegen sehen?«

»Nein.«

»Habt ihr euch wegen irgendwas gestritten?«

Mütze sah ihn irritiert an. »Ne, wieso denn gestritten?« Plötzlich fragte er alarmiert: »Werde ich etwa verdächtigt?«

Haukes Mitarbeiter schien in diesem Moment erst aufzugehen, dass er aus Sicht der Polizei durchaus als Täter infrage kam. Tagein, tagaus waren beide Männer allein auf dem Wasser gewesen. Wer wusste, ob die Hilfskraft nicht einen geheimen Groll gegen ihren Arbeitgeber gehegt hatte? Falls es so war, würde Oke es herausfinden.

»Immer die Ruhe bewahren: Fahr uns man erst mal in den Hafen«, redete er dem Jungen gut zu. Er konnte sich zwar nicht vorstellen, dass Mütze in den Fall verstrickt war, aber er würde ihn auf jeden Fall im Blick behalten. Wenn Emotionen im Spiel waren, Wut, Zorn, wer wusste schon, wozu ein Mann dann fähig wäre? Nach einem stundenlangen Streit auf See, wenn nur der Dorsch Zeuge war …

Als die »Loreley« in den Hafen Lippe einlief, standen die Kollegen schon parat. Im Hintergrund parkten mehrere Polizeifahrzeuge. Heiner Dubbels, ein untersetzter Uniformierter mit Fußproblemen, lief mit einer Rolle rot-weißem Flatterband umher. Dubbels hatte sich auf Anraten einer Fuß-Therapeutin oder wem auch immer sogar angewöhnt, barfuß zum Dienst zu erscheinen. So auch jetzt, stellte Oke kopfschüttelnd fest. Über der Szenerie prangte ein langes Werbebanner, mit dem der Ort für seinen diesjährigen Wettbewerb warb: »Ein Gedicht für Hohwacht«.

Aus die Maus, dachte Oke grimmig.

»Moin, Chef«, grüßte ihn Jana Schmidt. Beschwingt winkte sie ihm zu. Sie freute sich augenscheinlich, ihn wiederzusehen. Seine frühere Kollegin aus der Hohwachter Polizeistation arbeitete inzwischen für die Spurensicherung. Dass sie ihn dennoch »Chef« nannte, stärkte wiederum Okes Ego.

Sie trug die ehemals langen blonden Haare kurz. Vor Ungeduld wippte sie auf ihren Turnschuhen herum. Genauso hibbelig wie gewohnt. »Merkwürdig mit dem Fuß, oder?«, rief sie rüber zum Boot. Sie wartete seine Antwort nicht ab, sondern stellte sofort die zweite Frage, bevor er an Land war: »Und wie läuft es so mit dem Kölner Kollegen in Hohwacht?«

»Lööpt.« Es lief alles, mehr brauchte er nicht sagen. Sie kannte ihn und seine wortkarge Art seit Langem. Oke wusste ihre Anwesenheit zu schätzen, auch wenn er das nie aussprechen würde. So war er eben. Und schließlich stand die Zimmerpflanze, die sie ihm im vergangenen Jahr zur Wiedereröffnung der Polizeistation mitgebracht hatte, noch in seinem Büro – obwohl die Bezeichnung Grünpflanze nicht mehr im eigentlichen Wortsinn auf das welke Ding zutraf. Das war jedenfalls ein echter Freundschaftsbeweis gewesen.

Als Mika die »Loreley« vertäut hatte, sprang die Kollegin an Bord. »Soso, da verbringen Sie also Ihre Ferien auf einem Schiff«, stichelte sie gutmütig, »um neue Leichen an Land zu ziehen. Wird Ihnen Hohwacht zu langweilig?« Sie wusste nicht, dass er mit dem Toten verwandt gewesen war.

»Nee. Ich trage nur zum Spaß eine Wathose.« Oke seufzte. Man könnte meinen, sie seien hier im Debattierklub am Rhein und nicht an einem Tatort an der Ostsee. Schweigend führte er die Kollegin der Spurensicherung zum Kettenkasten und hob den Deckel an. »Da unten ist er.«

Sie beugte sich über das Loch und kam gleich wieder hoch: »Oh, Gott, wie das riecht …« Sie verzog den Mund.

Der Fischerkutter wurde nun von der Kriminaltechnik beschlagnahmt. Janas Kollege Klaus Schröder begann bereits zu fotografieren. Erst würde er das Schiff ohne Zahlentafeln mit der Kamera aufnehmen, so wie sie es vorgefunden hatten. Dann mit Zahlen an den Beweisen. Jedes wichtige Teil würde mit einer Nummer versehen werden.

Die Polizei musste das ganze Schiff nach Spuren absuchen. Die Kollegen würden alle Gegenstände beschreiben, ihre Lage zueinander feststellen, die Abmessungen dokumentieren. Oke sah, wie Janas Kollege die Stellung des Lichtschalters im Steuerhaus für die weiteren Ermittlungen festhielt. Sie würden hier Stunden zu tun haben.

»Oh nein, ein kleiner Schweinswal!« Die Kollegin hatte den Beifang entdeckt.

Bevor er antworten konnte, fragte Mika: »Was passiert mit den Schollen?«

Spontan dachte Oke an Panieren und Anbraten. Er konnte zwar ein gutes Wort dafür einlegen, dass Mika den Fang einholen durfte, aber die Entscheidung, was damit passierte, trafen andere. Sie hatten einen Mordfall aufzuklären, und die »Loreley« wurde vorübergehend als Tatort eingestuft, an dem strenge Vorschriften galten. »Der Fang ist beschlagnahmt.«

Die Staatsanwaltschaft musste erst die Freigabe des Tatorts veranlassen, bevor Mütze Flunder, Schollen und Dorsche zum Verkauf von Bord schaffen konnte.

»In der Asservatenkammer will den Fisch bestimmt keiner haben, das würde schön stinken«, warf Klaus Schröder ein und ging vor den Dorschen halb in die Knie, als wollte er ein besonders künstlerisches Foto von den Fischen machen. »Und das Polizei-Kühlhaus in Plön ist überfüllt mit Leichen, die wir noch nicht identifiziert haben.« Noch ein Scherzbold.

Oke ließ seinen Unmut an Heiner Dubbels aus: »Heiner! Wenn du dir nicht sofort Schuhe anziehst, schicke ich dich barfuß den ganzen Schotterweg rauf – da spürst du mehr von deinen Sohlen, als dir lieb ist.«

»Ich koche dir erst mal eine schöne Tasse Tee.« Inse half Darja Büsing, die Ärmelschützer aus PVC abzustreifen, die sie bei der Arbeit in der hauseigenen Fischräucherei hinten in ihrem Garten trug. Dann begleitete sie Haukes Witwe auf die Couch und entschwand in die Küche.

Oke überlegte, was er sagen konnte. Ein Tee half vielleicht mehr als Worte. Er saß im gemütlichen Wohnzimmer der Fischerkate neben Darja auf einem in die Jahre gekommenen Polstersessel in Blau. Sein Blick blieb an einem prachtvollen Kabeljau hängen, der – für immer im Sprung verharrend – an der Wand hing. »Lieber Kabeljau als Kabel-TV«, stand darunter. Doch nach Schmunzeln war ihm weiterhin nicht zumute, Darjas spürbare Trauer lastete auf ihm. Vorsorglich hatte er sich Inse dazugeholt, um Darja die traurige Nachricht zu überbringen. Das konnte ihm als feige ausgelegt werden. Tatsächlich verhielt es sich aber so, dass er sich manchmal bollerig gab, um seine Ruhe zu haben. Daher war ihm durchaus klar, dass es Inse Oltmanns besser gelingen würde, die Frau ihres Cousins zu trösten, als dem Hauptkommissar. Die meisten Hohwachter sahen in Inse so etwas wie die gute Seele des Dorfes.

Darja hatte starkes Räucheraroma mit in die Stube gebracht. Ein Geruch von Fisch umwehte sie. Nicht unangenehm. Oke betrachtete die Frau, deren ausgewaschenes Sweatshirt lose um ihre Taille schlabberte. Darja band sich langsam das Kopftuch ab. Der Schock war sicher dafür verantwortlich, dass sie trotz der inzwischen recht milden Außentemperaturen fröstelte. Ihre Lippen zuckten, doch sie sagte nichts, sondern starrte nur auf den ausgeblichenen Orientteppich zu ihren Füßen.

Oke fragte sich, wie er der Frau auf dem Sofa beibringen sollte, dass ihr Hauke nicht wiederkäme und bei seinem letzten Abenteuer einen Fuß eingebüßt hatte. Oke schluckte. Morgen würden die Zeitungen über den Mord an Darjas Mann berichten. Da konnte er gleich mit der Wahrheit herausrücken: »Es gibt einige unschöne Details«, begann er.

Darja starrte weiterhin zu Boden, als würde sie nichts um sich herum wahrnehmen.

»Nimmst du Zucker?«, hörten sie Inse aus der Küche.

Darja schreckte auf. »Ja«, erwiderte sie. Mit hoffnungslosem Blick widmete sie ihm schließlich doch ihre Aufmerksamkeit. »Was für Details?«, wollte sie wissen.

Oke räusperte sich. Normalerweise machten ihm Aufgaben wie diese nicht so zu schaffen. Ein Mord in der Verwandtschaft war doch etwas anderes. »Der Mörder hat Haukes Fuß mitgenommen …«, überwand sich Oke schließlich, Darja ins Bild zu setzen.

»Seinen Fuß?« Die Witwe starrte ihn in einem Moment verständnislos an, und im nächsten begann sie, tränenlos zu schluchzen. Dankbar registrierte er, dass Inse bereits zur Stelle war: Sie stellte den Tee ab und setzte sich neben Darja und legte den Arm um ihre Schulter. Oke entschied, die Befragung zu vertagen. Darja Büsing hatte mehr als genug Kummer für einen Tag zu ertragen.

Er ging zu seinem Dienst-E-Bike, das er vor dem roten Backsteinhaus abgestellt hatte, und erhaschte einen Blick auf den Range Rover in Darjas Garage. Der schien nagelneu zu sein. Wann hatten sie den denn gekauft? Das hatte er gar nicht mitbekommen.

## VINCENT

Die Meeresaktivisten hatten ihre Mahnwache aufgegeben. Neben dem Polizeiaufgebot in direkter Nachbarschaft zu ihrem Zeltlager würden sie nur ein Thema haben: den Schweinswal, den Oke Oltmanns und Mika unbeabsichtigt mit an Land gebracht hatten. Dessen war sich Vincent sicher. Er würde später noch zu ihnen hinübergehen. Er hatte die ersten Befragungen aufgeregter Jachtbesitzer bereits hinter sich gebracht, während die Kollegen ihre Spurensuche auf das Hafengelände ausdehnten. Es wimmelte im Hafen Lippe von Polizisten. Zivilisten waren auf dem Gelände kaum noch zu sehen, was daran lag, dass Heiner Dubbels an der Einfahrt Wache schob und dabei vermutlich Fußgymnastik betrieb. An dem Mann mit Spreiz- und Senkfuß käme niemand ohne Berechtigungsschein vorbei.

Das Gespräch mit Jonna hatte ihm den Start in den Tag verdorben. Er würde sehen, wie er es wieder hinbog zwischen ihnen. Vielleicht, überlegte er, konnte er ihr ganz pragmatisch eine Schweinswal-Patenschaft zur Hochzeit schenken. Das wäre ein Geschenk so richtig nach ihrem Geschmack und ihrer Überzeugung. Die Gesellschaft zur Rettung der Delfine bot eine solche Patenschaft speziell für die bedrohten Ostsee-Schweinswale an. So wie jetzt die Aktivisten von »Protect Our Planet« hatten die Mitglieder der Gesellschaft vor Rügen allein in den vergangenen Jahren mehr als 8.000 Kilo an Geisternetzen aus dem Meer geholt.

Er wollte Jonna den schönsten Hochzeitstag überhaupt bereiten, aber dabei weder Jan vor den Kopf stoßen noch in einer westfälischen Hofscheune Ja sagen. Egal wie viel unberührte Natur und Mülltrennung es dort gab. Das erste Mal, seit er mit Jonna zusammen war, kamen ihm Zweifel. Passten sie wirklich so gut zusammen?

Das alles ging ihm durch den Kopf, während er über die ausgeblichenen Holzbohlen lief. Das amtliche Siegel an der Tür des Ruderhauses wirkte deplatziert. Vincent stellte sich neben der »Loreley« auf die Zehenspitzen. Irgendjemand hatte den Schweinswal und die Fische abtransportiert. Mika Menke war nicht in Sicht. Das Wasser schwappte träge und Vincent begann zu frösteln. Am Himmel hatten sich Wolken vor die Sonne geschoben. Ohne ihre Strahlen war es doch noch kühl.

Eine streunende Katze näherte sich mit zitterndem Schwanz. Sie rieb ihr glanzloses rot-weißes Fell an seinem Hosenbein. »Na, Hennes!« Hennes war das FC-Köln-Maskottchen und Vincent fand, dass der Name zu der Katze passte. Der Kommissar beugte sich hinunter und streichelte ihr über den Kopf, was das Tier mit einem Schnurren quittierte. Beim Streicheln ertastete er verschorfte Haut: Ein Ohr hatte einen tiefen Riss. »Bist du op Jück gewesen?« Das fragten sich Kölner, wenn sie am Wochenende einen drauf gemacht hatten. Er stand auf und spürte, wie sich der Streuner erneut an seinem Bein rieb, um weitere Streicheleinheiten einzufordern. »Fang dir eine Maus.«

Vincent setzte seinen Rundgang fort. Hennes folgte ihm unaufgefordert. Vincent konzentrierte sich darauf, was hinter den Fenstern der Schiffe passierte. Möglicherweise hatte sich der eine oder andere Zeuge – eingeschüchtert durch das Polizeiaufgebot – an Bord seiner Schaluppe verbarrikadiert. Er würde feststellen, ob der Kapitän der »Gode Wind«, Otto Willenbrock, dazu zählte.

Doch nur die Deutschlandfahne an Bord flatterte müde im leichten Wind. Sonst regte sich nichts auf dem weißen Schiff. Vincent suchte nach einem Hinweis auf Öffnungszeiten, doch er fand nichts dergleichen. Nur klamme Werbebroschüren in einem Kasten aus Plexiglas.

Die gesamte Hafenanlage wirkte wie ausgestorben. Aber was war das da drüben? Auf einem älteren Hausboot nahm er eine Bewegung wahr. Oder hatte er sich getäuscht? Hatte er nicht: Hinter einer Glasscheibe erkannte er schemenhaft eine Gestalt. Vincent legte einen Zahn zu.

»Ob ich was Verdächtiges gesehen habe?« Adriano Gambino, der tatsächlich von der Adria stammte, wie er Vincent Gott bereitwillig berichtete, musterte ihn aus haselnussbraunen Augen. »Sie meinen wegen Hauke Büsing?«

Vincent nickte. »Haben Sie etwas bemerkt? Etwas, was nicht ins Bild passte?«

»Viel Polizei«, witzelte Adriano Gambino und lachte heiser. Er gehörte zu den unscheinbaren Kerlen, die mehr wussten, als sie sagten. Aber nicht die unfreundliche Sorte.

Gott grinste. Als rheinische Frohnatur wusste er ein Späßchen durchaus zu schätzen. Aber hier war immerhin ein Mord geschehen. »Darf ich an Bord kommen?«

Der buckelige Mann winkte ihn an Deck, was merkwürdig aussah, weil er den Oberkörper so tief vorbeugte. »Prego!« Die Aussicht auf Besuch freute den Italiener sichtlich.

Vincent folgte dem Alten in das Innere des Schiffs. Gambino führte ihn in einen höchstens 25 Quadratmeter großen, kombinierten Wohn- und Essraum, der allein schon ob der geringen Größe und der kleinen Fenster behaglich wirkte. »Prego!« Vincent verstand aus den Gesten, dass er sich hinsetzen solle. Da es nur eine rote Ledercouch gab, wählte er diese. Der Eigner machte sich derweil an der Küchenzeile zu schaffen. Kurz darauf hatte er einen Teller in der Hand und bot Vincent großzügig süße Hörnchen an. Der ließ sich nicht lange bitten, sondern griff gierig zu. Das Gebäck duftete köstlich. Aber da war noch ein anderer Geruch, der ihm in die Nase stach. Vincent schnüffelte irritiert.

»Hatte ein Problem mit der Ölheizung«, erklärte ihm Adriano Gambino, ohne dass Vincent etwas gesagt hatte. Gambino kehrte ihm nun wieder den Rücken zu. Vincent hoffte sehnsüchtig, dass sein Gastgeber einen Espresso kochen würde, und wurde nicht enttäuscht: Der alte Mann füllte Wasser in eine silberne Kanne. Anschließend gab er Kaffeepulver in den Trichtereinsatz.

»Hat sich Hauke Büsing mit jemandem getroffen, der sonst nicht zum Hafen kam?«, wiederholte Vincent seine Frage vom Sofa aus.

»Meinen Sie jemanden aus Kanada?« Adriano Gambino blickte über die Schulter und die tiefen Lachfalten in seinem runzligen Gesicht zeigten, dass er wieder scherzte. Der Alte machte sich offenbar lustig über ihn, aber Vincent konnte ihm nicht böse sein. Der Schiffseigner hatte einfach diese schalkhafte Art, die man entweder mochte oder nicht. Vincent mochte sie. Die Medien hatten die Hohwachter außerdem ziemlich angefixt mit der Fuß-Killer-aus-Kanada-Theorie. »Ich meine Besucher allgemein«, erklärte er.

Adriano Gambino schüttelte verständnislos den Kopf. »Die Leute haben es hier im Norden immer so eilig, erst mache ich uns Kaffee und dann reden wir«, bestimmte er freundlich.

Während sein potenzieller Zeuge seelenruhig mit Küchengeschirr klapperte, sah sich Vincent genauer in dem schwimmenden Haus um. Das Wohnzimmer wurde auf der einen Seite von der Mini-Küche begrenzt, auf der anderen von einer Tür, die vermutlich ins Schlafzimmer führte. Adriano Gambino hatte sein Zuhause gemütlich eingerichtet. In der Küche baumelten Körbe voller rotwangiger Äpfel und gelber Birnen von der Decke. Neben der Spüle gab es einen Kräutertopf, und an den Wänden hingen Schwarz-Weiß-Bilder. Eines zeigte den jungen Adriano Gambino zusammen mit einem älteren Herrn in einem Eiscafé. »Besitzt Ihre Familie eine Eisdiele? Seit wann leben Sie in Hohwacht?«, fragte Vincent unvermittelt.

»Ach, Jahre!« Adriano Gambino kam herüber, setzte sich auf das Sofa neben ihn und nahm sich eine Brioche

Catanesi vom Tisch. »Wenn Sie es genau wissen wollen: Mein Vater ist mit uns 1972 nach Kiel gekommen und hat eines der ersten Eiscafés in der Stadt eröffnet. Damals war ich zwölf.«

»Wollten Sie nie zurück nach Italien?«

Adriano Gambino lachte. Seine Zähne hatten die Farbe von Espressoschaum. »Ich fliege oft an die Adria, aber nur, um Urlaub zu machen. Hier habe ich meine Arbeit. Ich bin drüben beim Genueser Schiff angestellt. Ich mache dort das Housekeeping. Dafür bin ich zuständig.«

Vincent schaute zu der Schwarz-Weiß-Fotografie. »Gibt es die Eisdiele noch?«

Gambino lachte. »Oh ja! Mein Bruder führt sie. Er macht das beste Schokoladeneis in Plön. Sie sollten dort einmal Eis essen. Vielleicht steige ich irgendwann wieder in das Geschäft ein, wenn ich in Rente gehe. Mein Eis schmeckt nämlich noch besser als seins. Aber im Moment bin ich hier und werde wohl noch einige Jährchen bleiben.« Er zeigte wieder sein schelmisches Lächeln.

Vincent erinnerte sich daran, dass er eine Befragung durchführen sollte. »Dann bekommen Sie sicher mit, was hier am Hafen so los ist?«

Adriano Gambino lachte. »Sie meinen Haukes Damenbesuch? Aber man soll nichts Schlechtes über die Toten sagen …«

Vincent ließ das Hörnchen sinken, von dem er gerade hatte abbeißen wollen. Aufmerksam erkundigte er sich: »Wissen Sie, welche Damen zu Besuch kamen? Kennen Sie die Namen?«

Adriano Gambino zeigte auf ihn. »Was Sie alles wissen wollen! Ich habe die Frauen doch nicht nach ihren Namen gefragt! Da hätte ich viel zu tun gehabt.«

Vincent ahnte, dass der Bewohner des Hausboots sehr wohl die Namen der Frauen nennen könnte, die mit Hauke im Hafen Lippe ein Schäferstündchen abgehalten hatten. Als Mitarbeiter im Gastro-Gewerbe kannte Gambino garantiert jeden in Hohwacht, das stand für Vincent außer Frage. Aber diesen Zeugen würde man nicht in einer Vernehmung zum Reden bewegen. Eine zwanglose Plauderei führte sicher eher zum Ziel.

»Wissen Sie, Herr Gambino, wir können leider auf den Ruf der Menschen keine Rücksicht nehmen, wenn wir einen Mord aufklären.«

»Aber Sie werden doch keine der Freundinnen im Verdacht haben?«

»Ich versuche immer, keine voreiligen Schlüsse zu ziehen, aber je breiter unsere Informationsbasis ist, desto einfacher ist es letztlich, Licht ins Dunkel zu bringen – und den Täter zur Rechenschaft zu ziehen. Zwangsläufig muss man dabei dem einen oder anderen auf die Füße treten. Falsche Rücksichtnahme hilft da nicht.«

Gambino dachte offenbar nach. »Va bene. Dann sprechen Sie doch einmal mit Hilla Bär vom Landschulheim. Die Ärmste. Aber mehr sag ich dazu nicht.«

Der Duft des aufgebrühten Kaffees stieg ihnen in die Nase und Gambino servierte kurz darauf den Espresso. Vincent biss nachdenklich in sein süßes Hörnchen. Die Schokolade schmolz auf seiner Zunge. Eine angenehme Süße breitete sich sofort in seinem Mund aus. Doch Vincent lehnte das dargebotene zweite Hörnchen voller Bedauern ab. Er wollte bis zur Hochzeit ein wenig abnehmen, um in den Frack zu passen, den er mieten wollte. Mieten war nachhaltiger als kaufen. Das würde Jonna gefallen. Aber es gab nur zwei sehr kleine Größen in dem Laden … Er schweifte ab. Jonna kam ihm immer und immer wieder in den Sinn. Vincent riss sich zusammen und widmete sich erneut dem Zeugen: »Wie haben sich Hauke Büsing und Mika Menke verstanden? Hatten sie ein gutes Verhältnis?«

Adriano Gambino kaute auf seinem Hörnchen herum. »Wie gesagt, ich will nicht schlecht über die Toten reden. Ich neige wie viele meiner Landsleute zum Aberglauben.« Er lächelte ihm spitzbübisch zu. »Als Italiener darf man wohl Vorurteile gegenüber Italienern haben.«

Vincent hob fragend die Augenbrauen.

»Na egal, der Fischer hat den Jungen nicht besonders nett behandelt, aber auch nicht sehr grob. Ich gehe davon aus, dass sie mit Mika Menke unseren fröhlichen Mütze meinen?« Nach dieser offenbar rhetorischen Frage widmete er sich seinem Espresso. Fast andächtig rührte er das Heißgetränk um und legte dann den tropfenden Löffel auf dem Untertässchen ab.

»Ja, um den geht es«, meinte Vincent und nahm die winzige Tasse auf, die Gambino ihm hingestellt hatte. Der Espresso wies eine goldbraun marmorierte Crema auf. Er kostete und lobte den leicht bitteren Geschmack. Dann fragte er seinen Gastgeber nach Otto Willenbrock: »Kennen Sie den Seebestatter und dessen Frau?«

Das Gesicht seines Gegenübers sah aus, als hielte er den Polizisten nun doch für bescheuert. »So viele Schiffe liegen hier ja nicht. Natürlich kenne ich die beiden, aber wir gehen nicht zusammen aus.«

Vincent ließ sich nicht irritieren. »Was können Sie über ihn sagen?«

»Nicht viel! Er ist nicht sehr gesprächig. Wenn ich ihn mal sehe, verschwindet er gleich wieder in seinem Schiff.«

»Hatten Otto Willenbrock und Hauke Büsing viel Kontakt?«

Der Alte hob überrascht die Brauen: »Ach so, der Kapitän wird verdächtigt?«

Vincent stellte die Tasse auf dem polierten Holztischchen vor seinen Knien ab. »Das können wir noch nicht sagen. Haben Sie gesehen, dass sich die beiden mal getroffen haben? Oder Otto Willenbrocks Frau? War die oft bei Hauke Büsing an Bord?«

Adriano Gambino reagierte genervt: »Ja, Ursel hat Hauke auch besucht. Aber ich beobachte meine Mitmenschen nicht ständig. Ich lese viel.« Wie zum Beweis griff er nach einem Buch im Regal über der Couch. Als er sich halb über ihn beugte, vernahm Vincent den Geruch von Tabak. »Hier, ›Il Gattopardo‹ von Giuseppe Tomasi di Lampedusa – schöne Familiengeschichte, sehr interessant. Da erfährst du, wie die Mafia entstehen konnte.«

»Aber die hat hier ihre Finger hoffentlich nicht im Spiel«, meinte Vincent leichthin. Er wollte das Gespräch in Gang halten.

Adriano Gambino antwortete: »Das kann man nie wissen. Aber wenn kein Beton an Haukes Fuß war, gehe ich davon aus.«

»Und die Umweltschützer?«, fragte Vincent. Er merkte, dass er bei Gambino möglicherweise auch mit einer lockeren Strategie nicht zum Ziel kam. »Haben Sie die mal in Haukes Nähe gesehen?«

Adriano Gambino biss von seinem dritten Brötchen ab. »Na ja, klar, die haben Hauke wegen des Fischfangs und besonders wegen der Schweinswale schon ins Visier genommen. Und Hauke hat sich mit ihnen gestritten. Der konnte ja auch laut werden – da hat selbst der Kaffee hier drinnen Wellen geschlagen.«

Vincent entschied sich für einen letzten Versuch: »Und mehr können Sie mir über Haukes Besuche nicht sagen?«

Der Italiener kniff die Augen zusammen. »Ich finde, ich habe jetzt schon genug gesagt. Gehen sie zur ›Woltera‹. Die Seenotretter sind fast immer hier, die bekommen eine Menge mit.« Er blickte den Kommissar aufmunternd an: »Chi la dura la vince – Beharrlichkeit führt zum Erfolg.«

Nachdem er sich für den besten Espresso in der Hohwachter Bucht bedankt hatte, machte Vincent sich auf den kurzen Weg zur »Woltera«. Hennes hatte sich offenbar aus dem Staub gemacht. Vielleicht hatte das räudige Tier jemanden gefunden, der Futter dabeihatte.

Das weiß-rote Rettungsboot lag auf der Nordseite des alten Hafens. Und – Glück musste der Polizist haben – ein weißhaariger Mann im roten Overall wollte offenbar gerade an Bord gehen. Vincent schmetterte ihm ein »Tachchen!« hinterher.

Der Mann drehte sich überrascht um und musterte ihn interessiert. »Moin! Ach, Sie sind doch Oschis Mitarbeiter, richtig?«

Vincent hob die Hand. »Sein Kollege. Vincent Gott, ich bin wegen Hauke Büsing hier. Und Sie sind?«

»Friedhelm Moormann, ich bin hier bei der DGzRS Lippe/Weißenhaus der Maschinist, ich habe Heiner Dubbels schon erklärt, dass ich der ›Woltera‹ mal wieder meine Aufwardung mach. Die brauch ja wieda ihre Pflege – für den nächsten Reddungseinsatz. Dubbels sagt, das wär' okay.« Moormann sprach einen auffälligen Hamburger Dialekt.

»Sischer dat«, beeilte sich Vincent zu bestätigen. »Sind Sie oft hier im Hafen Lippe?«

Der Maschinist lachte: »Die Bucht ist unser Kernrevier. Das müssten Sie doch eigentlich wissen. Oder ach ne, Sie sind ja nicht von hier.«

»Nein, ich bin aus Köln«, bestätigte Vincent. »Sieht man nicht, dass ich im Februar in die Bütt steige?«, scherzte er.

»Ne, aber man hört's. Um auf Ihre Frage zurückzukommen: Ich bin hier fast jeden Tag zugange. Drüben haben wir unseren Container.« Er zeigte auf eine Blechhütte auf dem Rasen.

»Ich habe letzte Woche gelesen, wie Sie die beiden Segler aus der Ostsee gefischt haben. Schon toll. Wie wird man eigentlich Seenotretter?«

Der Maschinist sah ihn mit neuem Interesse an. »Wollen Sie bei uns mitmachen? Als festangestellter Vormann oder Maschinist brauchen Sie ein nautisches oder technisches Patent der Handelsschifffahrt oder Fischerei …« Als er Vincents fragenden Blick sah, meinte er schnell: »Für eine Anstellung als freiwilliger Rettungsmann würden auch seemännische Grundkenntnisse ausreichen. Sind Sie mal auf einem Fischkutter gefahren?«

Vincent verneinte bedauernd. Ein wenig beneidete er Oke um seinen Einsatz auf der »Loreley«.

»Sie könnten sich ehrenamtlich bei der DGzRS betätigen, wir bilden Sie in der Freizeit zum Seenotretter aus. Kein Problem! Freiwillige können wir hier immer gebrauchen.« Erwartungsvoll sah der Maschinist ihn an.

Gut, dass Oke nicht hier war. Der hätte ihn wahrscheinlich als »Türkopp« beschimpft. Na ja, es stimmte schon. Er redete einfach gern. Vincent besann sich auf seine Aufgabe als Ermittler. »Ich lass mir das mal durch den Kopf gehen. Weshalb ich eigentlich hier bin: Kannten Sie Hauke Büsing?«

»Klar kannte ich den. Den kannte hier jeder. Er soll ermordet worden sein, von so einem Fußfetischisten aus den USA – oder nee – Kanada!«

Vincent ignorierte den letzten Satz. »Wie war er so? Ich meine Hauke.«

Moormann dachte kurz nach. »Ruhig würde ich mal sagen. Manchmal 'n bisschen ruppig unterwegs. Reichlich Erfolg bei Frauen hat er gehabt.«

Vincent nervte das ewige Rufen. »Könnten Sie mal runterkommen oder darf ich mit an Bord?«

Moormann setzte sich in Bewegung. »Was wollen Sie denn jetzt eigentlich von mir? Wie gesagt, ich bin nur der Maschinist. Reden Sie lieber mal mit dem Vormann, der müsste in der Blechhütte sitzen. Der weiß über alles Bescheid. Eher als ich. Und ich muss ja mal nach dem Boot sehen.«

Vincent hoffte, dass der Maschinist ihm eine letzte Frage beantworten konnte. »Sie haben gesagt, Hauke habe Erfolg bei Frauen gehabt. Was ist mit seiner Ehefrau Darja?«

Der Seenotretter wirkte verdutzt: »Der war verheiratet?«

Vincent bejahte.

»Also, das hätte ich jetzt nicht gedacht. Der hatte ja ständig neue Freundinnen …«

»Wen zum Beispiel?«

Moormann zögerte, schien in Gedanken schon bei seiner Maschine zu sein, dann sagte er aber: »Eigentlich kenne ich nur Ursel Willenbrock und Hilla Bär, aber die Hilla ist länger nicht mehr hier gewesen. Und dann war da zwischendurch mal so eine Schwarzhaarige. Das war so eine zarte, durchscheinende Person. Wenn Sie wissen, was ich meine.«

Hilla Bär. Der Name war bereits zum zweiten Mal gefallen. Was Oke dazu sagen würde? Außerdem schien dies nicht die einzige Bettgeschichte gewesen zu sein. Und Ursel Willenbrock ... Er wusste von Oke, dass sie eine Affäre mit Hauke gehabt hatte. Und wer konnte die Schwarzhaarige sein? Da würden sie sich umhören müssen. Eilig schritt er über ein ungepflegtes Rasenstück am Hafenbecken, um den Weg zum Wagen abzukürzen. Fast hätte er den dunklen Fleck am Boden übersehen. Rasch trat er einen Schritt zurück und ging in die Knie.

Es brauchte nur einen kurzen Blick, um sicherzugehen, dass hier eine große Menge Blut in den Boden gesickert war. Es gab mehrere dunkel verfärbte, eingetrocknete Stellen. Auch wenn angesichts des frischen Windes der typische Geruch fehlte, hätte Vincent Gott sein E-Bike darauf verwettet, dass er hier den Ort gefunden hatte, an dem Hauke Büsings Leben gewaltsam beendet und sein Bein verstümmelt worden war. Er griff zum Telefon und rief die Kollegen der Spurensicherung herüber. Vielleicht entdeckten die etwas, was ihnen bei der Suche nach dem Täter weiterhalf. Oder der Täterin. Auch wenn es für Gewaltverbrechen dieser Art eher untypisch war, sie durften diese Möglichkeit nicht außer Acht lassen.

# MALGORZATA

Unschlüssig spielte sie mit dem Nachschlüssel, auf dessen Messinganhänger die Nummer 9 stand. Sie gab sich einen Ruck, schob das »Bitte nicht stören«-Schild beiseite und steckte den Schlüssel ins Schloss. Es benötigte eine Portion Mumm für das, was sie vorhatte.

»Was wird denn das?«, tönte Erdmute Becker mit ihrer Reibeisenstimme über den Flur.

Frau Becker putzte im Hotel. Oder zumindest hatte sie ihren Wischeimer dabei, wenn sie in die Zimmer ging. Die Becker hatte ihr gerade noch gefehlt.

Ihre Angestellte kam neugierig näher. »Na, Frau Rieken, was haben Sie vor? Die Gästezimmer inspizieren? Soso. Na, da werde ich Ihnen sicherheitshalber über die Schulter schauen!«, krächzte die Hilfskraft. Die Becker, eine robuste Mittsechzigerin mit Damenbart, lehnte ihren Schrubber an die Tür von Zimmer 7. Sie versuchte gar nicht erst, ihre Neugierde zu verbergen, sondern zog eine ihrer Fluppen aus ihrer Kittelschürze und zündete diese an.

»Hier wird nicht geraucht! Wie oft muss ich Ihnen das noch sagen?«, fauchte Malgorzata und rollte dabei das »R« besonders stark.

Die Angegangene reagierte so, wie viele Raucher reagierten, die ertappt wurden: Hektisch blickte sie sich um, auf der Suche nach einem Ort, wo sie den Glimmstängel unauffällig entsorgen könnte. Ohne sie auszudrücken, schob sie die Zigarette schließlich fahrig in die

Kitteltasche. Was zumindest erklärte, warum das restliche Personal der Kollegin den Spitznamen »Brennende Schürze« verpasst hatte.

Malgorzata wartete ab, bis es aus der Kittelschürze dampfte, und sah zu, wie die Becker wild herumfuchtelte. Sie empfand kein Mitleid. Aus der Erfahrung ungezählter Konflikte in der Vergangenheit wusste sie sowieso, dass Kritik Erdmute Becker so wenig tangierte wie ein Bodentuch im Wischeimer. »Ich will nur nachsehen, ob das Zimmer tatsächlich sauber ist!«, erklärte sie. Dabei merkte sie sofort, wie fadenscheinig das klang. Sei's drum.

Während Erdmute Becker ihre Kippe am Stanniolpapier in der Zigarettenschachtel umständlich ausdrückte, sah sie überrascht hoch: »Wieso – ich feudele sogar immer noch mal feucht durch! Wie Sie es mir aufgetragen haben!«

Malgorzata seufzte. Natürlich tat Erdmute Becker jetzt so, als sei ihr zweiter Vorname Redlich. Dabei rauchte die wie ein Schlot auf den Zimmern und telefonierte Stunden mit ihren Freundinnen, statt die Schränke einzuseifen. Andererseits war es praktisch unmöglich, Personal zu finden. Immer mehr Pensionen schossen wie Pilze aus dem Boden. Und überall fehlte es an Kräften. Da musste sie am Ende sogar dankbar sein, die Becker zu haben: »Meine Liebe, natürlich weiß ich, wie gewissenhaft Sie arbeiten!«

Erdmute Becker lächelte zufrieden. »Die Firma dankt, Frau Rieken. Das hört man gerne.«

Malgorzatas Hirn arbeitete derweil fieberhaft. So wurde das nichts. Irgendwie musste sie die schamlose Krähe schnell loswerden, wenn sie das Zimmer durchsuchen wollte, bevor dieser Tolstoi zurückkam. Mit hochgradig wichtigtuerischem Kopfnicken erinnerte sie deshalb die Becker an die Richtlinien des Gaststättenverbands

Dehoga. »Sie wissen sicher noch, dass ich mich aktuell bei der Dehoga um drei Sterne bemühe. Da kann ich mir keine schlechten Bewertungen auf booking.com erlauben! Haben Sie zum Beispiel die Papiertücher nachgefüllt? Ohne frische Papiertücher keine drei Sterne!« Lächelnd hielt sie der Putzfrau ein Paket Taschentücher vor die Nase, die sie glücklicherweise dabeigehabt hatte.

»Die Gäste kriegen Tempos aufs Zimmer? Da bin ich platt wie 'ne Flunder!« Erdmute Becker war so baff, dass sie, nachdem sie die Taschentücher entgegengenommen hatte, automatisch nach ihren Zigaretten griff. »Die hab ich hier noch nie verteilt. Das tut mir jetzt leid, Frau Rieken. Ehrlich, von der Schnottentuch-Vorgabe wusste ich nichts. Großes Ehrenwort!«

»Sehen Sie!« Malgorzata atmete auf. »Sie können jetzt in der 7 weitermachen. Bis später.«

Doch die rüstige Kraft ließ sich nicht so leicht abwimmeln. Erdmute Becker blieb demonstrativ im Türrahmen stehen und fummelte in ihrer Schürze. Die war wirklich süchtig nach ihrer Lunte! Malgorzata seufzte. Ihr blieb keine Zeit mehr, die wissensdurstige Mitarbeiterin zu verscheuchen, weshalb sie schließlich doch unter den wachsamen Augen ihrer Angestellten ins Zimmer trat. Die geblümten Gardinen bogen sich leicht im frischen Frühlingswind, der durch das geöffnete Fenster hereinströmte. Das Bett sah gänzlich unberührt aus. Manche Gäste verstreuten ihre Siebensachen in den Hotelzimmern, von HDMI-Kabeln über Kissenspray bis hin zu Mini-Glätteisen. In diesem Raum jedoch fand sich nicht ein persönlicher Gegenstand. Der Gast hatte nicht mal seinen Koffer ausgepackt, wie ein schneller Blick in den von Hermann gezimmerten Kiefernholzschrank zeigte. Sehr merkwürdiges Verhalten.

»Kommen die Tempos in die Schränke?« Sie hatte die Anwesenheit der Becker komplett vergessen. »Oder spionieren Sie doch bloß Ihren Gästen nach?«

Dumm war die Becker nicht. Aber unverschämt! »Erdmute Becker, das tue ich natürlich nicht! Sie wissen hoffentlich, dass Sie die Schränke stets auch von innen reinigen müssen. Dieser scheint in Ordnung zu sein. Wie gesagt, Sie werden hier nicht mehr gebraucht.« Sie musste sich die Becker vom Hals schaffen, ehe sie den Tresor inspizierte.

Die Reinigungskraft stand inzwischen breitbeinig im Zimmer, augenscheinlich nicht bereit, sich einen Zentimeter wegzubewegen. »Nö, ich will jetzt wissen, ob es wirklich was zu meckern gibt – außer der Sache mit den Rotzfahnen – und das konnte ich ja nicht ahnen! Dass der Dehoga da so neue Vorgaben macht.« Sie kreuzte die Arme vor der Brust und tat, als hätte sie ewig Zeit. Zeit, für die sie von ihrer Chefin bezahlt wurde! Am liebsten hätte Malgorzata der Becker den Koffer über den Dickschädel gezogen.

Als Pensionswirtin hatte sie den Staub-Check auf den Nachttischchen tausend Mal erledigt und sich anschließend bitter bei ihren Bediensteten beklagt. Diesmal zerrieb sie eine fette Staubkugel zwischen Daumen- und Zeigefinger und log, ohne rot zu werden: »Alles in bester Ordnung. Vielen Dank. Sie können gehen, Frau Becker. Jetzt!«

»Wollen Sie nicht im Bad nachgucken? Wegen den Haaren im Waschbecken und so?«

Malgorzata stöhnte innerlich. Nicht wegen der falschen Grammatik. Sie wollte keine DNA-Probe nehmen, sie wollte nur einen Blick in den Safe werfen. Vorsichtshalber besaß sie für alle Hoteltresore einen Universal-Code. Wütend riss sie die Badtür auf und knallte sie gleich wieder zu: »Alles paletti!«

Ihre Perle wirkte verdutzt. »Na, dann …« Unschlüssig trat die Becker von einem Bein aufs andere und schielte zu dem Sessel an dem Kiefernholzschreibtisch.

Mit einem bösen Blick, der ihrer Beschäftigten klarmachen sollte, dass sie bloß nicht auf die Idee kommen sollte, sich in den Sessel zu fläzen, starrte sie die Reinigungskraft an. Endlich fiel ihr das perfekte Ablenkungsmanöver ein. »Ach, richtig: Daran hatte ich nicht gedacht: In Drei-Sterne-Häusern bekommen die Gäste immer einen zweiten Satz Kissen. Seien Sie so gut, meine Liebe, und holen Sie aus meinem Wohnzimmer die gelben mit den weißen Troddeln!«

Erdmute Becker sah unwillig drein.

»Wenn Sie auf dem Weg in der Küche Bescheid sagen, können Sie heute Abend wieder ein überzähliges Baguette mit nach Hause nehmen. Wäre ja schade, wenn wir das Essen wegwerfen müssten«, legte Malgorzata nach.

Habgier war ein Laster, mit dem Erdmute Becker zu kämpfen hatte. »Tja, ich weiß nicht. Obwohl – die Firma dankt, Frau Rieken«, trällerte sie und lief mit erstaunlicher Geschwindigkeit in Richtung Küche.

Malgorzata atmete auf. Flugs öffnete sie erneut den Kleiderschrank, in dem sich der Safe befand, schlug in einem kleinen Notizbuch die sechsstellige Ziffernfolge nach und tippte diese in das Tastenfeld. Als der Safe aufsprang, war sie trotz aller Vorahnungen überrascht: Vor ihr lagen mehrere Stapel Euro-Banknoten, alles 200er- und 500er-Scheine. Das musste mindestens eine Million Euro sein oder noch mehr.

# OKE

Die goldene Kugel auf der Kirche neben der Polizeistation erkannte er bereits von Weitem. Oke mied die Hohwachter Rundkirche seit jeher, er war Skeptiker durch und durch.

Dennoch kannte er selbstredend Pastor Frederking, allein deshalb, weil er von Berufs wegen zu allen Funktionsträgern im Dorf Kontakt hielt. Und er kannte auch das Gebäude von innen. Zu Weihnachten schleppte Inse ihn grundsätzlich ins Gotteshaus. Sie gab sich überzeugt, dass ihm die Ausflüge in die Welt des Christentums guttaten. Deshalb musste er auch im Sommer mit, wenn in der Kirche wieder eins der zahlreichen Konzerte veranstaltet wurde. Die halbkreisförmig angeordneten Bankreihen vor dem Altar eigneten sich dafür hervorragend, hatte Inse ihm erklärt. Frederking hatte einmal sogar versucht, Oke für den Kirchenchor anzuwerben, als Inse ihm von seiner Vorliebe für Evergreens erzählt hatte. »Meinen Brummelbass bekommen nur tote Tiere im Schuppen zu hören«, hatte damals seine Antwort gelautet. Ende der Debatte.

Oke stellte das Rad ab, nickte dem Küster flüchtig zu und grüßte auch die fleißige Blumenverkäuferin, die wieder mal ihre Töpfe und Kränze vor der Ladentür verrückte, um sie zu einem neuen, aber ebenfalls kunstvollen Arrangement anzuordnen. Das Geschäft gehörte zu den wenigen Läden in Hohwacht.

Um 1850 hatte es hier drei Fischer, ein paar Schiffer und eine Bauernstelle gegeben. Das Ostseebad war seither mit seinen Reetdachkaten und den Strandhütten zwischen den Dünen immer ein bisschen Fischerdorf geblieben. Trotz der neuen Appartements und der breiten, am Abend beleuchteten Promenade, die die Ortsteile Alt- und Neu-Hohwacht miteinander verband. Es gab Dinge, die änderten sich nie.

Zum Beispiel hatten sie immer noch das alte Wandtelefon in der Polizeistation in Betrieb. Als er die Glastür mit dem unscharfen Fahndungsfoto eines Bankräubers in Plön passiert hatte, machte er sich sofort daran, die Nummer der Rechtsmedizin zu wählen.

»Bo hatte eine Fischvergiftung. Er erholt sich zurzeit. Vor morgen wird's nichts. Sagen wir 15 Uhr?«, schlug die Assistentin des Rechtsmediziners vor.

Dammi noch mal to! Oke hätte sich in den Hintern beißen können – und das nicht nur vor Hunger. Was nutzte es, Leute zu einem Mordfall zu befragen, wenn man die genaue Todeszeit nicht kannte? Er wusste aber um den Personalmangel im Kieler Institut. »15 Uhr«, antwortete er deshalb knapp und legte auf.

Und der Kollege war auch noch nicht von seiner Zeugensuche am Hafen zurück. Oke fluchte, weil das hieß, dass er selbst den Kaffeeautomaten betätigen musste. Er gab es ungern zu, aber er hatte gewisse Schwierigkeiten mit dem Technikgedöns. Es war eine neue Maschine. Vincent hatte sie angeschleppt, sie sei »idiotensicher«, hatte er mit einem komischen Seitenblick gemeint. Na dann. Oke legte eine Filtertüte ein, goss Wasser in das obere Fach und drückte den grünen Knopf, den er für den An-Schalter hielt. Oke betrachtete misstrauisch das kleine Rädchen in der Mitte des Automaten. Musste man daran drehen? Leicht bewegte er das Rad nach rechts. Für irgendwas musste es gut sein. Erleichtert stellte er fest, dass das

Licht am Automaten nun leuchtete. Wenigstens gab's bald Kaffee. Sein Magen hing ihm inzwischen auf Höhe der Kniekehlen. Das Frühstück lag zwar noch nicht so lange zurück, aber Inses Chiasamen-Brot taugte höchstens dazu, Einbrecher in die Flucht zu schlagen. Kauen ließ es sich nicht, weshalb er nie mehr als eine halbe Scheibe nahm.

Oke durchsuchte seine Schreibtischschublade nach etwas Essbarem. Er schob einen solchen Mordskohldampf, dass er ein ganzes Schwein – oder lieber einen Berg Holsteiner Schnitzel mit einer Garnitur aus Spiegelei, Räucherlachs, Ölsardinen, Kapern, Sardellenfilets und geröstetem Weißbrot – hätte verputzen können. Aber nichts davon fand sich in der Schublade. Nur eine leere Brötchentüte lag darin. Wurde Zeit, dass die Handwerker bei Edeltraut mit dem Bäckerei-Umbau fertig wurden.

Er wandte sich wieder dem Telefon zu. Wie war gleich wieder die Ländervorwahl für Kanada? Es dauerte eine kleine Ewigkeit, bis er den Zettel unter seinem angeschlagenen Becher auf dem Schreibtisch wiederfand. In der Zwischenzeit hatte die Birkenfeige neben seinem Schreibtisch drei Blätter abgeworfen. Und es dauerte noch drei weitere Blätter, bis es in der Leitung knackte: »Hello, Vancouver? This is Oke Oltmanns!«, rief er einige Dezibel lauter als sonst.

»Tach! Wieso benutzt du das Telefon? Man hört dich sicher auch so – drüben in Kanada.« Vincent Gott kam grinsend hereinmarschiert.

Oke verzog nicht mal die Mundwinkel. Ein hungriger Oltmanns war nie zu Scherzen aufgelegt.

Es knackte wieder und plötzlich piepte es in Okes rechtem Ohr. »Hello? This is Oltmanns!« Aber es ertönte nur wieder ein Piepen. Es hatte doch niemand abgenommen.

Oke knallte den Hörer auf die Gabel. »Können die nicht einmal rangehen?«

Vincent legte seine Schlüssel auf den Schreibtisch. »Du hast den Zeitunterschied nicht bedacht. Neun Stunden! Die essen da drüben wahrscheinlich gerade Abendbrot, Pancakes mit Ahornsirup oder so.«

Oke hatte mit einem Mal den Eindruck, er könnte süßen Pfannkuchen riechen. Starke Hungergefühle konnten sicher Halluzinationen auslösen. »Und hier bekommt der fleißige Staatsdiener nicht mal eine Zwiebel-Mett-Hälfte …«, antwortete er mürrisch. Er musste sich ablenken: »Was hast du am Hafen rausgefunden?«

Vincent, der sich gerade mit einer Pobacke auf seine Schreibtischkante sinken lassen wollte, sprang auf. »Genau! Wir können davon ausgehen, dass Hauke auf dem Rasenstück zwischen Slipanlage und Parkplatz ermordet wurde. Die Fährtenleser von der SpuSi sind schon da. Vielleicht war es kein Täter. Vielleicht war es eine unzufriedene Geliebte, die ihn nach einem amourösen Treffen auf der Loreley …« Vincent legte eine Kunstpause ein. »Er hat nämlich reichlich Frauenbesuch gehabt, der Hauke. Hilla Bär haben mindestens zwei Leute auf dem Fischkutter gesehen. Der Maschinist und der Stationsleiter der DGzRS und ein Mann auf einem Hausboot – und dann gab es natürlich Ursel, aber auch noch eine Schwarzhaarige.«

Das war neu! Oke hatte plötzlich Hummeln im Hintern. »Wir fahren am besten gleich zu Hilla.« Schon schnappte er sich seinen Fahrradhelm vom Haken.

»Und dein Kaffee?« Vincent schielte zur Kanne und stutzte. »Was ist das für eine Plürre? Hast du etwa wieder am Rad gedreht?«

Keine fünf Minuten später schaltete Oke den Turbo-Gang ein. Ihre Dienststelle war die einzige im Kreis Plön, die die Heeresleitung mit Speed-Pedelecs ausgestattet hatte. Mit Blaulicht und Martinshorn am Lenker. Dabei hätte er lieber ein Radio an Bord gehabt, um unterwegs vernünftige Musik hören zu können. Oke trat in die Pedale.

Vom Berliner Platz aus waren es über die Seestraße in Richtung Dünenweg nicht mal drei Minuten bis zum Schullandheim. Das lang gestreckte Gebäude befand sich zwischen dem Restaurant Seaside an der Seestraße und dem Hotel Genueser Schiff an der kleinen Stichstraße hinter dem Deich. Direkt vor der Tür begannen die Dünen – für Schulgruppen aus der Stadt war es ein Paradies. Für Hilla bedeutete es wahrscheinlich vor allem Arbeit: Wegen seiner Lage war das Schullandheim ständig ausgebucht.

## HILLA

Sie ekelte sich längst nicht mehr vor schmutzigen Tellern. Hilla schnappte sich einen – eine dicke Schicht Erdbeermarmeladen-Buttergemisch klebte am Rand – und hielt ihn unter den beweglichen Brausekopf an der Spüle.

Anschließend räumte sie den immer noch klebrigen Teller in die Maschine ein. Sie arbeitete mechanisch. In ihrem Kopf wirbelten unterdessen die Ereignisse der vergangenen Tage und Wochen durcheinander.

Hauke! Immer wieder tauchte sein Bild vor ihr auf. Sie erinnerte sich, wie er sie angesehen hatte bei ihrem letzten Treffen. Hilla strich sich mit den nassen Fingern eine dunkle Haarsträhne aus dem Gesicht. Sie konnte immer noch nicht richtig begreifen, dass Hauke tot war. Würde sie je verstehen, was passiert war?

Es war alles noch frisch. Tränen rollten über ihre Wangen. Sie konnte sie nicht aufhalten, auch wenn sie sich für die eigene Schwäche am liebsten geohrfeigt hätte. Um so einen wie Hauke Büsing heulte man nicht!

»Frau Bär?« Jonas, der Bufti, stand in der offenen Küchentür.

Schnell wischte sie mit dem Zipfel der Schürze über ihre Augen. Niemand sollte sie so sehen.

Er stammelte eine Entschuldigung: »Ich wollte nur fragen, wie lange man zu Fuß von der Turmhügelburg bis zum Eiszeitmuseum in Lütjenburg braucht? Weil ich doch die Tour durchs Nienthal organisieren soll.«

Hilla hatte sich bereits wieder im Griff. Ihre Stimme klang fast normal. »Keine Ahnung. Ich wandere nicht.« Jonas stand noch immer an derselben Stelle. Sie hatte das Gefühl, etwas sagen zu müssen: »Aber das Eiszeitmuseum ist sehr schön, das wird den Lütten gefallen.«

Sie hörte schwere Schritte im Flur. Kurz darauf tauchte hinter Jonas feuerrotem Schopf der massige Körper von Oke Oltmanns auf. Dahinter erkannte sie den Dutt seines Kollegen. »Moin!«, grüßte der eine, »Tach schmal«, der andere.

Hilla schluckte. Sie hatte gewusst, dass die Polizei im Schullandheim aufkreuzen würde. Sie war vorbereitet. Sie würde alles genau so erzählen, wie sie es den Schützenbrüdern und -schwestern gesagt hatte, und nicht ein einziges Wort an ihrer Geschichte ändern.

## OKE

In der Luft hing ein schwacher Zitrusduft, der vom Spülwasser herrührte, in dem Hilla Bär einen schmutzigen Topf einweichte. So wie sie da mit eingefallenen Schultern in der geräumigen Küche mit den blau-weißen Fliesen stand, wirkte sie trotz ihrer kräftigen Statur verletzlich. Oke registrierte die dunklen Höhlen, in denen ihre Augen lagen. Hilla war entweder krank oder schlaflos. Ihre ausgeprägte Kinnpartie hatte ihr bisher immer etwas Kämpferisches verliehen. Sie war eine Frau, bei der sich keine Kassiererin trauen würde, ihr zu wenig Wechselgeld herauszugeben. Aber zumindest an diesem Tag hätten auch die unerfahrensten Kräfte leichtes Spiel gehabt.

»Huch, Polizei!«, rief sie in schlecht gespieltem Entsetzen und hob die Hände in die Höhe.

Sie konnte ihn nicht täuschen. Oke bemerkte ihre Trauer sofort, und auch, dass ihr sein Auftauchen nicht gefiel. »Moin, Hilla! Wo geiht di dat?« Sein Blick traf auf die zweite Person in der Küche, einen jungen Mann, dessen hervorstechendstes Merkmal das tomatenrote Haar war. Er stand schräg hinter der Köchin, als wollte er sich verstecken. »Und wer sind Sie?«

Der Rotschopf sah aus, als wäre er gern fortgerannt. »Äh, ich gehöre hier gar nicht her. Ich plane nur einen Ausflug für die Schüler.

»Name?«

»Jonas Weber, wohnhaft in Eimsbüttel, ich begleite die beiden Schulklassen und ich wollte eigentlich gerade gehen ...«

Oke räusperte sich. »Gut. Aber entfernen Sie sich nicht zu weit. Möglicherweise haben wir später einige Fragen.«

Schon sahen sie die Rückseite seiner glänzend blauen Trainingsjacke.

Oke ließ den Blick über Schöpfkellen und Siebe gleiten, die an Haken über dem wuchtigen Herd hingen. Wie fing er an? Der Kommissar entschied sich für die gewohnte Oltmanns-Befragungsstrategie: Er fiel mit der Tür ins Haus. »Du hast also gesehen, wie Otto Willenbrock auf Hauke schießen wollte?«

Hilla schien zu überlegen, ob sie fragen sollte, woher er das wusste, tat dies aber nicht. Stattdessen betete sie betont lustlos herunter, was an dem besagten Übungsabend vorgefallen war: Otto habe auf die Scheibe angelegt, Hauke habe unterdessen mit anderen Vereinsmitgliedern laut gescherzt, worüber, wisse sie nicht, und dann habe Otto den Schuss irgendwie verrissen, sodass die Kugel knapp am Ohr des Fischers vorbeigezischt sei.

Für Oke klang die Geschichte einstudiert. Die Art, wie Hilla redete, verriet ihm noch mehr: Ständig senkte sie den Blick auf ihre Turnschuhe, was er als Zeichen von Unsicherheit wertete. Hemmungen, etwas zu erzählen, hatte die Köchin jedoch früher nie gehabt. Irgendetwas stimmte hier überhaupt nicht.

»Wieso sollte Otto auf Hauke gezielt haben?«, forderte er sie ungnädig zum Sprechen auf.

»Vielleicht war er besoffen?«, fragte sie leicht schnippisch zurück und für einen Moment erkannte er in dem Tonfall die alte Hilla.

»Du hast im Schützenverein aber was anderes erzählt«, erinnerte Oke sie.

Hilla sah wieder auf ihre Turnschuhe und Oke bemerkte zufällig, dass ein Teil des Küchenbodens unter dem linken Schuh einen dunklen Flecken aufwies. Blut oder nur Tomatensauce?

»Ich weiß eben zufällig, dass Hauke und Ursel was miteinander hatten. Und das war nur so halb heimlich. Ich habe sie beim Schützenfest hinter dem Schießstand überrascht«, verkündete sie resolut. Und dann ergänzte sie mit müdem Blick: »Aber ich wollte nicht dafür verantwortlich sein, dass Otto für etwas beschuldigt wird, was er nicht getan hat. Falls du verstehst …«

Natürlich verstand er. Sie wollte dem Bestattungs-Kaptain nichts anhängen. »Wusste Otto, was zwischen seiner Ursel und Hauke lief?«

»Na, wenn nicht, war er blind und taub«, antwortete Hilla. Wie lange das Verhältnis der beiden andauerte, konnte sie angeblich nicht sagen. »Der Schuss kann ein Versehen gewesen sein, muss er aber nicht«, schloss Hilla.

Oke dachte nach. »Wenn Otto hätte treffen wollen, hätte er Hauke getroffen?«

Sie legte den Kopf schief, als müsste sie darüber nachdenken. »Ich denke, ja. Otto ist ein guter Schütze.«

Es konnte natürlich ein Warnschuss gewesen sein. »Und was passierte nach dem Schuss?«, fragte er.

Hilla machte ein paar Schritte und holte einen offensichtlich schweren Topf aus dem angrenzenden Kühlraum – vorgekochtes Gulasch! Oke lief das Wasser im Mund zusammen – und wuchtete ihn auf eine Herdplatte. »Hauke hat rumgeschrien. Von wegen, dass Otto sie wohl nicht mehr alle habe. Ob er eine Brille brauche oder so was in der Art.«

Daraus ließ sich nicht unbedingt schließen, ob Hauke selbst den Vorfall als Mordversuch gewertet hatte. Die Frage war, wie knapp der Schuss tatsächlich danebengegangen war. Und ob sie ihm etwas Gulasch warm machte, wenn er nett fragte. Er brauchte nicht unbedingt die Kartoffeln dazu, die sie nun ebenfalls auf den Herd stellte.

Vincent räusperte sich. Oke hatte fast vergessen, dass der Kölner auch noch da war. Das kam höchst selten vor. Wann war der Kölner das letzte Mal so still gewesen? Richtig, als er überlegt hatte, zu Jonna zu ziehen und sein teures Boxspringbett bei eBay einzustellen.

»Hest du Frogen, Vincent?«

»Hat sonst jemand was gesehen?« Vincent hielt sein Smartphone so, dass er alles, was Hilla sagte, gleich eintippen konnte. Oke war bei Papier und Stift geblieben, Handys mit Tasten für seine Fingergröße mussten erst erfunden werden. Und er würde sich nicht die Blöße geben, im Laden nach einem Gerät mit Seniorentasten zu fragen.

Hilla verneinte zunächst, dann schränkte sie ein: »Vielleicht doch, aber keiner hat das zugegeben. Ich fand das komisch, weil Hauke so einen Aufstand gemacht hat. Aber die ganze Sache war schließlich kein Thema mehr. Nur als Hauke verschwand, fiel mir alles wieder ein.«

Oke erkundigte sich, wie oft sie selbst zum Schießstand ging.

»Jeden Mittwoch.«

»Und Otto – kommt der immer zu diesen Treffen?«

Hilla nickte. »Der verpasst keinen Übungsabend. Seine Frau ist auch jedes Mal dabei. Ursel gehört ja zum Vorstand.«

Oke erinnerte sich mit gemischten Gefühlen daran, dass Otto und Ursel Willenbrock vor zwei oder drei Jahren versucht hatten, Inse und ihn zu überreden, in den Verein einzutreten. Sie hatten von der Jugend- und Altenarbeit geschwärmt und von sozialen Projekten, die der Verein anschob. Aber Inse hatte ihre Vorurteile gegenüber dem Schützenwesen. »Du kannst da gerne mitmachen, Oschi – und gleich ermitteln, ob es Amokläufer in der Jugendgruppe gibt«, hatte sie gemeint.

Oke versuchte, sich die alternde Schützen-Ursel mit ihrem frechen Kurzhaarschnitt und den vielen Abzeichen auf der Jacke zusammen mit Hauke in seiner abgetragenen Cordjacke, den verbeulten Jeans und den groben Arbeitsschuhen vorzustellen. Es gelang ihm nicht wirklich. »Und Hauke und Ursel haben tatsächlich …«, er stockte, weil er sich scheute, die Worte »Sex gehabt« laut auszusprechen, »während Otto ebenfalls auf dem Schützenplatz rumlief …?«

Hilla verdrehte die Augen. »Ich habe kein Beweisfoto, falls du das meinst!« Sie reagierte gereizt, aber hinter der aufgesetzten Miene erkannte Oke echten Schmerz. Eine Frau, deren Gefühle so stark verletzt worden waren, konnte heftiger reagieren, als viele ahnten. Er musste das im Hinterkopf behalten. Und natürlich auch, dass im Schützenwesen offenbar Sodom und Gomorrha herrschte. Und dann noch am Schießstand in Wildwest-Manier rumzuballern – er würde sich Otto Willenbrock vorknöpfen. Und die anderen Mitglieder, die ihn möglicherweise deckten …

Vincent Gott schaltete sich erneut ein: »Hat Hauke auch mit anderen im Verein angebandelt?«

»Hauke? Das weiß ich wirklich nicht. Man könnte meinen, du verwechselst den Schützenverband mit einem Swinger-Club. Ich will nicht unhöflich sein, aber ich müsste langsam zu Potte kommen. Die Kinder werden einen Mordshunger haben, wenn sie vom Strand zurückkommen.« Im Bruchteil einer Sekunde korrigierte sie sich: »Ich wollte Bärenhunger sagen.«

Das glaubte Oke ihr aufs Wort. Hilla drehte das Gas für das Gulasch an und sah ihn unsicher an. »Sind wir fertig?«

Er konnte keine Rücksicht darauf nehmen, dass sie das Ende dieser Befragung herbeisehnte – wie im Übrigen auch er, in absehbarer Zeit würde er sich unkontrolliert auf das Gulasch stürzen. »Du sollst Hauke auf seinem Fischkutter besucht haben. Und nicht nur einmal. Wann warst du zuletzt an Bord der ›Loreley‹?« Die Frage breitete sich im Raum aus, schien von den gekachelten Wänden abzuprallen und stand dann zwischen ihnen. Unbeantwortet.

Hilla wirkte zwar beherrscht, aber die roten Flecken an ihrem Hals verrieten eine Menge.

Trotzig reckte sie das Kinn vor: »Das ist Jahre her – dass Hauke und ich ein Paar waren. Wer was anderes behauptet, lügt.«

»Das«, sagte Oke ernst, »wird sich zeigen.«

Er hatte heute noch nichts Vernünftiges zwischen die Kiemen bekommen. Er war hungrig und hatte eine klare Vorstellung davon, wie die nächsten Stunden einen Ausgleich für all dieses Holterdipolter schaffen konnten: Die Welt würde anders aussehen mit einem kühlen Bier in der Hand und etwas Essbarem auf dem Teller. Labskaus mit Spiegelei – nicht das Zeug aus der Dose, sondern selbst gemacht. So versorgt konnte er seine Gedanken sortieren, alles schön uteinannerklamüstern. Und der beste Platz dafür war – nach seiner Werkstatt – eben die gemütliche Oltmannsche Küche mit den Landhausschränken und dem großen, runden Tisch in der Mitte.

Doch Inse brutzelte weder Kalbsschnitzel noch Eier in der Pfanne. Oke sah überhaupt keine Pfanne! Stattdessen stellte seine Frau einen Teller ihrer labbrigen Brokkoli-Suppe mit Kokosmilch auf die karierte Tischdecke, dazu einen Salbei-Tee.

»Ist das vegan – oder kann man das essen?« Angesichts des mageren Nahrungsangebots musste er seinem Unmut Luft machen. Missmutig betrachtete er die Pampe, ohne sich zu bedienen. Und da er schon dabei war, schlechte Laune zu verbreiten, fügte er hinzu: »Dein lieber Hauke hat sich übrigens um den Tierschutz nicht geschert.«

»Oschi, erst mal: Sei man nich so krüsch! Du bist aber auch wirklich wählerisch beim Essen. Das ist basenarme Ernährung! Und ja, vegan! Und ja, das kann man sehr gut essen und das solltest du auch tun.« Inses sonst himmelblaue Augen funkelten dunkel wie die Ostsee bei Nacht. »Du solltest mir dankbar sein, dass ich mich um deine Gesundheit kümmere. Obwohl ...«, sie zögerte, bevor sie weitersprach, weil ihre Gefühle sie zu übermannen schienen, »obwohl ich gerade einen Verwandten verloren habe!« Ihre Schultern bebten. Dabei war ihr Kontakt zu Hauke eher lose gewesen, wenn Oke sich richtig erinnerte. Und das tat er meistens.

»Und ja, ich finde es auch schlimm, dass er keinen Pinger benutzt hat. Natürlich finde ich das schlimm. Aber du musst auch mal an seine Situation denken. Berufsfischer haben es heutzutage schwer.« Inse schnäuzte sich lautstark in ein zerknülltes Taschentuch, das eigentlich ihm gehörte und das er seit Langem vermisste!

Oke stand auf, um seine Frau in den Arm zu nehmen. Fürchterlich, wenn Inse weinte. Dann fühlte er sich so hilflos. Hastig beugte er sich über sie und presste seine Lippen auf ihr weiches Haar.

Sie zuckte zurück. »Aua, Oschi! Nicht so doll. Das fühlt sich nicht wie ein Kuss an, eher wie eine Kopfnuss. Musst du immer so ein Bullerjan sein?«

»Entschuldigung.« Automatisch strich er ihr über den Scheitel.

»Und nun reißt du mir die Haare aus!« Sie griff sich mit schmerzerfülltem Blick an den Kopf. »Habe ich da eine kahle Stelle?« Sie tastete mit den Fingerspitzen auf der Kopfhaut herum. Sie jammerte noch ein wenig, aber als sie erkannte, dass es ihm leidtat, lächelte sie ihn milde an. »Es ist einfach alles so traurig, und die Sache mit dem Fuß – wer ist so grausam?« Inse schniefte. »Wer macht so was?« Betrübt sah sie ihm in die Augen. Sie schien ihm nicht wirklich böse zu sein, denn sie lenkte bereits wieder ein: »Und dein armer Schweinswal tut mir auch leid. Aber für Hauke war es sicher ebenso schlimm, ermordet zu werden. Da ist die Sache mit dem Pinger doch erst mal zweitrangig …«

Natürlich war es für Hauke unschön, Opfer eines Gewaltverbrechens geworden zu sein. Aber er selbst hätte dennoch prüfen müssen, ob Hauke irgendwelche Schutzvorkehrungen für Schweinswale getroffen hatte. Das sagte er Inse nun, und auch, dass es ihm nahe gegangen war, den kleinen Schweinswal da im Netz zu sehen.

»Oschi, du kennst dich mit Fischen so gut aus wie ich mit dem Präparieren, nämlich gar nicht«, tröstete ihn seine Frau. »Schuld ist allein die hundsmiserable Meerespolitik.«

Er wusste, worauf sie anspielte. Es war Jahre her, aber er erinnerte sich gut. Sie hatten sich in Hohwacht tüchtig erschrocken, als mehr als 100 Schweinswale plötzlich an der Küste strandeten. Und niemand im Dorf hatte begreifen können, dass die Regierung es Touristen trotzdem weiterhin erlaubte, mit motorisierten Schlauchbooten in die Schweinswal-Kinderstuben vor Fehmarn zu fahren. Sogar mitten in der Kalbungs- und Säugezeit. Da gingen Spaß und Geld offenbar über Naturschutz.

»Es gibt einfach nicht genug Meeresschutzgebiete in Deutschland! Bei Weitem nicht. Das haben wir doch immer gesagt«, argumentierte Inse weiter gegen seine Selbstvorwürfe an. Das Naturschutzgebiet Fehmarnbelt deckte nicht mehr als einen schmalen Streifen zwischen Fehmarn und der dänischen Insel Lolland ab. Es hatte Jahrzehnte gedauert, bis hier erst das Naturschutzgebiet ausgewiesen wurde, knapp 15 Jahre waren zusätzlich verstrichen, bis die Politik Maßnahmen für den Naturschutz in dieser Zone festgelegt hatte. Aus Sicht der Umweltverbände ein Hohn – und den Baustart für den 18 Kilometer langen Fehmarnbelttunnel hatten sie nicht verhindern können.

Inse hatte recht, für den Tierschutz in der Ostsee wurde grundsätzlich zu wenig getan. Nach einer Weile des in der Oltmannschen Küche sonst eher unüblichen Haltens und Drückens fragte Oke für seine Verhältnisse äußerst mitfühlend: »Na?«

Das kam bei ihm schon einem zweiten Heiratsantrag gleich.

»Los, iss endlich, du alter Bullerjan.«

Mürrisch löffelte er ein wenig Suppe auf. »Gib doch mal die Zeitung rüber, bitte.« Kaum fiel sein Blick auf die Titelzeile, da sprang er wieder vom Stuhl auf, sodass die Suppe über den Tellerrand schwappte: »Sind jetzt alle durchgedreht?« Dort stand in Riesenlettern: »Wahrsagerin Ortrud enthüllt exklusiv: Hohwachter Fuß gehört deutschem Schlagersänger!« Jetzt verstand er, warum Hallbohm ihn vor der aktuellen Ausgabe der Anzeigen-Postille gewarnt hatte. Aufgeregt ging er um den runden Tisch herum.

Inse versuchte, ihn zu stoppen: »Ach, und ich dachte, das hättest du längst gesehen. So ein Geschmiere kann man doch nicht ernst nehmen.«

»Die haben wohl alle zu viel Algen-Glück bei Wencke getrunken!«, schnaufte er.

»Sei nicht ungerecht gegenüber Wencke!«, warnte sie ihn eindringlich und erkundigte sich dann ehrlich interessiert: »Brichst du jetzt eigentlich deinen Urlaub ab?«

Das lenkte ihn von seinem Zorn auf die Reporter ab. Schwer ließ er sich wieder auf den Küchenstuhl sinken.

»Inse, was soll ich wohl anderes machen? Wir haben einen Mord aufzuklären!«

Sie presste die Lippen aufeinander. »Weiß ich. Habe ich mitgekriegt. Aber was wird nun aus unserem Mütze?«

Nach der offiziellen Befragung hatte die Staatsanwaltschaft Mika nach Hause geschickt. Oke fühlte mit dem Jungen mit – auch wenn er nicht so weit gehen würde, ihn wie Inse »unseren Mütze« zu nennen. Mikas Arbeitgeber hatte sich für immer aus dem Leben verabschiedet – wie es nun beruflich für Mika weiterging, stand in den Sternen. Einige Dorfbewohner würden den Hilfsarbeiter möglicherweise sogar für Haukes Mörder halten. Allein schon deshalb musste Oke diesen Mordfall so schnell wie möglich aufklären.

Seine Gedanken wanderten zurück zum Hafen. Vor Jahren hatten sie schon einmal einen Toten aus dem trüben Becken gefischt. Unweigerlich dachte er an das Bestattungsschiff »Gode Wind«. Vom Schützenvereinsvorsitzenden hatten sie erfahren, dass Otto und Ursel Willenbrock gerade mit einer Abordnung bei einem befreundeten Schützenverein in Preetz zu Gast waren. Oke wollte sowieso erst die Tatzeit eingrenzen, bevor er den Kaptain zur Rede stellte. Er kannte Otto. Der würde ihm nicht weglaufen. Um diese Uhrzeit wären die Delegierten mit an Sicherheit grenzender Wahrscheinlichkeit angetrunken.

Über das Nachdenken vergaß Oke, seiner Frau zu antworten. Das fiel ihm auf, als sie ihm die Hand auf die Schulter legte.

»Du wirst schon rausfinden, wer Hauke auf dem Gewissen hat«, gab sich Inse zuversichtlich. »Dann mach ich mich mal fertig.« Sie ging in den Flur.

Oke brummte zustimmend. Früher oder später drängte die Wahrheit immer ans Licht. Nachdenklich sah er zu, wie sie ihre blauen Slipper so hinstellte, dass sie hineinschlüpfen konnte. Ihm geisterte die ganze Zeit eine Frage durch den Kopf, die er jetzt seiner besseren Hälfte stellte: »Glaubst du, Otto wäre fähig, einem Mann den Fuß abzusäbeln?«

Inse, die gerade auf einem Bein stand, hielt sich am Türrahmen fest und sah ihn entgeistert an: »Wieso in aller Welt, Oke Oltmanns, fragst du mich so was Furchtbares?«

Wer A sagte, musste auch B sagen. »Hauke hatte ein Verhältnis mit Ottos Frau. Und mit Hilla hat er auch was angefangen … Wusstest du davon?«

Inse, die ihren zweiten Schuh immer noch nicht angezogen hatte, wirkte wie erstarrt. »Was soll der gehabt haben – ein Verhältnis? Beziehungsweise zwei?« Sie runzelte die Stirn: »Und dann noch mit dieser eingebildeten Schreckschraube vom Schützenverein? Glaubst du das nur oder weißt du das sicher? Hast du sie schon verhört?«

»Krieg dich wieder ein, Inse. Wir verhören niemanden, wir befragen. Und bevor du weiterbohrst, nein, bisher habe ich sie nicht befragt.« Nordlichtern sagte man nach, langsam zu sein. Aber Oke wusste auch: Wer langsam ging, kam auch ans Ziel, und danach handelte er meistens. »Wokeen langsam geiht, de kummt ok to Dörp«, erinnerte er seine Frau. Dann bemerkte er, dass sie augenscheinlich im Begriff war, das Haus zu verlassen: »Wo willst du überhaupt hin?«

Inse zog endlich den zweiten Schuh an. Dann warf sie die dunkelblaue Steppjacke über. »Ich fahre zu Darja und ich denke, ich bleibe die Nacht über bei ihr. Das ist das

Mindeste, was ich tun kann.« Energisch zog sie den Reißverschluss hoch. Offenbar hatte sie sich wieder gefangen.

»Vielleicht ist es besser, wenn du die Sache mit den Frauengeschichten heute noch ausklammerst, Inse.«

Sie nahm ihre bereits gepackte Tasche in die Hand. »Woher weißt du das alles eigentlich? Mit dem Fremdgehen? Darüber war ja nicht mal ich im Bilde!« Inse erwartete keine Antwort: »Ich habe immer geahnt, dass Hauke ein Schwerenöter war.« Sie kramte hörbar im Schirmständer. Inse hatte bei jedem Wetter einen Schirm dabei – zur Sicherheit. »Er hatte schon in der Schule einen Ruf als Weiberheld. Aber ich dachte, das liegt alles eine Weile zurück und wäre vorbei. Und dass er auch mit der Schützen-Ursel – also nee!« Inse schüttelte den Kopf. »Arme Darja! Wer weiß, wen er hier im Dorf noch so …! Nee oh nee! Weiß Otto denn, dass seine adrette Ursel und der Hauke …? Also ja, wenn du mich so fragst: In dem Fall könnte ich mir durchaus vorstellen, dass Otto fuchsteufelswild geworden ist, auch wenn er sich das bestimmt nicht anmerken lässt, so piekfein, wie der immer tut. Eifersucht ist ein starkes Tatmotiv. Das weiß jeder.« Die Schirmspitze zeigte jetzt direkt auf ihn. »Allerdings frage ich mich, warum er ausgerechnet Haukes Fuß hätte absäbeln sollen. Hätte es in dem Fall nicht eher ein anderes Körperteil sein müssen?«

*Das Meer ist tief, das Meer ist weit,*
*Hier kannst ertrinken,*
*Weißt Bescheid!*

Alexander Lucas, IT-Spezialist aus Bremen

# MITTWOCH

## CARMEN

Sie stellte die Beine beckenbreit auf, winkelte ihre Arme an und führte beide Daumen und Zeigefinger zusammen. Das Gesicht hatte sie mit geschlossenen Augen dem Meer zugewandt und spürte durch die Schuhe, dass sie mit dem weichen, sandigen Boden verbunden war.

Sie ließ den Atem kommen und gehen und nahm achtsam wahr, wie die kühle Luft in ihre Nasenlöcher einströmte und durch den Mund entwich.

»Wieso stehst du da so komisch?«

Carmen öffnete die Lider und stellte fest, dass ihr eine Schülerin gefolgt war. Die anhängliche Lina sah sie besorgt an.

»Ich mache nur eine kleine Atemübung …«

»Leute, alle herkommen. Wir wollen den Strand reinigen.« Zoes Stimme drang zu ihnen herüber.

Wenn sie geglaubt hatte, dass sie hier Zeit für sich haben würde, dann hatte sie falschgelegen. Carmen und Lina trotteten zu Zoe und den anderen Schülern hinüber.

»Ohne eure Hilfe würde der Plastikmüll hier wahrscheinlich einfach liegen bleiben«, begann Zoe. Die Lehrkraft bückte sich und zog etwas aus dem Sand. Carmen nahm unbeeindruckt wahr, dass es sich um Bonbonpapier handelte. Da sie ihrer Mitwelt gerade so konzentriert gegenüberstand, konnte sie nicht anders, als mitzubekommen, dass Cedrik seiner Lehrerin nicht die Bohne zuhörte, sondern mit seinem Kumpel Ben quatschte. Das registrierte sie jedoch nicht wertfrei: »Cedrik, hör gefälligst zu«, zischte sie.

»Das Schlimme ist, dass Plastik nicht einfach verrottet«, erklärte Zoe weiter. »Und wenn Plastikflaschen im Meer landen, bleiben sie dort Hunderte von Jahren. Sie zersetzen sich in mikroskopisch kleine Teile, die die Fische essen. Was meint ihr, ist es gesund, Plastik zu essen?«

Henning schnippte mit Mittelfinger und Daumen und warf den Kopf übermütig in den Nacken: »Ja, weil da viele Vitamine drin sind.«

Er hatte die Lacher seiner Freunde auf seiner Seite. Zoe zeigte ungerührt auf Carmen. »Bei Cedriks Mutter gibt es Tüten, Handschuhe, und wir haben auch ein paar Greifzangen.«

Die Jungs stürzten sich auf die Greifzangen und zwackten sich gegenseitig, statt Müll aufzunehmen. Plötzlich streckte einer der Schüler die Zange in die Luft und fing an zu röcheln, als bekäme er keine Luft mehr. Carmen reagierte blitzschnell und beugte sich zu ihm: »Was ist los, Ünal? Hast du etwas verschluckt?« Sie schüttelte ihn. Ünal schaute verdattert. »Nein, ich bin Darth Vader.«

Die ersten Mädchen und Jungen begannen, den Strand abzusuchen. Das Hauptproblem mit mehr als 20 Prozent des anfallenden Mülls an der Ostsee bildeten Zigarettenkippen, aber auch die sollten die Kinder nur mit der Zange aufnehmen. Zoe befand sich mit einem Mal neben ihr. »Toll, wie motiviert die Kinder sind, oder? Das erinnert mich an meine Zeit auf Hawaii. Da haben sich völlig fremde Menschen an unseren Clean-up-Aktionen beteiligt. Einer war Vorstand bei einer Hamburger Bank. Wahnsinn, wen du bei solchen Gelegenheiten kennenlernst.«

Carmen wunderte sich etwas über das Gespräch, es kam ihr aufgesetzt vor, da sie nun mal dabei war, alles durch die Achtsamkeits-Brille zu sehen. »Wo ist eigentlich Rahel?«, erkundigte sie sich und hoffte zu erkennen, ob sie einen wunden Punkt getroffen hatte. Aber falls es einen größeren Streit zwischen den Lehrkräften gab, wollte Zoe ihn offensichtlich nicht zum Thema machen.

Sie drehte sich um und tat, als suchte sie die Kollegin. »Keine Ahnung. Eigentlich dachte ich, wir teilen uns auf und nehmen uns verschiedene Strandabschnitte vor. Sonst streiten sich nachher alle um dasselbe Bonbonpapier.« Zoe hielt die Hand weiterhin wie einen Schirm über die Augen, als entdeckte sie Rahel doch noch – oder als blendete sie die Sonne. Zoes ganzes Verhalten kam ihr gespielt vor. »Weißt du was«, sagte die Lehrerin jetzt, »ich lauf mal zurück und gucke nach, wo Rahel bleibt. Und wenn ich sie nicht finde, muss Jonas mitkommen und helfen«, schlug sie vor. Jonas leistete seinen Freiwilligendienst ab und war im Schullandheim geblieben, um den nächsten Ausflug vorzubereiten. Soweit Carmen wusste, sollte der sie in die nahegelegene Straußenfarm führen. Aber warum sollte Rahel nicht da sein? Sie würde wohl kaum zum Shoppen nach Timmendorf gefahren sein? Was redete Zoe da überhaupt?

»Ja, schau nach ihr. Wenn sie nicht da ist, rufen wir die Polizei«, sagte Carmen, um doch noch eine Reaktion zu provozieren. Aber Zoe lief schon über den Sand Richtung Schullandheim.

Wenn es nach ihr gegangen wäre, hätte Carmen die ganze Klassenfahrt nach dem Horror-Fuß-Fund bereits abgebrochen. Obwohl keines der Kinder den Fuß zu Gesicht bekommen hatte. Felix, der Taucher von »Protect Our Planet«, den sein Kollege Thomas ohnmächtig aus dem Wasser gezogen hatte, war die weitaus größere Attraktion gewesen.

Ünal, Leni, Lina und die anderen Schüler hatten sich im Nullkommanichts in alle Windrichtungen verteilt. Sie formte die Hände zu einem Trichter. »Cedrik, Tom, Ben – kommt alle wieder her! Wir warten noch auf Frau Zimmermann! Wer will, kann ein paar Aufkleber haben.«

Sie hielt einen der kreisrunden Sticker aus ihrem Rucksack – »Stoppt die Plastikflut und helft« – über ihren Kopf. »Wer Lust hat, kann die hier schon mal auf die Mülleimer an der Promenade kleben.«

Sofort wurde sie bestürmt. »Ich, ich!«, rief ein Mädchen mit einem Pony, der ihr bis zur Nasenspitze reichte. »Ich will Sticker kleben.«

Etwa 20 Minuten später kehrte Zoe mit Rahel an ihrer Seite zurück. Die beiden Frauen wirkten, als wären sie von Flohkrebsen attackiert worden. Wo es Seegras und Muscheln an der Ostsee gab, ließen sich die Tiere gern auf Schwimmern nieder und kniffen sie. Dass beide Frauen zumindest innerlich verletzt waren, sah sie an der Art, wie sie nebeneinander hergingen. Die eine starrte demonstrativ geradeaus, die andere malträtierte in Gedanken vertieft das Kreuz, das sie an einer Kette über dem Busen trug.

»Oh, ihr habt schon Aufkleber verteilt«, lobte Zoe matt, als sie auf ihrer Höhe ankam. Dabei wich sie Carmens

Blick aus. Ohne ihren sonstigen Enthusiasmus meinte sie nur: »Dann wollen wir mal loslegen. Ich würde vorschlagen, ihr geht mit Frau Bachmann zum Fischhus, Frau Zimmermann macht sich mit ihrer Gruppe Richtung Wohnmobil-Stellplatz auf und meine Gruppe sucht beim Genueser Schiff alles ab, einverstanden?«

Rahel verzog die Lippen: »Ich habe dir gesagt, dass ich mich erst um Darja kümmere!«

Ihre Stimme klang so schneidend, dass Carmen dachte, dass sie, wäre sie diese Darja, nicht unbedingt gewollt hätte, dass sich Rahel um sie »kümmerte«, was auch immer das heißen mochte. »Was ist denn los?«, forderte sie die Lehrerinnen zu einer Erklärung auf. Doch Zoe beachtete sie nicht, sondern redete auf ihre Kollegin ein: »Rahel – bitte hör auf mich. Es macht keinen Sinn, zu Darja zu laufen.« Sie suchte nach Worten: »Das – das wäre für sie noch ein Schock obendrein. Außerdem«, sie nickte in Carmens Richtung, »wir müssen uns um die Schüler kümmern.«

Als Rahel sprach, duldete sie keinen Widerspruch: »Ich werde reinen Tisch machen, so wahr mir Gott helfe.« Damit zog sie erhobenen Hauptes ab.

Carmen sah ihr nach und stellte nicht mehr objektiv, sondern inzwischen recht wütend fest, dass Zoe sich in der Sekunde mit ihrer Gruppe aufmachte, ohne ein Wort der Erklärung. So stand nur sie als einzige Erwachsene noch am Fleck. Niemand hielt es für nötig, sie ins Bild zu setzen. Was lief hier eigentlich?

»Frau Bachmann, Frau Bachmann, gucken Sie mal!« Wie ein junges Fohlen sprang Leni auf sie zu. »Ich habe ein Zwei-Euro-Stück gefunden! Darf ich das behalten?«

Sie hatte keine Gelegenheit mehr, sich Gedanken um den Streit der Lehrerinnen zu machen, denn die Kinder nahmen sie mit ihrer Suche nach Müll voll in Beschlag. Unglaublich, wie viel da zusammenkam. Sie hatte Rahels entschlossenes Gesicht erst wieder vor Augen, als sie fast auf Höhe des Fischhuses an der Strandpromenade einen Schuss hörte.

## OKE

Dem Knall folgte das Geräusch splitternden Glases. Der Schuss musste aus nächster Nähe abgegeben worden sein. Das war sein erster Gedanke. Oke wendete den Kopf. In der nächsten Sekunde erklang ein greller Hilfeschrei aus Malgorzatas Pension, vor der er gerade sein Pedelec abgestellt hatte. Oke sprintete los – oder vollzog zumindest das, was bei einem zentnerschweren Zwei-Meter-Riesen mit Rückenproblemen einem Sprint am nächsten kam. Er passierte den Haupteingang, lief durchs Hotel, vorbei an einer schockiert blickenden Touristin mit einem kläffenden Hund an der Leine, nach hinten auf den Parkplatz, wo er Täter und Opfer vermutete.

Wenn ein geschulter Polizist einen Tatort erreichte, dann dauerte es meist nur ein paar Sekunden, die Lage zu erfassen. Dabei half die Erfahrung, Bausteine vergangener Einsätze auf das aktuelle Ereignis zu übertragen und in einem Wimpernschlag zu einem Gesamtbild zusammenzusetzen. So weit die Theorie. In der Praxis half ihm in diesem Moment gar nichts.

Er sah einen dürren Mann, vor dem mehrere Waffentaschen auf dem gekiesten Boden lagen. In der Hand hielt der Verdächtige ein Jagdgewehr, lächelte verlegen und hob beschwichtigend die andere Hand. Auf einem Balkon stand Malgorzata Rieken und kreischte: »Nimm ihn fest, Oschi, er wollte mich erschießen!«

Oke zog seine Dienstpistole, ließ aber die Mündung nach unten gerichtet. »Polizei. Legen Sie langsam das Gewehr auf den Boden und treten Sie einen Schritt zurück.«

Der Mann reagierte sofort. Er legte sachte seine Flinte ab. Laut und vernehmlich sagte er: »Das war keine Absicht! Der Schuss hat sich versehentlich gelöst.«

Oke behielt den Mann im Auge, fragte aber Richtung Balkon: »Malgorzata, bist du verletzt?«

»Nein, aber ich hatte einen halben Herzinfarkt.« Sie griff sich demonstrativ an die Brust. »Und die teure Fensterscheibe ist kaputt.« Die Kugel hatte das Fenster durchschlagen und die Inhaberin der Pension um Haaresbreite verfehlt. »Ich habe den Schreck meines Lebens bekommen.«

Oke forderte sie auf herunterzukommen und rief Vincent Gott per Funk zur Unterstützung. Der dünne Mann mit den weißen Haaren, der sich als Ragnar Torgersen aus Norwegen auswies, erklärte, er habe für einen Jagdausflug seine Waffen in den Kombi packen wollen. »Ich kontrolliere immer noch einmal alles, ehe ich die Ausrüstung verstaue, ich hätte das vielleicht nicht hier auf der Straße tun sollen.« Er sprach fehlerfreies Deutsch, aber mit starkem Akzent.

Oke ließ sich seine Papiere und den Waffen- und Gastschein zeigen, damit schien alles seine Ordnung zu haben.

»Sie sind Norweger?«

Torgersen bejahte. Deutsch habe er in Kursen an der Abendschule daheim in Kristiansand gelernt, weil die meisten seiner Kunden aus Deutschland kämen. Die Firma Norsk Håndverk erschloss demnach norwegischen Kunsthandwerkern den europäischen Markt und bot gleichzeitig Ladengeschäften die Chance, Gegenstände anzubieten, die es so nirgendwo sonst zu kaufen gab. »Wir haben damit Erfolg«, sagte Torgersen.

Kurz darauf begab sich Oke zusammen mit Vincent Gott in das Hotelzimmer und sah sich genauer an, wo die Kugel die Scheibe durchschlagen hatte. Hier war derzeit ein Gast namens Tolstoi untergebracht. Der reiche Tolstoi. Von dem Malgorzata ihm berichtet hatte. Ohne größeren Schaden im Zimmer selbst anzurichten, war das Projektil in die Zimmerdecke eingeschlagen. Vincent Gott machte sich Notizen und schoss Fotos. Malgorzata Rieken wollte – ganz entgegen ihrem ersten Reflex – keine Anzeige erstatten, wohl um den Gast nicht zu vergraulen. Und Torgersen wurde nicht müde, den Vorfall zu bedauern. So etwas sei in seiner ganzen Jägerlaufbahn noch nicht vorgekommen. Seine Versicherung werde für den Schaden aufkommen.

»Danke sehr – Sie wissen, die Preise heutzutage. Und das war immerhin Doppelverglasung«, umschwirrte ihn die Pensionswirtin.

Der Papierkram zog sich hin. Am Ende forderte Oke Malgorzata Rieken und Ragnar Torgersen auf, am kommenden Tag zur Polizeistation zu kommen, um das Protokoll und ihre Aussagen zu bestätigen.

Als sich der Norweger verdünnisiert hatte, widmete er Malgorzata einen eindringlichen Blick. »Durchsuchst du eigentlich immer die Zimmer deiner Gäste, wenn die nicht da sind?«

Sie sah ihn pikiert an. »Natürlich nicht.« Das »R« rollte wie sein Speed-Pedelec im Turbo-Gang.

»Lass es, so was bringt nur Ärger!«

Natürlich fand er es ebenfalls merkwürdig, dass jemand mit Geldkoffer im verträumten Hohwacht anreiste. Er würde Erkundigungen einholen. Aber das würde er der Pensionswirtin nicht auf die neugierige Nase binden. Sonst verlangte die am Ende Personenschutz! Und das hätte ihm gerade noch gefehlt.

Oke setzte seinen Helm auf. Er hatte die neuen Dienstfahrzeuge zunächst widerwillig, Vincent mit Begeisterung zur Kenntnis genommen. Inzwischen musste sogar Oke eingestehen, dass ihn das Rad bereits einige Pfunde gekostet hatte. Gefühlt mindestens zwei!

Oke vermutete, dass derjenige, der die Räder konzipiert hatte, als Kind Polizei-Fan gewesen war. Anders war nicht zu erklären, wie jemand auf die irrsinnige Idee verfallen konnte, am Lenker Blaulicht und Martinshorn anzubringen. Fehlte eigentlich bloß noch eine Halterung für die Boden-Boden-Raketen. Die Dinger – die Räder, nicht die Raketen – sollten helfen, den Kontakt zu Bürgern und Urlaubern zu verbessern. Oke und Vincent sausten von der Strandpromenade Richtung Hafen Lippe. Sie waren auf dem Weg zur Befragung des Bestatters.

»Macht der Willenbrock eigentlich auch Schiffs-Hochzeiten?«, erkundigte sich Vincent Gott neben ihm. Eigentlich hätten sie hintereinanderfahren müssen. »Ich habe gelesen, dass das nur geht, wenn das Schiff unter der Flagge Maltas oder Bermudas fährt. Nur diese beiden Länder gestatten eine juristisch vollwertige Eheschließung durch einen Kapitän als Standesbeamten.«

Bermudas-Flagge! Vincent ging ihm gehörig auf den Pinsel mit seiner Hochzeit. Er wollte von Otto Willenbrock wissen, was es mit dem Wildwest-Gebaren auf dem Schützenplatz auf sich hatte, und nicht, ob Jonna Ochtenhausen ihren Brautstrauß ins Kielwasser werfen dürfte. Hauptsache, der Kollege textete den Bestatter nicht mit seinem Kram voll. Darauf würde Oke Acht geben müssen. Es ging hier um Mord! Und um abgesäbelte Flunken! Nicht um soziale und privatrechtliche Verträge, religiöse Riten und sonstige Zeremonien.

Vincent sagte nun nichts mehr, was Oke wunderte. Die Stirn des Kollegen hatte sich umwölkt. »Was ist?«

»Mir ist gerade wieder eingefallen, dass sie gar nicht hier heiraten will, sondern im Sauerland …«

Oke enthielt sich eines Kommentars und genoss die Ruhe auf der restlichen Fahrt.

Am Hafen Lippe war kein Durchkommen. Die beiden Beamten mussten von den Rädern steigen. Vor der von stacheligen Dünenrosen gesäumten Zufahrt hatte sich eine Gruppe versammelt, allesamt junge Leute in T-Shirts und Shorts. Ein bärtiger Kerl in Römersandalen hielt ein Transparent hoch: »Schützt unsere Wale!«.

Schweinswale gehörten zwar zu den seltensten Meerestieren, aber sie waren eindeutig auch die beliebtesten Lebewesen in der Kieler Bucht. Dies schien eine Art Demonstration von POPL zu sein. Oke erkannte den Bärtigen von der Befragung zum Fuß-Fund.

»Das Blut spritzt oft meterweit. Des armen Fisches Seele schreit. Hohwacht, der kleine Ort, steht für tausendfachen Mord!«, las er auf einem weiteren Plakat neben einem mit Blumen geschmückten einfachen Holzkreuz. War das auch ein Beitrag für den Wettbewerb um den Titel des besten Wellendichters?

»Sieht so aus, als hätte sich herumgesprochen, was du da aus der Ostsee gefischt hast …« Vincent Gott hatte wirklich einen sonderbaren Sinn für Humor.

Oke schob sein Pedelec nun langsamer über den unebenen Weg. »Moin!« Seine Stimme donnerte über den schmalen Platz, sodass auch die weiter hinten Stehenden aufblickten. »Sie versperren den Weg!«

»Oha, die Staatsgewalt ist auch vor Ort. Herr Oltmanns, Sie waren doch an Bord der ›Loreley‹. Wie konnte es passieren, dass ein Schweinswal gefangen wurde? Haben Sie kein Warnsystem benutzt?« Ein Pressevertreter mit Kamera näherte sich ihm. »Was dagegen, wenn ich ein Bildchen mache?«

»Packen Sie das Ding weg!« Oke fixierte den Mann so lange mit düsterem Blick, bis dieser die Kamera wegsteckte.

Ein Demonstrationsteilnehmer mit wolligem Flachshaar und Hornbrille löste sich aus der Gruppe und trat ein paar Schritte auf ihn zu. Oke erkannte in ihm Felix Sonntag. Offensichtlich ging es ihm nach dem Tauchunfall wieder gut. Vincent hatte nach dessen kurzen Krankenhausaufenthalt mit ihm gesprochen. »Ich hoffe, Sie haben Verständnis für diesen stillen Protest.« Felix Sonntag nahm seine Brille ab und schaute Oke offen in die Augen. »Wir können nicht einfach zur Tagesordnung übergehen. Sehen Sie, Schweinswale sind extrem selten geworden. Wir müssen zu einem Umdenken in der Gesellschaft kommen.«

Oke hatte Verständnis. Durchaus. Er wünschte, Mika und er hätten den Schweinswal nicht an Land gezogen. Er würde auch nicht nach einer Genehmigung für die Protestaktion fragen. Nur, Dienst war eben Dienst, und er musste zu einem Verdächtigen. Und er konnte schließlich nicht fliegen: »Ich muss hier durch!«

Seine Größe – Oke überragte alle 804 Hohwachter und die meisten Urlauber – und möglicherweise auch der schrille Ton des Martinshorns am Lenker, das Oke jetzt einschaltete, sorgten dafür, dass sich die Gruppe teilte. Die beiden Polizisten passierten – unter zum Teil äußerst geringschätzigen Blicken der Umstehenden.

Sie erreichten die Pier, an der die »Gode Wind« lag, und Oke erkannte, dass Otto Willenbrock Besuch hatte. Der in seiner Kapitänsuniform mit einem erheblichen Goldknopf-Überschuss à la Traumschiff leicht überkandidelt wirkende Bestatter unterhielt sich mit einem Senior in roter Windjacke. Auffällig war dessen vorstehender Prellbauch, der sich wie ein strammer Medizinball unter dem glänzenden Stoff abzeichnete, aber mehr noch das Käppi, das der Besucher trug: Auf der Kopfbedeckung drehte sich ein winziger Propeller im Wind. Hier hatte er einen Mann vor sich, erkannte Oke sofort, dem die Scham fremd war.

Vincent Gott musste ihn im selben Augenblick bemerkt haben, denn hocherfreut stürmte er los. Ein »Horst Wieczorek – der ahl Drexak« auf den Lippen.

Der Kollege hatte sich vor einiger Zeit mit dem »Drecksack« – es konnte nur einem Rheinländer einfallen, so etwas freundlich zu meinen – und Dauer-Ostseeurlauber angefreundet, der seine Knollennase gern in polizeiliche Ermittlungen steckte. Oke hatte nie verstanden, was die Bekanntschaft ausmachte. Er hielt Wieczorek für eine ausgemachte Nervensäge.

In diesem Augenblick streckte ihm Hohwachts einziger Seebestatter eine gebräunte und sorgfältig manikürte Hand entgegen. Ottos Rasierwasser reizte Okes Lungen. Es gab also Menschen, die heute noch »Old Spice« benutzten, aber für den Kapitän passte der Duft wie Speck zu Rührei. Otto Willenbrock machte nicht den Eindruck eines nervösen Killers, der Kapitän der »Gode Wind« erinnerte mit seiner vornehmen Haltung eher an einen Würdenträger des dänischen Königshauses. Die Uniform kam vermutlich frisch aus der Reinigung und das Sonnenlicht brachte die goldenen Streifen und den Stern auf den Schulterklappen erst richtig zur Geltung. »Moin, Oschi. Hier muss ein Missverständnis vorliegen.« Der Bestatter sprach in dem gedämpften Ton, den er allen Hinterbliebenen zuteilwerden ließ. »Wir haben noch keinen Auftrag bekommen, die Bestattung von Hauke vorzubereiten, auch wenn ich eine Seebestattung für einen Fischer für angebracht halte.«

Polizeiarbeit war wie Muschelsammeln am Strand. Man trug alle Informationen zusammen, warf sie gedanklich in einen Eimer und sah sich die Fundstücke am Ende des Tages in Ruhe an und sortierte sie. Oke würde Haukes Mörder zur Strecke bringen. Früher oder später. Vielleicht früher, als sich Otto das wünschte. »Ich habe ein paar Fragen an dich.«

»Fragen?« Otto lachte überrascht. »An mich?« Er räusperte sich. »Wozu?«

»Wo können wir reden?«

Der Kapitän versuchte erneut, sich mit einem rauen Laut die Kehle frei zu machen. Schlagartig musste ihm klargeworden sein, dass Oke nicht nur plaudern wollte. Das schien ihn zu verunsichern. »Ja, also eigentlich erläutere ich diesem Herrn gerade die Vorzüge der Seebestattung«, meinte er zögernd und deutete in Richtung der Propellermütze neben Vincent Gott.

Die beiden amüsierten sich *göttlich*.

Oke verstand den Kapitän durchaus. Otto Willenbrock wollte versuchen, Dauerurlauber Horst Wieczorek um eine stattliche Summe zu erleichtern. Dabei störte die örtliche Polizei nur. Mit Gästen kostete eine Seebestattung schnell mehrere Tausend Euro. »Und ich bin ebenfalls dienstlich hier«, sagte Oke bestimmt. Ihn wurde man nicht so schnell los.

Otto Willenbrock blinzelte. »Na, sicher, also wenn du einen Augenblick Zeit hättest, Oschi, könntest du mit an Bord kommen. So lange wird mein Gespräch nicht dauern.« Der Bestatter machte eine einladende Geste in Richtung seines Schiffs, was wieder die Goldknöpfe an seinem Ärmel aufblitzen ließ. »Es ist auch noch Butterkuchen da …«

Ein Mettbrötchen wäre ihm lieber. Trotzdem stimmte Oke zu. Einer seiner neuen Grundsätze besagte, zuzugreifen, wenn es etwas zu essen gab, das nicht grün war. Und ein saftiger Butterkuchen mit Mandelbelag war nicht zu verachten. »Ein paar Minuten hätten wir schon …«

Nacheinander betraten sie die Gangway zum Schiff. Der klimatisierte Salon wirkte mit seinem Edel-Velours, dem vielen polierten Holz, den abgerundeten Fenstern und ausladenden Stühlen äußerst elegant. Es roch schwach nach Möbelpolitur – und Butterkuchen! Eine ganze Platte stand auf dem ovalen Tisch in der Mitte des Raums. An der Stirnseite entdeckte er eine antike Anrichte mit einer Art Vase. Oke wählte einen Stuhl in der Nähe des Butterkuchens und ließ sich auf das Lederpolster sinken. Dieses gab sogleich ein peinliches Furzgeräusch von sich. Vincent grinste, aber Oke konzentrierte sich auf den Kuchenteller.

Aus den Augenwinkeln stellte er fest, dass Ottos Kunde, die Arme hinter dem Rücken verschränkt, das dunkelblaue Gefäß auf dem Vertiko bestaunte: Es handelte sich um eine Urne, umwickelt mit einem Tau, wie Oke erkannte. »Hier, guck mal Vinci, aufm Deckel ist eine Windrose«, ließ sich Horst Wieczorek vernehmen. Oke bediente sich unterdessen am Butterkuchen.

»Selbstverständlich könnten Sie für Ihre liebe Gattin auch ein anderes Motiv wählen«, schlug Kapitän Otto Willenbrock vor. »Und dazu arrangieren wir auch gern Blumen oder, auch das wird gern genommen, Bilder oder persönliche Gegenstände der Verstorbenen.«

Oke stutzte. Bei der letzten Sichtung hatte sich Horst Wieczoreks Frau bester Gesundheit erfreut, jedenfalls hatte sie einen Riesenberg Pommes vertilgt. War sie krank gewesen?

Vincent Gott musste ähnliche Überlegungen anstellen, denn er fragte erschrocken: »Deiner Frau geht's doch gut, oder, Horsti?«

Der so Angesprochene winkte ab. »Die hockt in der Ferienwohnung. Hatte heute keine Lust mitzukommen. Aber ich halte Bestattungsvorsorge für eine gute Sache. Da gibt's doch den einen oder anderen Extrawunsch. Und hinterher ist es zu spät.« Er lachte keckernd. An Otto Willenbrock gewandt sagte er dann: »Wegen der Bilder – ich weiß nicht so recht. Meine Frau findet sich auf Fotos immer zu dick …« Horst Wieczorek betrachtete nachdenklich die Urne. »Andererseits: Ohne Foto kommt mir das, wie sagen Sie, Arrangement ein bisschen nackig vor. Es wirkt für meinen Geschmack ohne Foto zu unpersönlich. Aber wie gesagt, bei meiner Frau weiß man leider nie, was sie eigentlich will … Deshalb hätte ich es gut gefunden, sie wäre gleich mitgekommen.«

Otto Willenbrock nickte verständnisvoll. »Keine leichte Entscheidung. Am besten, Sie sprechen diese Sache in den nächsten Tagen einmal bei Ihrer Gattin an.«

»Wie massiv ist eigentlich so ein Ding?« Horst Wieczorek nahm die Hände nach vorn, offensichtlich, um die Urne anzuheben.

Der Seebestatter stieß einen Schreckensschrei aus: »Nicht! Die ist schon aufgebahrt. Nehmen Sie jetzt bitte Platz.« Er sah zu Vincent, der nun hinter Wieczorek stand. »Sie bitte auch.«

Als alle saßen, beugte sich Oke schwerfällig ein weiteres Mal zum Butterkuchen vor, was ein besonders lang gezogenes Tröten bewirkte. Ein Blick von ihm brachte den kichernden Vincent zum Schweigen. Ein albernes Volk, diese Kölner.

»Ist das Ding wasserlöslich?«, erkundigte sich Horst Wieczorek wieder nach der Urne. »Ich möchte nicht, dass es nachher heißt, meine Frau verschmutze die Ostsee.«

Otto Willenbrock blinzelte erneut, ein Zeichen seiner Unsicherheit. »Selbstverständlich. Sie zersetzt sich. Also die Urne.« Ihm schien etwas einzufallen: »Gegen Aufpreis bieten wir übrigens handbemalte Urnen mit maritimen Motiven an – die gestaltet für uns der Hohwachter Künstler – und Strandkorbvermieter – Johann-Magnus Kreyenborg. Wenn Sie Muscheln oder einen Leuchtturm wollen?«

»Malt der auch Stachelrochen?«, fragte Horsti und gab wieder sein abgehacktes Lachen von sich. Es ließ Oke an den Ruf einer Seemöwe denken.

»Wie läuft das überhaupt ab?«, wollte der Urlauber dann wissen.

Der Kapitän drehte sich etwas auf seinem Stuhl und zeigte zum Bullaugenfenster hinaus. »Die Angehörigen finden sich vor der Abfahrt hier am Liegeplatz im Hafen Lippe ein. Dann nehmen wir Kurs auf den Beisetzungsort. Ich schlage gern das verkehrsberuhigte Seegebiet beim Leuchtturm Kiel vor. Das ist eine unserer beliebtesten Strecken, die schafft die ›Gode Wind‹ in 45 Minuten.«

Otto Willenbrocks Erklärungen, vorgetragen im leisen Verkäufer-Singsang, wirkten auf Oke einschläfernd. Vorsichtshalber bediente er sich noch mal: Wer aß, konnte nicht wegdusseln. Genüsslich kaute er den weichen Teig. Wirklich sehr fluffig. Er fragte sich, ob Otto den Butterkuchen von Edeltraut hatte. So gut wie der schmeckte, konnte es nicht anders sein.

»Die seemännische Trauerrede – die natürlich auf das Leben des oder der Verstorbenen abgestimmt ist – halte ich in der Regel im Salon, danach versammelt sich die Trauergemeinschaft auf dem Außendeck.« Otto Willenbrock schien in seinem Element zu sein. Der hörte gar nicht wieder auf! »Anschließend übergebe ich die Urne der See. Das ist ein äußerst feierlicher Moment. Wir spielen in diesen Minuten meistens ›Leise kommt die Nacht‹.«

»›Junge, komm bald wieder‹ von Freddy wäre auch irgendwie nicht das Richtige«, meinte Oke.

»Das ist ein Shanty. Die Trauernden, also Sie, lieber Herr Wieczorek, können dann einige Streublumen ins Meer werfen.« Der Bestatter ignorierte die Bemerkung des Kommissars.

Hoffentlich dauerte es nicht mehr lange. Der Butterkuchen wurde langsam knapp. Mit schlechtem Gewissen nahm sich Oke das vorletzte Stück. Es handelte sich aber um wirklich kleine Stücke. Eher etwas für den hohlen Zahn. Und er hatte Hunger. Die Umstände sprachen dafür, dass er bald ein fieses Hungerödem ausbilden würde. Oke schaute zu seinem schlanken Kollegen. Vincent hatte bisher nichts gegessen.

»Mit einem viermaligen Glasen wird die letzte Wache geläutet, werden die Flaggen auf Halbmast gesetzt und wir nehmen Kurs auf unseren Heimathafen«, hörte er Otto Willenbrock schwadronieren.

Es lag am Radfahren, bildete sich Oke ein. Radeln machte hungrig. Er schielte auf das letzte Stück Kuchen, das Anstandsstück.

Als wäre dies das Zeichen zum Aufbruch erhob sich der Kapitän von seinem Stuhl, griff nach einer Informationsbroschüre in einem halbhohen Regal an der Wand und überreichte sie Wieczorek mit einer angedeuteten Verbeugung, als wollte er ihn um den nächsten Tanz bitten. »Darin finden Sie alle Preise. Wir sind nicht billig. Bedenken Sie aber bitte, dass Sie sich mit uns auf ein traditionelles Familienunternehmen verlassen können. Seit mehr als 30 Jahren führe ich Seebestattungen durch! Und zwar erfolgreich.«

Oke fragte sich, wie eine erfolglose Seebestattung aussah. Entweder vergaß der Bestattungsunternehmer den Toten vor lauter Gesinge und nahm ihn wieder mit nach Hause oder verkippte die Asche versehentlich schon vor Erreichen des Zielorts an Deck.

Der Kapitän deutete mit einem Nicken auf den leergefutterten Kuchenteller: »Auf Wunsch werden die Trauergäste von uns mit Butterkuchen bewirtet. Allerdings nur, falls vorher nicht Herr Oltmanns an Bord war …«

Nachdem Otto Willenbrock den Rentner von Bord komplimentiert hatte, kam er zurückgehetzt. »In 15 Minuten kommen die nächsten Trauergäste. Was gibt es so Wichtiges, Oschi?« Sein Ton hatte nichts mehr vom einschläfernden Singsang der letzten 30 Minuten. Die Zeitnot ließ den Kapitän sogar sein herrschaftliches Getue vergessen.

Oke hatte genug von Otto Willenbrock. Es kam in Hohwacht nicht so oft vor, dass Fischer fußlos in ihren Kettenkästen aufgefunden wurden. Er stand auf. Wie in einem Zweikampf standen sie sich in dem vornehmen Salon gegenüber. »Wie – wat gifft dat?«, blaffte der Ermittler zurück und erinnerte Otto Willenbrock daran, dass Hauke nicht mehr unter ihnen weilte: »Jemand soll auf Hauke geschossen haben, bevor ich ihn im Kettenkasten gefunden habe. Und es heißt, das warst du!«

Der Kapitän riss die Augen auf. »Das ist ja ungeheuerlich! Ich und auf jemanden geschossen – wer behauptet so was?« Die Erregung ließ seine Stimme vibrieren.

»Das tut nix zur Sache.«

Otto Willenbrock schüttelte energisch den Kopf. »Ich habe nichts dergleichen getan! Ich kannte Hauke nur flüchtig, vom Schützenverein.«

»Deine Frau kannte ihn besser …«

Otto Willenbrock blieb bei dieser Feststellung zwar äußerlich ruhig. Doch Oke spürte, wie es hinter der Fassade brodelte. Der Kapitän hatte also ein Mordmotiv gehabt! Er wusste von dem Verhältnis. Aber suutje man suutje. Bloß nichts überstürzen. Er würde nicht den Fehler machen und die Staatsanwaltschaft voreilig informieren. Das machte nur die Pferde scheu. Es blieb nämlich die wichtige Frage nach dem Alibi. Er konnte den Zeitpunkt der Tat bisher nur grob umreißen. Hoffentlich hatte sich Rechtsmediziner Bo Nielsen bald auskuriert.

Oke wandte sich an den Kapitän: »Wat hast du die letzten drei Tage getrieben?«

»Ich war bei einem Wochenendseminar in Hamburg.«

»Was für ein Seminar?«

»Eine Fortbildung.«

»Für Seebestatter?« Vincent Gott klang zweifelnd.

»Selbstverständlich bilden wir uns weiter. Es ging um die Gestaltung von Trauerreden … Meine Teilnahme kann ich belegen.« Otto Willenbrock wirkte angefasst. Oke beobachtete, wie er seinen Hemdkragen lockerte und dann auf die Uhr sah. »Kann ich sonst noch behilflich sein? Die nächsten Kunden dürften jede Minute unten eintreffen.«

Oke sah seinen Kollegen fragend an. Der zuckte die Schultern.

»Übrigens habe ich letztes Jahr ebenfalls an dieser Seminarreihe teilgenommen. Der Kursus hieß: ›Reklamationen besser verstehen‹«, fiel Otto Willenbrock ein, als er sie nach draußen geleitete.

# HILLA

Hilla spritzte sich an der Spüle kaltes Wasser ins Gesicht. Oltmanns hatte die Geschichte vom eifersüchtigen Otto Willenbrock geschluckt. Genau wie die anderen im Verein. Hoffte sie jedenfalls. Bei Oltmanns wusste man nie so genau. Der Polizist machte zwar einen raubeinigen Eindruck, aber sie wusste, dass sich hinter dem lauten Organ ein wacher Verstand verbarg. Sie presste ihr Gesicht in das steife Geschirrtuch und fragte sich, ob sie irgendetwas gesagt hatte, was ihn misstrauisch machen könnte.

Die Groot Dör, das halbrunde Tor auf der Giebelseite des Hauses, früher eine Einfahrt für die Erntewagen, quietschte in den Angeln. Die beiden Klassen kehrten von ihrem Strandausflug zurück. Kleine Füße trappelten die Treppe hoch und verteilten dabei vermutlich jede Menge Sand im Haus. Hilla hängte freudlos das Handtuch an den Haken. Nach dem obligatorischen Händewaschen würden die für den Tischdienst eingeteilten Jungen und Mädchen die Küche stürmen, um Teller und Besteck zu holen. Doch statt eines Kindes stand auf einmal Rahel in der Küchentür. Die Frau bebte förmlich.

»Rahel? Was ist? Was willst du?«

»Ich weiß nicht, wer von euch es getan hat. Du oder sie oder ihr beide! Ihr müsst euch jedenfalls stellen. Sofort! Das will ich …«

Hillas Mundhöhle fühlte sich trocken an. Sie spürte, wie der Zorn Besitz von ihr ergriff. Was fiel dieser Person ein? Dermaßen selbstgerecht in ihrer Küche aufzutauchen, wüste Behauptungen aufzustellen und sie unter Druck zu setzen? Sie ging auf Rahel zu und griff energisch nach ihrem Oberarm: »Du hörst mir jetzt mal gut zu …« Vom Flur näherten sich Kinderstimmen. Doch Hilla konnte ihre Wut nicht zügeln: »Hier geht niemand zur Polizei! Ist das klar? Und wenn du dich weiter so aufführst, wirst du es am Ende bereuen!« Sie verlieh ihrer Stimme die Autorität, die durch jahrelangen Einsatz in der Küche geschult war. Was reichte, um verzogene Bengel an den Abwasch zu bekommen, langte für eine verquere Religionslehrerin allemal. »Hauke hat das Schicksal bekommen, das er verdient hat, oder willst du das abstreiten?«

Ihre Gesichter waren sich mit einem Mal ganz nah. Rahel wich ein wenig vor ihr zurück. Sie sprach schnell und undeutlich: »Der Herr sagt: Ich will dich unterweisen und dir den Weg zeigen, den du wandeln sollst, ich werde dich mit meinen Augen leiten.«

Hilla packte nun auch Rahels anderen Arm und begann, die Frau zu schütteln: »Hör endlich auf! Komm wieder zur Vernunft!«

Doch Rahel Zimmermann wollte nichts einsehen. »Ihr müsst der Polizei alles sagen oder ich werde es tun.«

Blind vor Zorn presste Hilla Rahel gegen den Türrahmen. »Du weißt überhaupt nicht, was du da redest. Wenn du so weitermachst, bringst du uns alle noch in Teufels Küche.« In dem Moment kam Carmen Bachmann den Flur herab, offensichtlich gut gelaunt stand sie plötzlich vor ihnen. Das Lächeln auf ihren Lippen erstarb, als sie die Situation erfasste. Irritiert suchte sie nach passenden Worten: »Kann ich irgendwie behilflich sein?« Als weder Rahel noch Hilla antworteten, fügte Carmen hilflos hinzu: »Bei den Essensvorbereitungen?«

# OKE

Polizeiarbeit bedeutete, davon war Oke überzeugt, dass der Ermittler selbst unwesentliche Details im Blick behielt und zu einem bestimmten Zeitpunkt gedanklich mit einem sanften, befriedigenden Klick an die richtige Stelle rutschen ließ.

»Schellente«, sagte er unvermittelt zu Vincent, als sie die »Gode Wind« hinter sich gelassen hatten und bei ihren Rädern ankamen, die sie beim Fischrestaurant im Hafen Lippe aneinandergekettet hatten. Oke wünschte sich im Augenblick nichts mehr, als auf den besonnten Holzbänken hinter dem reetgedeckten Restaurant Platz zu nehmen, die müden Gräten auszustrecken und sich direkt an der Wasserkante Scholle mit Kartoffelsalat servieren zu lassen. Doch das würde nicht passieren. Dass die Ruhetage der Restaurants immer so ungünstig lagen …

»Häh?«, fragte der Kollege.

»Na, das Gärk-Gärk.« Womit Oke mittels eines hohen Fiep-Lautes einerseits den Balzruf der Schellente imitierte, andererseits Vincent kurzzeitig sprachlos zurückließ.

»Was du alles weißt«, kommentierte Vincent überrascht. »Und? Was denkst du nun?«

»Dass sie auf Partnersuche ist.«

»Nein, nicht die Ente, ich meine Willenbrock.«

»Der braucht wohl auch eine neue Partnerin, wenn Ursel fremdgeht …«, sinnierte Oke und freute sich diebisch über Vincents Gesichtsausdruck. Für wie plemplem hielt der ihn? »Wir müssen das Alibi überprüfen«, erwiderte er. »Sobald wir den genauen Todeszeitpunkt kennen.«

Vincent stimmte zu. »Fortbildungen für Bestatter – ich weiß nicht, ob ich dem Willenbrock die Geschichte abnehme. Und was soll das überhaupt heißen: ›Reklamationen besser verstehen‹. Hast du schon mal davon gehört, dass einer seine Trauerfeier reklamiert?«

»Wahrscheinlich sind die Angehörigen gemeint«, antwortete sich Vincent selbst, als Oke nicht gleich reagierte. »Die könnten beanstanden, dass bei der Trauerfeier der Butterkuchen nach dem Besuch eines gewissen Hauptkommissars aus war …« Er lachte und buffte Oke in die Seite. Dann rief er erfreut aus: »Ach gucke mal, wer da ist – Hennes.«

Beim Restaurant saß eine hässlich gescheckte Katze mit eingefallenen Flanken und struppigem Schwanz und putzte sich. Als sie die Kommissare sah, kam sie maunzend herübergelaufen. Vincent zeigte keine Scheu, die Flohschleuder anzufassen. Er kraulte das Tier, während Oke nach dem Schlüssel fürs Fahrradschloss kramte. Dann fiel ihm ein, dass er noch bei den Walschützern vorbeiwollte. »Kommst du mit?«

Vincent zuckte gutwillig die Achseln und sie spazierten – mit der Katze im Gefolge – zu der kleinen Zeltstadt auf einer Rasenfläche nahe der Slipanlage.

Sie trafen Felix Sonntag an seinem Zelt, der mit seinem gewellten Haar aussah wie ein Model aus einem Katalog für Surfausrüstung. Die meisten Camp-Bewohner hatten geräumige Familienzelte aufgebaut, es ging hier augenscheinlich nicht um ein spartanisches Überlebenstraining. Felix Sonntag legte gerade ein Paar Tauchflossen zum Trocknen ins Gras. Der feuchte Tauchanzug hing über einer straff gespannten Zeltleine. Oke fragte ihn nach seinem Zusammentreffen mit Hauke. Eine Ira Scholz, die plötzlich an Felix Sonntags Seite auftauchte, bestätigte, dass Felix den Fischer »sehr höflich« behandelt habe, obwohl sie diesen in Verdacht gehabt hatten, defekte Netze illegal im Meer zu entsorgen. »Ach Ira, so genau wissen wir es nicht«, sagte Felix Sonntag und legte der Frau die Hand auf die Schulter. Die vertraut wirkende Geste ließ Oke glauben, die beiden wären ein Paar. Er fragte sich, ob er Iras Aussage Glauben schenken konnte. Wer unter einer Decke schlief, der nahm sich auch gegenseitig in Schutz. »Waren noch andere bei der Begegnung mit Hauke dabei?«, erkundigte er sich.

»Ja, Marcel – äh, Marcel Köster.« Er rief einen rundlichen Mann im Totenkopf-Shirt herüber, der in Hörweite mit einer Flasche Dithmarscher Bier in einem Campingstuhl gesessen hatte: »Marcel – kommst du mal, die Polizei will mit dir sprechen!«

Köster schien nicht viel von der Ordnungsmacht zu halten, denn er trat ihnen mit einem fast feindseligen Blick entgegen. »Was wollen Sie von mir?«

Aus seinem Mund klang es nicht ganz so, als hätte es sich bei dem Gespräch zwischen den Walschützern und Hauke um eine Zusammenkunft der Friedensnobelpreisträger gehandelt. »Ich kann es eben nicht leiden, wenn mir einer so blöd kommt. Wir haben ihn nur darauf hingewiesen, dass er die kaputten Netze nicht im Meer entsorgen darf, ganz korrekt. Und dann wollte er mir erzählen, dass ich ihm gar nichts zu sagen habe.« Köster verschränkte die tätowierten Arme vor der Brust. »Da musste ich 'n bisschen lauter werden. Das hat man gleich gesehen, dass das einer von den Typen war, die Dreck am Stecken haben. Nicht nur wegen der Netze …«

Oke wurde hellhörig. »Wovon reden Sie?«

Felix Sonntag mischte sich ein, ganz Lagerhäuptling: »Marcel, lass mal«, beschwichtigte er den Kollegen. »Wir haben überhaupt keine Beweise, dass …«

»Ja, und was macht der dann nachts aufm Wasser?«, fuhr sein Kumpel dazwischen. »Das war doch komisch!«

»Was soll daran komisch sein, wenn ein Fischer nachts rausfährt?«, forderte Oke ungeduldig eine Antwort heraus.

Felix Sonntag legte den Kopf leicht schief, als müsste er die nächsten Worte sorgfältig abwägen: »Also wir sitzen hier ja auch abends mal länger zusammen, am Lagerfeuer und so …«

»Weiter!« Er brauchte keine langatmigen Erklärungen.

»Und da haben wir, also Marcel, Ira und ich, gesehen, dass Hauke allein auf seine ›Loreley‹ und raus aufs Wasser ist. Wir dachten jedenfalls sofort, dass er was macht, was niemand mitbekommen soll. Dass er was illegal entsorgen will. Wir drei also hinterher. In sicherem Abstand natürlich.«

Da hatten die Walschützer wohl zu viel »Drei Fragezeichen« gehört.

Ira Scholz und Marcel Köster blieben still. Felix Sonntag übernahm es zu berichten: »Er hat an dem Abend nicht gefischt, höchstens im Trüben: Jedenfalls tauchte plötzlich diese Rennjacht auf. Superedel. Und der Fischer ist rüber auf diese Jacht.«

»Konnten Sie überhaupt was erkennen?«, erkundigte sich Vincent.

»Nicht viel«, räumte Marcel Köster ein. Er hatte die Hände inzwischen in die Taschen seiner Shorts gegraben. Es war durch den Stoff zu sehen, dass er sie zu Fäusten geballt hatte. »Ich habe jedenfalls an Schmuggel gedacht, auch wenn Ira meint, das sei zu weit hergeholt. Aber wieso treffen sich sonst Leute nachts auf dem Wasser? Eine Jacht und ein Fischerboot. Also mir kommt das spanisch vor.«

Felix Sonntag stimmte vorsichtig zu: »Ja, merkwürdig war diese nächtliche Zusammenkunft auf jeden Fall. Zumal es nur ein kurzes Treffen war. Fünf Minuten höchstens, dann ist der mit der Jacht abgerauscht und die ›Loreley‹ zurück in den Hafen getuckert.«

»Können Sie die Jacht näher beschreiben?«, fragte Gott.

»Es war eine weiße Hardtop-Motorjacht mit zusätzlicher Flybridge. Mindestens 15 Meter.«

»Ich bin Kölner«, sagte Vincent Gott.

Felix Sonntag wusste, was er meinte. »Hardtop bedeutet, dass die Jacht ein festes Dach und Fenster hat, Flybridge, dass die Brücke hinten oben auf diesem Dach sitzt. Unten ist Platz für die Passagiere, oben lässt sich besser steuern. Dazu braucht man aber das nötige Kleingeld.«

»Konnten Sie Flagge oder Namen sehen?«

»Nein. Es war ja Nacht und Ira wollte, dass wir auf Entfernung bleiben.«

»Jetzt bin ich schuld?« Ira Scholz lachte überrascht auf.

Felix Sonntag küsste sie zärtlich auf die Wange. »Du bist nicht schuld. Ich wollte, dass wir umdrehen, weißt du nicht mehr?«

Die Walschützer hatten Hauke Büsing nach eigenem Bekunden nicht auf das nächtliche Treffen angesprochen. Aber es sah tatsächlich danach aus, als hätte Inses Cousin da etwas auf der Ostsee getrieben, was niemand mitbekommen sollte. Sie mussten seine Witwe befragen, ob sie etwas über diese Aktivitäten wusste. Ein Anruf bei den Kollegen der Küstenwache und beim Zoll konnte ebenfalls nicht schaden. Vielleicht hatten die etwas zu berichten. Vielleicht konnten sie auch direkt beim Zoll vorbeischauen. Schmuggel in der Hohwachter Bucht war jedoch in den vergangenen Jahren kein Thema gewesen, was über seinen Schreibtisch gegangen wäre. Mal sehen, was der Anruf ergab.

»Vielleicht hatte er eine reiche Milliardärin an der Angel«, meinte Vincent.

Oke wägte die Feststellung im Kopf ab. Er musste an Malgorzatas neuen, schwerreichen Gast denken.

Er besann sich auf die Walschützer. »Das hätten Sie uns gleich sagen müssen«, rügte er diese im Obrigkeitstonfall, wohl wissend, dass er damit in dieser Klientel nicht gut ankam. Aber es handelte sich hier eben nicht um ein Freizeitvergnügen, sondern um eine todernste Sache. Sie hatten jetzt eine weitere neue Spur zu verfolgen. »Los, Gott, Jeckenkappe absetzen! Es gibt Arbeit zu erledigen!«

## INSE

»Ich wette, Oschi weiß gar nicht, wie er dir fünf Sterne auf TripAdvisor gibt.« Sie musste bei dieser Vorstellung schmunzeln. »Garantiert fragt er mich danach.« Oke besaß zwar ein Gespür für Menschen und ihre Motive –

aber Smartphones und Tablets waren seine Welt nicht. Inse saß mit Wencke im Fischhus, und beide hatten ein Glas Tee getrunken. Eine Basis aus Rooibostee mit Sanddornaroma mit einem Hauch von Alge sollte den Geschmack des Meeres mit sich bringen. Jetzt bereitete die Veganerin ein Gericht zu.

Wencke zog die Stirn in Falten. »Ich hoffe, dass er das Fischhus wirklich bewertet. Dafür hat er von mir wichtige Informationen über Otto bekommen.«

Inse horchte auf. »Du verkaufst dein Wissen an das Exekutivorgan? Das ist schändlich, Wencke!«

Wenckes Gesichtsausdruck verdüsterte sich. Energisch zerteilte sie mit dem Küchenmesser eine Gurke, als wäre das Gemüse schuld daran, dass das Gespräch eine unangenehme Wendung genommen hatte. »Mag sein, aber wenn ich pleitegehe, ist das Okes Verdienst. Er hat doch angefangen, hier über meine Smoothies zu murren. Ich kann nichts dafür, dass er ein Prophet der ungesunden Ernährung ist.«

Ihre Freundin benahm sich wie ein Kleinkind. »Er hat aber angefangen …«, äffte sie Wencke nach. Die drahtige Person, die wieder ihr rotes Lieblings-Muskelshirt trug, lag ihr am Herzen, sie wollte eigentlich nicht mit ihr streiten. Aber Oke hatte sie nun mal geheiratet. Sie saß zwischen den Stühlen. Zuletzt hatte sie Wencke meistens im Streit ums Essen unterstützt, denn Oke aß tatsächlich zu ungesund. Aber was Wencke da jetzt tat, fand Inse nicht in Ordnung. Dafür war sie zu sehr Polizistenfrau: »Du musst Oke alle Informationen geben, die ihm in seinem Fall helfen können. Anderenfalls machst du dich wahrscheinlich sogar strafbar. Hauke ist tot und er war immerhin mein Cousin!«

Wencke ließ das Messer sinken. Sie hatte frische Petersilie kleingehackt, Dill und Zwiebeln, und alles mit einem Tropfen Öl verrührt. Jetzt fügte sie die Gurkenstücke hinzu, später würden Limette, vegane Kochsahne, Gemüsebrühe und natürlich Meersalz daraus eine Suppe werden lassen. Nichts zum Sattwerden, aber schön was vorweg.

»Das ist entzündungshemmend und sorgt für weiche Haut.«

»Hör auf abzulenken, Wencke!«, fuhr Inse sie an. Sie brauchte jetzt keine Ernährungsweisheiten.

Wencke zuckte die gebräunten Schultern und sah Inse schuldbewusst an. »Tut mir leid, Inse. Es ist nur, dieser Streit mit Jan macht mich fertig … Was, wenn jetzt alle nur noch zu ihm gehen? Er hat den Muschelputzer! Der kommt besser an als mein Algen-Glück …« Sie wirkte verzweifelt in ihrer Ehrlichkeit. »Da muss ich schon Mittel und Wege finden, um die Fischbude in Schwung zu halten! Und wenn ich vom Dorfkommissar fünf Sterne kriegen kann, ist mir jedes Mittel recht.« Sie machte eine Pause: »Außer Mord natürlich.«

Inse zog die Brauen hoch. »Das hoffe ich stark!«

Wenckes Huhn Marlene schien der Fischbudenbesitzerin beistehen zu wollen, denn es flatterte vom Barhocker, auf dessen Lehne es gedöst hatte, auf die Schulter ihrer Besitzerin.

Wencke schloss lächelnd die Augen, und Inse fiel auf, dass ihre Freundin etwas von ihrer sonst überbordenden Energie eingebüßt hatte. »Du siehst ein bisschen müde aus!«

Wencke streichelte mit dem Zeigefinger Marlenes Brust. »Hühner reagieren sehr empfindlich auf Veränderungen.

Seit Jan nicht mehr bei uns schläft, gackert sie ab fünf, als käme der Marder durchs Fenster.«

Inse traute ihren Ohren nicht: »Du nimmst das Huhn hoffentlich nicht mit ins Bett?«

Wenckes Stirn umwölkte sich wieder: »Na und? Bei Hunden und Katzen sagt auch niemand was. Götz hat früher immer in meinem Bett geschlafen.« Götz war ihr verstorbener Spitz.

Inse verzichtete auf einen Kommentar.

Wencke redete sowieso schon weiter: »Aber es stimmt, mit Götz war das anders. Da bin ich wenigstens nicht jede Nacht aufgewacht.«

»Wieso wachst du nachts auf?«, fragte Inse mitfühlend.

»Weil ich auf Möhrenschale so schlecht liegen kann. Das ist so ein Tipp aus der Hühner-Community in den sozialen Medien: Möhrenschale beruhigt die Herde. Aber mich macht sie kirre. Liegt wahrscheinlich daran, dass ich kein Huhn bin.«

Inse prustete los.

»Mach dich nur lustig«, reagierte Wencke hitzig. Als Inse sich das Lachen verbiss, schaltete die Fischbudenbesitzerin betont geschäftig den Pürierstab für die kalte Gurkensuppe ein, was ihr Gespräch zwangsläufig unterbrach.

Puh, war die auf Streit aus. »Nein, ich mache mich nicht über dich lustig.« Inse wollte das Thema wechseln. Sie war hergekommen, um mit Wencke über Haukes Frauengeschichten zu reden und vor allem über Darjas fixe Idee, dass Mitarbeiter Mika Menke etwas mit dem Tod ihres Mannes zu schaffen haben könnte. Aber mit Wencke kam man immer vom Höcksken auf Stöcksken, wie Vincent Gott sagen würde. »Wusstest du, dass Mütze gefeuert werden soll?«, begann sie, als der Stabmixer endlich verstummte.

Wencke vergaß, beleidigte Leberwurst zu spielen – obwohl es bei ihr »vegane Streichwurst nach Leberwurst-Art« hätte heißen müssen – und fixierte sie mit ungläubigem Gesichtsausdruck. »Mika feuern? Das höre ich zum ersten Mal!«

»Darja meint, dass sie niemanden beschäftigen will, der ihren Mann auf dem Gewissen hat.«

Wencke machte noch größere Augen, wenn das überhaupt ging. Grüne Suppe tropfte vom Pürierstab auf den Tresen, ohne dass es die Fischbudenbesitzerin bemerkte. »Die denkt doch nicht ernsthaft, dass der Bengel ihren Mann umgebracht hat? Ich meine, wir reden hier von Mütze!«

Inse stimmte zu. »Natürlich hat er nichts mit all dem zu tun. Aber sie meinte, er hätte einen Groll gegen Hauke gehegt. Sie wollte leider nicht ins Detail gehen …« Inse wartete, ob Wencke dazu etwas sagen würde. »Ich hatte gehofft, du wüsstest etwas darüber … Eine alte Geschichte vielleicht, an die sich keiner mehr erinnert. Schließlich gehörte die ›Loreley‹ mal Mikas Vater.«

Wencke schüttelte langsam den Kopf: »Sagt mir alles nichts.«

Das Fischhus war offenkundig nicht mehr *die* Nachrichtenzentrale des Ortes. Vielleicht sollte sie lieber zum »echten« Fischhus rübergehen und Jan befragen. Sie griff nach ihrer Handtasche: »Na ja, Oke wird das alles bald aufklären. Solange du ihm keine weiteren Informationen vorenthältst!« Sie blickte die Freundin streng an. »Also Tschüss, Wencke, ich muss dann wieder …«

»Halt, Inse. Was ist mit unserer Suppe?« Sie schien zu begreifen, was vor sich ging. »Wehe, du läufst zu Jan über«, japste Wencke hinter ihrem Tresen. »Das tust du mir nicht an. Inse! Du bist meine Freundin!« Als Inse fast den Plastikvorhang erreicht hatte, spielte Wencke ihren letzten Trumpf aus: »Du willst dir mit seiner Majo-Bombe, die sich Kartoffelsalat schimpft, sicher nicht die Figur ruinieren!«

Oh, wie schlecht kannte Wencke Husmann sie doch. Inse würde jedes Opfer bringen, um Oke zu helfen.

## JAN

Jan stand an seinem Verkaufsfenster und hatte nichts Besseres zu tun, als den Eingang des Fischhuses zu beobachten. Natürlich hatte er Inse hineingehen sehen. Das war nichts Besonderes. Wencke und Inse trafen sich ständig, um Rezepte auszuprobieren und Marlene neue Warnwesten zu stricken. Wencke hatte immer Sorge, dass jemand Marlene übersehen konnte, deshalb strickte sie meistens etwas in Neongelb oder -orange. Als besonders schätzte er es ein, dass Inse die grüne Hölle so kurz nach ihrem Eintreffen wieder verließ.

»Moin, Jan!«

»Na, auch zu Hause rausgeflogen?«, frotzelte er. Er tat so, als wäre er nicht verwundert, dass sie nun bei ihm auftauchte. Dabei war er sehr gespannt, was Wenckes Busenfreundin von ihm wollte.

»Kannst du mir einen Muschelputzer einschenken?«

Das wurde ja immer wunderfitziger! Inse und Wencke tranken normalerweise nichts Stärkeres als Kräutertee. Als Geschäftsmann hätte er nicht gefragt, als Freund schon: »Was'n los? Musst du heute Nachmittag nicht in der Ferienhausvermittlung arbeiten?«

Inse schnitt eine Grimasse. »Doch, ja, stimmt. Dann lass den Muschelputzer weg.«

»Also willst du nix?«, fragte er enttäuscht nach. Dann hätte Inse auch gern Wenckes Kundin bleiben können. Wenn sie eh nichts kaufte. Jan gab sich einen Ruck: »Dann wenigstens raus mit der Sprache, warum so bedrübbelt?«

Inse zog ihren engen Blazer zurecht und druckste herum: »Du kennst doch Mütze …«

Jan wunderte sich über die Polizistenfrau, die sonst immer so geradeheraus war. »'türlich kenn ich Mika Menke: Der war doch mit deinem Mann Leichenfischen: Fischers Fritz fischt frische Füße.«

Inse funkelte ihn böse an: »Hauke war zufälligerweise mein Cousin!«

Das hatte er kurzzeitig vergessen. Scherze über tote Familienmitglieder kamen nie gut. Eilig kondolierte er: »Grausige Sache, das mit deinem Cousin … Mein Beileid.«

Inse nickte. Sie stand am Tresen seines Imbisswagens und schien nicht so recht weiterzuwissen.

»Was ist denn mit Mütze?«

Inse berichtete ihm, dass Haukes Witwe Darja kurz

davorstand, den Mitarbeiter ihres ermordeten Gatten rauszuwerfen. »Sie traut ihm nicht mehr über den Weg. Angeblich herrschte zwischen Hauke und Mika nicht nur eitel Sonnenschein. Um ehrlich zu sein, ich weiß nicht, was ich davon halten soll«, brach es aus ihr heraus. »Ich hatte gedacht, Wencke weiß irgendetwas über das angebliche Zerwürfnis – sie hört ja viel im Fischhus. Aber sie kann mir nicht helfen. Und wenn Mütze nichts mit dem Mord zu tun hat, ist es sehr ungerecht, wenn er seine Arbeit verliert.« Inse sah ihn deprimiert an. »Hätte ich Oke nur nicht genötigt, mit ihm rauszufahren. Ohne mich wäre der Junge gar nicht in den Fokus der Ermittlungsbehörden geraten ...«

Inse, die in ihrer marineblauen Bluse mit Faltenrock wie eine geschäftige Politesse wirkte, machte gern mal ein wenig Wirbel um die Bedeutung des Berufs ihres Mannes. Aber sie machte auch einen Denkfehler. »Dein Mann ist Polizist. Oschi hätte ihn als Mitarbeiter des Mordopfers so oder so befragt – was sagt denn überhaupt unser Küstenkommissar dazu?«

In Inses Gesicht zuckte es. »Er weiß nichts von der drohenden Kündigung. Glaube ich jedenfalls. Denkst du, dass Oke Mütze verdächtigt?«

Jan zuckte die Achseln. Er hatte keine Ahnung, wen Oschi im Visier hatte. Es war schwer, jemanden zu durchschauen, der sich an den meisten Wochentagen stiller verhielt als eine Steinbuhne in der Hohwachter Bucht.

Inse blickte ihn verschwörerisch an. »Ich meine, dass er das nicht tut. Eher wird Oke Otto Willenbrock aufs Korn nehmen, weil dessen Ursel doch im Schützenverein mit Hauke zugange war. Aber die Polizei kennt bisher nicht mal die genaue Tatzeit und deshalb ...« Sie hielt inne. Offensichtlich wollte sie sich nicht in die Karten blicken lassen, hatte sie vermutlich von Oschi gelernt. Jedenfalls sagte sie ab diesem Augenblick rein gar nichts mehr.

Jan tat ihr den Gefallen und hakte nicht nach. »Dein Mann wird bestimmt nicht den Falschen verhaften«, meinte er gutmütig. »Letztendlich hat er in den vergangenen Jahren die Verbrechen, die sich hier ereignet haben, immer noch aufgeklärt – erinnere dich bloß an den toten Baulöwen im Hafen. Ich würde mir also über Mika keine Sorgen machen.« Jan schob Inse nun doch einen Muschelputzer rüber. Harte Zeiten erforderten hochprozentige Maßnahmen: »Hier, damit kannst du dir den schlimmsten Mord schöntrinken!«

»Wenn du meinst …« Sie kippte den Klaren in einem Zug hinunter. Kurz geriet sie ins Taumeln: »Puh, der zieht einem tatsächlich die Schuhe aus.«

Jan wusste nicht, ob das als Kompliment oder Schmähung gemeint war, entschied sich aber für Ersteres. Der Muschelputzer hatte seine Qualitäten, er räumte so richtig im Magen auf. »Und du sagst, es gab Streit zwischen Hauke und Mika … Lass mal nachdenken …« Jan stierte gewichtig zum Meer, wo die meisten der weißen Strandkörbe mit dem Rücken zum Wasser gedreht waren. Die Urlauber versuchten jedes Frühjahr aufs Neue, auch dem lauesten Lüftchen zu entfliehen. »Das Einzige, was mir einfällt, ist Folgendes: Als Mützes Vater, der alte Menke, sein Geschäft aufgab, hieß es, Hauke habe ihn in seiner damaligen Notsituation über den Tisch gezogen. Er kaufte ihm die ›Loreley‹ ab – aber nicht gerade zum fairen Preis. Am Schiff hing eine relativ gute Quote.«

Inse zog die Brauen zusammen. »Aha?«

Schiffe wurden gemeinhin mitsamt einer Quote verkauft, die festlegte, wie viel Fisch der Seemann aus der Ostsee holen durfte. So bestimmte nicht allein der Zustand des Schiffes den Preis, sondern auch, was der Käufer aufgrund der Fangquote erwirtschaften konnte. Das erklärte Jan seiner Kundin, die weiterhin nichts bestellte.

»Aber der Verkauf liegt doch Jahre zurück! Deshalb wird Mütze ihm kaum was abgesägt haben. Es muss etwas anderes hinter diesem Mord stecken.« Sie schob das leere Glas energisch in seine Richtung, was ein stumpfes Geräusch auf der Resopal-Platte verursachte. »Es sei denn, Mika hat seinen Zorn über Jahre verborgen. Zorn endet nie gut.« Sie rückte ihren Blazer erneut zurecht. »Ich werde herausfinden, ob an Darjas Anschuldigungen etwas dran ist. Ich glaube, ich muss auch mal ein ernstes Wort mit ihr reden.«

Jan lachte. »Das schaffst du bestimmt. Du klingst beinahe wie dein Mann.«

Inse zwinkerte ihm zu. »Hauptsache, ich sehe nicht bald so aus wie er. Es heißt ja, Paare werden sich im Alter immer ähnlicher.«

Jan verzog die Lippen. »Da besteht kein Grund zur Panik: Solange du dir Haare und Wimpern nicht rotblond färbst.« Er war mit einem Mal traurig. »Ich habe immer gedacht, Wencke und ich würden auch zusammen alt werden. Im Fischhus – nicht in zwei verschiedenen Imbissbuden.«

Inse sah ihm direkt in die Augen. »Vertragt euch doch«, meinte sie leichthin.

Ein Knacksen, das Holger Holtermann auf seinem rostigen Fahrrad auf der Strandpromenade ankündigte, entband ihn einer Antwort.

»Moin, ihr guckt ja wie sieben Tage Regenwetter. Sind

neue Tote aufgetaucht? Oder Füße?« Holger Holtermann wollte offenbar lustig sein. Jan tat ihm den Gefallen und grinste, während er darauf wartete, dass Holger das Rad auf den Ständer stellte. Im Sand vor der Bude war das ein schwieriges Unterfangen. Der Ständer sackte zu tief ein, sodass das Rad drohte umzukippen.

Inse reagierte einmal mehr gereizt: »Bisher haben wir nur einen Toten zu beklagen, und der war zufällig mein Cousin! Schäm dich, Holtermann!«

So scharfzüngig kannte Jan Okes bessere Hälfte normalerweise gar nicht.

Auch Holger Holtermann wirkte erschrocken. »Autsch, Fettnäpfchen! ’tschuldigung, Inse! Hatte ich vergessen! Ihr hattet aber doch gar nicht so viel miteinander …« Wahrscheinlich hatte er »zu tun« sagen wollen, aber Inses entrüsteter Blick ließ ihn den Satz vorzeitig abbrechen. »Na, jedenfalls mein herzliches Beileid. Ich wünsche dir viel Kraft in dieser schweren Zeit.« Mit einer beinahe andächtigen Geste nahm er seinen gelben Fahrradhelm ab und hielt ihn sich vor die Brust, als wäre er ein Totengräber.

Inse musterte Holtermann mit undurchdringlicher Miene. »Du musst mir keine Kraft wünschen. So innig war unser Verhältnis auch wieder nicht, aber ich will rauskriegen, wer Hauke umgebracht hat! Familie bleibt Familie.«

Der Briefträger spitzte anerkennend die Lippen: »Oha, Frau Kommissar! Denn man to!« Er stellte sich neben Inse und stützte gemütlich die Ellbogen auf dem Tresen auf. »Alle sagen ja, der kanadische Fußripper hätte Hauke auf dem Gewissen, allerdings habe ich mich gefragt, was der in Hohwacht will. Ich meine, die Westküste Kanadas ist ja nicht gerade Niendorf.«

Jan verstand nicht. »Hä? Wie meinst du das? Was haben wir mit Niendorf zu tun?«

»Nee, haben wir nicht. Ich wollt damit bloß sagen, Kanada liegt nicht gerade um die Ecke, Niendorf schon.« Er schaute in die Runde, um zu prüfen, ob nun alle den Witz begriffen hatten.

Das schien nicht der Fall zu sein. »Du willst damit aber nicht andeuten, der Fußripper könnte in Niendorf wohnen?«, erkundigte sich Jan stirnrunzelnd.

»Nee, das nicht. Ach, ist egal.« Der Briefträger las die Tafel am Surfbrett und gab seine Bestellung auf: »Eine Bulette mit Gratis-Getränk. Kartoffelsalat kannste weglassen.«

Jan drehte schweigend das Gas hoch, um das Fett in der Pfanne zu erhitzen. »In Niendorf haben die ja diesen Vogelpark …« Als er sah, dass das Thema Niendorf für seine Kunden durch war, schwenkte er um: »Inse fragt sich, ob Mütze und Hauke Streit hatten.«

»Davon weiß ich nix. Aber wenn, ging es sicher ums Geld. Mika ist ausgebildeter Fischwirt, aber Hauke hat ihn bezahlt, als wäre er ein Hilfsarbeiter. Obwohl ja Mütze die gesamte Arbeit auf dem Schiff gemacht hat«, wusste Holtermann zu berichten.

»Habgier«, sagte Inse langsam. »Ist auch eine Todsünde. Wie Zorn. Könnte ein Motiv sein.«

Mit einer Grimasse und einem angedeuteten Nicken Richtung Fischhus gab Holtermann Jan zu verstehen, dass er es merkwürdig fand, dass Inse hier und nicht drüben bei Wencke herumhing.

Jan schüttelte kaum merklich die Dreadlocks. Er wollte Inse als Neukundin behalten. Auch wenn sie noch keinen Gewinn einbrachte. Keinesfalls wollte er zulassen, dass sie durch unbedachte Äußerungen von Dritten verscheucht wurde. Behutsam ließ er die Frikadelle ins heiße Fett gleiten und es zischte ordentlich. Ein würziger Duft zog aus dem Fischverkaufswagen nach draußen. »Riecht gut, oder?« Jan erwartete eindeutig ein »Ja«. »Ich mache die jetzt selbst. Frisches Seelachsfilet ohne Gräten, Ei, Zwiebeln, Gewürze – ein Schuss Limettensaft – und dann in Paniermehl wenden. Da weiß ich auch, was drinsteckt.« Der Zwist mit seiner Frau hatte den Nebeneffekt, dass sich Jan Gedanken über das Thema Ernährung machte.

Inse schnupperte. »Hmm … riecht wirklich gut, Jan, Fischfrikadelle – hätte ich auch mal wieder Appetit drauf.« Sie blickte sich verstohlen um. Doch nicht mal Wenckes Huhn war zu sehen. Ihrer veganen Freundin durfte sie ihre fischigen Gelüste sicherlich nicht gestehen.

Holtermann feixte: »Ach nee, plötzlich auch keine Lust mehr auf die Quallenknödel von drüben? Siehste, Jan, hab ich dir gesagt, Angebot und Nachfrage. Haste das richtige Angebot, haste auch die Nachfrage. Und jetzt frag ich mal so nach: Bekommen Stammgäste auch zwei Muschelputzer gratis? Auf einem Bein kann man schließlich nicht stehen.«

Holtermann guckte schön blöd, als Inse ihm mit der flachen Hand einen Klaps auf den Hinterkopf gab: »Keine Fuß-Witze in meiner Nähe. Ich bin eine Hinterbliebene. Dammi noch mal to!«

»Du klingst wirklich wie dein Mann«, entfuhr es Jan. In seiner Stimme schwang tief empfundene Bewunderung mit.

# OKE

Die Willenbrocks wohnten in Behrensdorf. Eine Gemeinde, die stolz auf ihren Leuchtturm und ihren Naturstrand war und sich gern mit dem Zusatz »Das romantischste Dorf an der Küste Schleswig-Holsteins« schmückte. Er traf Ottos Frau in ihrem kleinen, von rosafarbenen Tulpen übersäten Vorgarten. Ursel Willenbrock jätete an diesem sonnigen Mittag jedoch nicht etwa Beete, sondern schleppte sich mit einem Stapel weißer Tischdecken ab. Sie wirkte im Übrigen auch nicht wie jemand, der gern gärtnerte. Unfreundliche Schützenschwestern beschrieben sie hinter vorgehaltener Hand als in die Jahre gekommene Partymaus. Ihre kurzen, blond gesträhnten Haare trug sie auch an diesem Tag verwegen fransig ins Gesicht gekämmt, die Augenlider schillerten dunkelbraun und die schmalen Lippen hatte sie in einem Rotton geschminkt, der ihm für diese Tageszeit zu dunkel erschien. Ihre Weiblichkeit quoll aus der weißen Bluse unter dem grauen Jackett, die grüne Krawatte konnte diesen Umstand nur unzureichend verdecken. Die zahlreichen in der Sonne glänzenden Abzeichen erinnerten ihn unweigerlich an die Kapitänsjacke ihres Mannes.

»Oschi! Was machst du denn hier?«, rief sie, sodass jeder im Umkreis von 500 Metern hörte, dass sie Besuch bekam. »Wir haben dich gern dabei, du weißt ja, wir würden dich als Ehrenmitglied willkommen heißen, aber du bist zu früh! Der Festumzug kommt erst um 16 Uhr. Und ich stecke mitten in den Vorbereitungen für die Tankstelle.«

Die zeitlich begrenzte Einrichtung von »Tankstellen« für Schützen hatte in der Region Tradition. Regelmäßig luden sich die Schützen gegenseitig zu einem kleinen Umtrunk ein. Als Dank für den Ausschank an der »Tankstelle« spielte die Blaskapelle der Schützen ein Lied.

»Ich bin dienstlich hier«, erwiderte Oke. »Ich komme wegen deines Schützenbruders Hauke.« Sie mussten mehr über den Toten herausfinden. Über Hauke, den untreuen Ehemann, möglicherweise auch über Hauke, den Schmuggler. Noch war unklar, in welchem Netz aus Lügen sich der Fischer verstrickt hatte und wodurch er letztlich zu Fall gekommen war.

Mit der Erwähnung von Haukes Namen hatte er Ursel aus dem Konzept gebracht, denn sie nahm den Tischdeckenstapel wieder auf, den sie gerade abgelegt hatte. Dann bemerkte sie ihren Fehler und legte die Wäsche wieder hin. »Tragisch, was mit ihm passiert ist …«

»Auch für dich …«, bemerkte Oke. Seine Augen suchten ihren Blick.

Es dauerte einen Moment, bis sie ihn ansah. Als sie es tat, kam es ihm vor, als forschten ihre grüngesprenkelten Augen nach einer bisher unausgesprochenen Frage. Endlich bewegte sie die dunkel schimmernden Lippen: »Für mich? Eher für seine Frau, oder?« Sie lächelte gequält.

Das Make-up hatte sich unschön in den Falten um ihren Mund abgesetzt, und plötzlich tat ihm die Frau leid. »Soviel ich weiß, hatten du und Hauke eine besondere Beziehung?« Seine Stimme klang neutral.

Vor der Garage tauchte ein unscheinbarer Mann in Jeans und Hemd auf. Er rollte eine Musikbox aus dem sich noch öffnenden Tor geradewegs auf sie zu. Die elektrische Schaltung summte in die Stille des Frühlingstages. »Sogar Kommissar Oke Oltmanns interessiert sich für unsere Tankstelle«, rief Ursel ihm betont fröhlich zu. »Das ist mein Schwager«, erklärte sie Oke.

Der Schwager nickte ihnen im Vorbeigehen flüchtig zu. »Wo soll das Teil hin, Urselchen?«

Ursel dirigierte ihn auf eine Rasenfläche am Haus, deren löchriger Zustand an den überstandenen Winter erinnerte. »Da drüben.«

Ihr Gesicht hatte einen warnenden Ausdruck, als sie zu Oke sagte: »Wir sollten reingehen und die Gläser holen!«

Oke folgte der untreuen Ehefrau ins Haus. Als er auf den dunklen Fliesen im Flur stand, kam er sich vor, als wäre er eben aus der Zeit gefallen. Er befand sich Auge in Auge mit einer Makramee-Eule, die über einem schlichten Sideboard aus Mangoholz hing. Auch die Küche mit ihren Keramikfliesen in Orangetönen wirkte, als stammte sie aus den 70ern.

Die Schützenschwester lehnte sich an den Küchenschrank, verschränkte die Arme vor der Brust und schaute ihn nun offen feindselig an. Dabei verdeckte sie die verschiedenen Schützenabzeichen. »Natürlich trifft mich Haukes Tod. Wie alle anderen auch.«

Welches Spiel wollte sie hier mit ihm spielen? »Ihr wurdet zusammen gesehen, auf dem Schießstand.«

Ursels Wangen verfärbten sich. »Du weißt von … Woher?«

»Tut nix zur Sache.« Sein Tonfall fiel wie meistens ruppig aus, aber er hoffte, durch die Konfrontation die Abwehrhaltung der Frau zu durchbrechen.

Die Wandlung, die Ursel nun durchmachte, war erstaunlich. »Du darfst es aber nicht Otto sagen.« Ihre Stimme hatte einen jämmerlichen Ton angenommen. »Oschi! Er darf es nicht erfahren!«

Oke schüttelte verwundert den Kopf: »Du denkst, er weiß es nicht?«

Ursel schlug die Hand vor den Mund. »Er weiß es?« Ihre Augen waren plötzlich voller Angst. »Hast du es ihm gesagt?« Sie machte einen Schritt auf ihn zu, ihre dunkelrot lackierten Finger krallten sich schmerzhaft in seinen Unterarm.

Oke löste sich hastig von ihr. »Er soll am Schießstand auf Hauke geschossen haben. Kurz bevor Hauke verschwand.«

Otto hatte seiner Gattin offenbar nichts von dem Polizeibesuch auf dem Schiff gesagt. Das ließ tief blicken. Sie starrte ihn wütend an. »Da hat also jemand den Mund nicht halten können und mein Verhältnis ausgeplappert.« Sie setzte sich auf einen Küchenstuhl und holte tief Luft. Setzte es der Vorständin mehr zu, dass die Vereinsmitglieder schlecht über sie sprachen, als dass ihr Mann von ihrem Seitensprung erfahren hatte? Schließlich schien ihr etwas aufzugehen: »Hat Otto aus Eifersucht auf Hauke gezielt?«

Es klang, als würde sie dieses Verhalten bei ihrem Mann für vollkommen abwegig halten. Während sie auf Okes Antwort wartete, schoben sich ihre Finger wieder in Richtung seines Arms, hielten aber auf halbem Weg inne.

»Trinken ist auch Sport!«, grölte es in diesem Moment mit der Lautstärke eines startenden Polizeihubschraubers aus den Boxen im Garten bis ins Haus.

»Mach die Anlage aus!«, brüllte Ursel aus dem Stand durchs Küchenfenster in Richtung Garage.

Bei »100 Meter Staffelsauf, mach die nächste Flasche auf«, brach das Getöse ab. Oke sammelte sich.

»Otto bestreitet, überhaupt auf Hauke angelegt zu

haben.« Er wartete, bis das Gesagte zu ihr durchgedrungen war. Dabei verlagerte er das Gewicht von einem aufs andere Bein. Sie hatte ihm keinen Sitzplatz angeboten.

Ursel stellte die nächste Frage, diesmal schien sie sich wieder im Griff zu haben: »Wirst du Otto verhaften?«

Oke reagierte mit einer Gegenfrage. »Das kommt drauf an, ob er ein Alibi hat.«

Sie zuckte die Schultern. »Woher soll ich das wissen? Ich weiß ja nicht, wann Hauke …« Die Gefühle überrollten sie. Ihre Augen füllten sich mit Tränen.

»War Otto beim Wochenendseminar?«

Sie nickte langsam. »Ja, er ist Samstag gefahren.« Ihre Schultern hingen herab, als sei sämtliche Energie aus ihr gewichen. Vielleicht wurde ihr gerade klar, dass nicht nur ihr Geliebter aus ihrem Leben verschwunden war, sondern dass ihrem Ehemann darüber hinaus der Mord an ihm zur Last gelegt wurde. »Nach Hamburg.«

Die Makramee-Eule muss sich ein neues Zuhause suchen. Dass sich ihr Leben nun von einem Tag auf den nächsten ändern würde, malte sich wahrscheinlich auch Ursel gerade aus. Von der Vorfreude auf das Besäufnis im Vorgarten konnte er jedenfalls nichts mehr spüren.

»Und du dachtest wirklich, dass Otto nichts von deiner Affäre wusste?«

Sie bejahte. »Ich war mir sogar 100-prozentig sicher. Hauke und ich waren sehr vorsichtig.« Abwesend nahm sie sich aus einem Küchenschrank eine Paracetamol. Ohne Wasser schluckte sie die Tablette. »Er würde nie auf einen Nebenbuhler schießen«, sagte sie tonlos. »Wir führen seit Jahren keine richtige Ehe mehr. Das ist hier eine Zweckgemeinschaft. Hauke war ganz anders, er hat mich geliebt!« Sie sagte es, als würde sie keinen Widerspruch dulden.

»Hat er geschmuggelt?«

Ursel riss die Augen auf. »Wie, geschmuggelt? Ich verstehe nicht?« Sie wirkte konfus. »Hauke hatte doch mit Drogen nichts am Hut!«

Sie hörten Schritte im Flur. »Hallo? Ursel, wo bleibst du denn? Dein Schwager weiß doch gar nicht, wo alles hinkommt!«

»Das ist Werner ausm Schützenvorstand«, flüsterte sie ihm erschrocken zu. »Was wollen wir ihm sagen?«

Oke hatte keine Ahnung, welche Lügen Ursel ihren Schützenkameraden auftischen wollte. Er selbst jedenfalls würde die Gelegenheit nutzen, ein Gruppenmitglied zum Schuss zu befragen, der so knapp an Hauke vorbeigegangen war – kurz vor seinem eigentlichen Tod. Die Wahrheit hatte immer ihren Preis. Und manchmal kostete sie einen auch den Ruf im Schützenverein.

## CARMEN

Langsam senkte sich die Abenddämmerung über die Hohwachter Bucht. Die Wölkchen am blauen Himmel sahen aus, als hätte sie jemand großzügig mit Farbe betupft. Sie leuchteten in einem hellen Rosaton. Das alles nahm Carmen wahr, aber nicht achtsam, sondern eher am Rande, aus den Augenwinkeln.

Sie stand neben Zoe auf dem Grashügel in der Nähe des Supermarkts Jensen und behielt die Kinder auf dem Abenteuerspielplatz im Blick, auf dem Cedrik schon als kleiner Buttjer gespielt hatte. Sie fröstelte. Zwar hatte sie sich einen dicken Wollpulli und eine Steppweste übergezogen, aber die abendliche Kälte kroch aus dem feuchten Gras in ihre Turnschuhe.

Ihr Unwohlsein rührte nicht nur von der Kälte her. Seit dem heftigen Streit in der Küche fühlte sie eine Beklemmung, die sie nicht losließ. Sie sorgte sich um die Sicherheit der Religionslehrerin und letztlich auch um ihre eigene und die der Kinder. Es hatte fast so ausgesehen, als wollte die Köchin Rahel Gewalt antun. Sehr wahrscheinlich hatte Hilla der weitaus schmächtigeren Frau wehgetan, so wie sich Rahel nach dem Übergriff die Schulter gerieben hatte. Sie prüfte in Gedanken das Wort: »Übergriff«. Ja, es hatte sich um einen Übergriff gehandelt. Das war nicht übertrieben. Erst hatten sich Zoe und Rahel miteinander angelegt, jetzt Rahel und die Köchin. Es ging eindeutig etwas vor sich, was Carmen nicht mitbekommen sollte. Sie hatte beinahe den Eindruck, inzwischen die Einzige zu sein, die sich noch um die Kinder kümmerte.

Rahel hatte sich nach der Szene hektisch auf ihr Zimmer zurückgezogen. Und Hilla hatte mit beschämtem Blick Geschäftigkeit vorgeschützt. Um festzustellen, was los war, hatte sie Zoe im Beisein von Jonas Weber – wenigstens der wirkte normal, wenn er mal auftauchte und nicht auf der Bank im Garten vor sich hin träumte – und einiger Schüler zu dem abendlichen Spaziergang zum Piratenlager überredet. Zoe konnte gar nicht anders, als Ja zu sagen. Carmen hoffte, dass sich endlich die Gelegenheit zu einem vernünftigen Gespräch ergab.

»Wir sollten nicht zu spät zurück«, meinte Zoe unvermittelt und schaute dabei zu Jonas, der einem Jungen auf den Kletter-Leuchtturm half. Als müsste sie im Schullandheim etwas Dringendes erledigen …

Carmen beschloss, Zoe direkt auf den Streit anzusprechen. Sie hatte sich verschiedene Sätze im Kopf zurechtgelegt. Viel schroffer als beabsichtigt, fragte sie: »Was ist los mit Rahel, dir und Hilla?«

»Nichts!« Die Antwort kam zu schnell. Zoe schaute stur geradeaus zum Klettergerüst, meinte aber nach einer Weile leise: »Ist nicht böse gemeint – aber das geht dich wirklich nichts an.«

Carmen fühlte sich zurückgesetzt, gleichzeitig wollte sie sich nicht für dumm verkaufen lassen. »Das heute in der Küche, das war grenzwertig … Hilla hat Rahel viel zu fest angefasst.«

Schweigend sah Zoe zu, wie Jonas zwei Mädchen auf den Schaukeln immer abwechselnd einen Schubs gab. »Hilla wollte, sie …« Die Lehrerin stoppte ihre Rede und setzte dann neu an: »Rahel hat Schlimmes durchgemacht und jetzt plant sie …« Zoe zögerte erneut. »Egal, wir müssen dafür sorgen, dass sie sich nicht verrennt.«

Carmen überlegte, welche schlimmen Sachen Rahel durchgemacht haben könnte. »Du redest aber nicht von dem Fuß, oder?«

Zoe nickte: »Doch, den meine ich.«

Carmen wurde misstrauisch. Es sah fast so aus, als hätte sie Zoe gerade selbst eine passable Erklärung für das Gebaren der Kollegin geliefert. Sie war überzeugt, dass Zoe den Fuß-Fund ursprünglich nicht gemeint hatte.

»Wer ist ›wir‹? Was meinst du mit ›verrennen‹?« Carmen war es inzwischen egal, ob die Lehrerin ihre Neugier unangemessen fand.

Zoe stockte erst, dann antwortete sie: »Mit ›wir‹ meine ich Hilla und mich.«

»Kennt ihr euch denn länger?«, fragte Carmen.

Zoe rieb sich die Oberarme, als müsste sie gegen die äußere Kälte ankämpfen. »Ja, das kann man sagen. Wir sind zusammen zur Schule gegangen. In Kiel.«

»Guck mal, Frau Bachmann!«, rief Leni von der Schaukel. Carmen winkte ihr abwesend zu, ihre Aufmerksamkeit galt Zoe. »Und ihr habt euch hier zufällig wiedergetroffen?«

Zoe nickte: »Ganz genau.«

Carmen stutzte. »Dann ist das ja so ein richtiges Freundinnentreffen. War Rahel auch in eurer Klasse?«

»Nein. Aber weil ich ja Hilla kannte und noch Kontakt hatte, habe ich an der Schule vor einigen Jahren vorgeschlagen, wir könnten das Schullandheim in Hohwacht zu einem festen Ausflugsziel machen. Es ist ja sehr idyllisch hier. Und die Kinder können am Wasser spielen. Rahel ist von Anfang an mitgekommen.«

In den würfelartigen Apartmenthäusern mit ihren großen Panoramascheiben gingen die ersten Lichter an. Carmen überkam ein Anflug von Neid. Die drei Frauen hatten in den letzten Tagen offenbar Zeit zusammen verbracht, während sie sich abends auf dem Zimmer zu Tode gelangweilt hatte. Aber irgendetwas musste die Freundschaft auf die Probe gestellt haben. Und zwar mächtig, bei so viel Zorn und ja – Hass. In dem Moment dachte sie, dass es stimmte: Was sie in Rahels Augen in der Küche gesehen hatte, war Hass gewesen. Gepaart mit Angst.

»Und warum ist Rahel so sauer auf euch?«

Statt zu antworten, lief Zoe – ohne Carmen weiter zu beachten – zur Schaukel. »Hey, Jonas, ich übernehme für dich. Kümmere dich mal um die Jungs. Da fällt gleich einer von der Brücke, wenn die weiter so rumturnen.«

Sie hatte sie einfach stehen lassen. Carmen spürte, wie ihr das Rot in die Wangen stieg. Unverschämtheit. Sie verharrte einen Augenblick reglos auf dem Hügel, fühlte den kühlen Nachtwind auf ihren vor Zorn inzwischen heißen Wangen.

Wenn Zoe versuchte, ihr Interesse mit den halbherzigen Erklärungen und dazu dieser merkwürdigen Flucht vom Hügel im Keim zu ersticken, dann hatte sie das genaue Gegenteil erreicht. Carmen konnte es nicht zulassen, wie diese verrückt gewordenen Lehrerinnen mit ihrem Sohn und den anderen Kindern umgingen. Sie würde herausfinden, was hier los war. An Carmen Bachmann hatten sich schon ganz andere die Zähne ausgebissen.

## OKE

Oke betrachtete wortlos den roten Streifen über dem Meer. Sein Großvater war ein stiller Mann gewesen, ein Schlachter – sein Vater ein eigenbrötlerischer Polizist. Es gab keine Gelehrten in der Familie. Aber es brauchte keinen hochgebildeten Vortrag, um diesen Moment zu genießen. Und schon gar kein Gedicht. Alle reimten gerade wie wild vor sich hin, um am Wellendichter-Wettbewerb teilzunehmen. Still drückte Oke Inses Hand, die auf dem Geländer der Seebrücke lag. Dann geriet die Welt aus den Fugen.

»Uuuah!«

Oke schreckte zur gleichen Zeit wie Inse zusammen.

»Uuuuuuah! Uuuuuuuuah!« Weitere, dicht aufeinanderfolgende Schreie unterbrachen das stetige Schlagen der Wellen an den Steinbuhnen. Es hörte sich an, als versuchte jemand, jodelnd mit Dänemark zu kommunizieren. Als er über die Schulter blickte, erkannte er eine durchtrainierte Person mit grauem Schopf. Die Person trug eine alte Armeejacke und Jeans: Wencke.

Die Fischbudenbesitzerin stand am äußersten Rand der Seeplattform, die Arme hatte sie wie Kate Winslet am Bug der Titanic weit ausgebreitet und den krausen Kopf in den Nacken gelegt. Nach dem seltsamen hohen Ton in der Lautstärke eines Düsenfliegers gab sie einen lang gezogenen, eher tiefen Laut von sich. Danach folgte ein kehliges Knattern, das Oke an einen brünstigen Delfin erinnerte. An Kate Winslet ließ ihn jetzt nichts mehr denken.

»Husmann, bist du krank?«

Wencke kümmerte sich nicht um die unflätige Bemerkung. »Kommt, macht mit!«, forderte Wencke Inse und ihn stattdessen mit einem verrückten Grinsen auf. »Wir senden den Walen Friedensgrüße!« Kaum hatte sie sich umgedreht, legte sie wieder los.

»Aiiiiiiiii – aiiiiiii!« Lang gezogen. Langsam abschwellend. Gegen Ende hatte Oke das Gefühl, sein Ohrenschmalz würde sich lösen.

Bei Walgesängen konnten extrem hohe und tiefe Töne

entstehen, die über Hunderte Kilometer Entfernung zu hören waren. Für andere Wale. Er hatte mal gelesen, dass sich die Meeressäuger auf diese Weise von Hamburg bis Neapel verständigten. Doch das, was jetzt in seinen Hörgängen schmerzte, kam sicher auch in Kanada an.

»Jetzt ist sie vollends durchgedreht«, meinte Oke, woraufhin ihn Inse mit dem Ellenbogen in der Magenkuhle traf.

Während es über Walgesänge hieß, dass sie in gewisser Weise dem Vogel- und sogar dem menschlichen Gesang ähnelten, so ließ sich das definitiv nicht über den Wencke-Gesang sagen. Sie war lange nicht so musikalisch wie die sanften Riesen. Wenigstens war sie nicht nackt.

Nicht nur er fühlte sich gestört.

»Hören Sie sofort auf damit!«, rief ein Angler. Er stand unten am Wasser, nahe der Flunder, und hielt die Rute fest. »Mit Ihrem Geschrei vertreiben Sie die letzten Fische in der Ostsee!«

Wencke hatte sich noch nie um die Meinung anderer geschert. Dennoch unterbrach sie ihren Walgesang für einen Augenblick, um den Fremden ins Bild zu setzen: »Sie irren sich, ich vertreibe niemanden. Ich rufe die Wale! Sie sollen wissen, dass wir ihre Freunde sind!« Wie zur Bestätigung ließ Wencke zunächst eine langsame Abfolge von Schnarrlauten hören und ahmte darauf erneut eine Art Delfinkeckern nach. Die Darbietung endete mit einem Darmgeräusch – oder jedenfalls klang es danach. Dann wandte sich die Fischbudenbesitzerin empört zu Oke und Inse um. »Warum macht ihr nicht mit? Oke, gerade du!«

Während sich Oke eine geharnischte Antwort zurechtlegte, rief der Angler wieder hoch: »Wale? Rufen Sie lieber Dorsche!«

»Wale? Wo sind Wale? Ich liebe Wale!« Eine Urlauberin polterte in Crocs über die Holzbohlen und steuerte direkt auf den Platz neben Wencke zu. Sie stellte sich an der Brüstung auf wie, nicht unähnlich zu Wencke, eine Art Galionsfigur.

»Iiiiiieeeh.« Der Quietschlaut, den sie ausstieß, ließ Oke an eine verzogene Tür denken.

Ein Rucksacktourist fiel mit einem lang gezogenen Knurren ein. Oke fragte sich, ob die Meeressäuger dies alles für ein Friedensangebot oder für eine Kampfansage halten und für immer verschwinden würden.

Er zog Inse am Arm in Richtung Strand. Nicht, dass die noch auf die Idee kam, hier ins Gruppen-Gejaule einzufallen. Das hätte ihm noch gefehlt. An diesen Tagen brauchte er zumindest am Feierabend dringend eins, und das war Ruhe! Er wollte seinen friedlichen Ostsee-Sonnenuntergang genießen, kein menschliches Wal-Inferno.

## JAN

»Das ist doch Ruhestörung!«

Er hatte gehofft, in Mütze einen Verbündeten gefunden zu haben, aber der junge Mann gab sich ausweichend: »Ach, ich weiß nicht. Wencke sagt, Fische seien sehr musikalisch.« Die kollektive Walanrufung auf der Flunder sorgte für gegensätzliche Auffassungen. Während Jan fünsch reagierte, hatte sich Mika – völlig untypisch für seinen Beruf – der Pro-Wal-Fraktion angeschlossen. Dem war wohl der tote Schweinswal stärker an die Nieren gegangen als gedacht.

Der junge Fischer, der nun Wathose gegen Jeans getauscht hatte, stand am Verkaufswagen und schaute missmutig vor sich hin. Obwohl hinter ihm die Sonne unterging, als gäbe es kein weiteres Mal. Was für ein Panorama!

»Musikalisch?«, hakte Jan ungläubig nach.

»Ja, keine Ahnung. Wencke hat von einer Studie erzählt. Da haben die Forscher festgestellt, dass Mozarts Musik auf Fische appetitanregend wirkt. Immer, wenn sie den Karpfen die ›Kleine Nachtmusik‹ vorgespielt haben, haben die wohl ordentlich reingehauen.« Mika sah nicht so aus, als wollte er ihn auf die Schippe nehmen. Im Gegenteil, er klang irgendwie matt.

»Frustfressen nennt man das«, meinte Jan aufgeräumt. »Wenn man mir die ganze Zeit was vorfideln würde, würde ich auch alles in mich reinstopfen, um mich abzulenken.«

»Ja, keine Ahnung«, wiederholte Mütze mit leiser Stimme. »Ich dachte immer, ich kenn mich mit Fischen aus, aber Wencke sagt: ›Garantiert nicht, oder wusstest du, dass sie zwischen Klassik und Blues unterscheiden können?‹ Ich wusste das nicht.«

»Pfff«, machte Jan. Mehr fiel ihm erst mal nicht ein. Dann meinte er: »Fakt ist doch, dass Wenckes ›Gesang‹ weder was mit Andrea Bocelli noch mit Etta James zu tun hat. Damit macht sie mir nur das Geschäft kaputt.«

Mütze hob die schweren Lider: »Warum?«

»Warum? Sie lockt damit alle Walfreunde von nah und fern in ihr Fischhus. Die ist doch für die eine Art hühnertragender Wal-Guru. Und ich? Steh hier dumm rum.«

»Wie ich«, meinte Mütze lakonisch.

Jan besann sich auf seine zahlenmäßig übersichtliche Kundschaft. »Joa, was ist denn jetzt eigentlich mit dir?«

»Ach, bloß eine Frikadüse und 'n Muschelputzer.«

»Nee, das mein ich doch nicht, was ist mit dir und dem Schiff?«

»Was soll schon sein? Ich muss mich arbeitslos melden.«

»Wieso? Ist die ›Loreley‹ noch nicht wieder freigegeben? Mensch, du musst mit Oschi reden. So lang kann so was nicht dauern!«

»Das hat nichts mit der Polizei zu tun. Darja will die ›Loreley‹ verkaufen.«

Jan hatte zwar von Inse gehört, dass Haukes Witwe Mika loswerden wollte. Dass Darja aber so zackig Nägel mit Köpfen machte – das wunderte ihn dann doch. Er fragte vorsichtig: »Hattet ihr irgendwie Zoff, du und Darja?«

Mika wirkte überrascht. »Nicht, dass ich davon was mitbekommen habe.«

Möglicherweise mochte Darja ihm nicht direkt sagen, dass sie ihn verdächtigte, und zog es deshalb vor, die »Loreley« zu verkaufen, um ihn loszuwerden ... Jan besann sich auf Mikas Problem: »Kannst du nicht irgendwo anheuern?«

Sein Gegenüber zuckte die Schultern. »Die Fischer hier haben doch alle aufgegeben. Da müsste ich schon weggehen ...«

Das schien keine wirkliche Option zu sein. Für Jan

selbst wäre es das jedenfalls nicht. Er käme nie auf den Gedanken, Hohwacht zu verlassen. Da kam ihm ein Geistesblitz: »Kannst du die ›Loreley‹ nicht kaufen?«

Es brauchte einen Moment, bis dieser Gedanke die Mauer aus Trübsinn, die Mika umgab, durchbrochen hatte. Jan konnte förmlich dabei zusehen. Dann aber begannen Mikas Augen zu leuchten. »Das wär krass. Ich als Kapitän auf meinem eigenen Schiff.« Mika hing einen Augenblick der Vorstellung nach. Dann senkte er die Lider: »Nur leisten kann ich mir das niemals. Und ich bräuchte eine Fischereilizenz von der BLE.«

»BLE?«, fragte Jan.

»Ja, der BLE, Bundesanstalt für Landwirtschaft und Ernährung. Die sind auch für die Fischerei zuständig.«

»Ah.«

»Aber die könnte ich kriegen, ich hab ja Fischfang gelernt«, sagte Mika nicht ohne Stolz. Dann schwieg er eine Weile. »Ich müsste das Geschäft bei der Fischerflotte anmelden. Wegen der Fangquote. Wenn ich die ›Loreley‹ kaufe, könnte ich die Quote weiter nutzen.« Die Quoten waren in den vergangenen Jahren drastisch gesunken, je nach Fischart um bis zu 88 Prozent. Einige Arten durften gar nicht mehr gefischt werden. Das hatte dazu geführt, dass kaum noch Fischer ihrem Geschäft nachgingen. In den vergangenen zwei Jahren hatten so viele Fischer an der Ostseeküste ihre Kutter abgewrackt, dass nur noch eine Handvoll übriggeblieben war. Und die kämpften angesichts sinkender Quoten und steigender Dieselkosten um die Existenz. Die meisten Kapitäne verdienten inzwischen mit Sauf-Törns, wie Jan die Gruppenfahrten nannte, mehr Geld als mit dem Fischfang.

Mika ließ die Schultern hängen. »Darja wird das Schiff nur für teures Geld verkaufen. Und ich habe nicht viel Geld.«

»Hat sie schon gesagt, wie viel sie haben will?«

»Ne, aber ich schätze mal, sie wird zwischen 15.000 und 20.000 Euro dafür verlangen.«

»Oha, da muss ein alter Mann lange Fischstäbchen für braten.«

»Dat sech man.«

*

*Am Ostseestrand, im weißen*
*Sand,*
*Winkt der Strandhafer mir zu im*
*Küstenland.*
*Das Ostseewasser glitzert*
*Brillantisch in der Sonne,*
*Und Möwen ziehen kreischend*
*Vorbei voller Wonne.*
*Die Wellen tanzen wild und frei …*
*Im Takt der Ostsee-Melodie,*
*Während Kegelrobben sich*
*Sonnen am Strand,*
*Applaudiert eine*
*Schweinswal-Schule als Verband.*

*Wenn später dann der Nebel zieht*
*Richtung Land …*
*Und die Leber nach »Küstennebel«*
*Verlangt,*
*Spiegelt sich im Glas fein und*
*Licht …*
*Das »Küsten-Nebel-Likör-Gesicht«.*

*Wenn dann der Sternenhimmel*
*Strahlt so klar und weit,*
*Ein Fernen-Funkeln macht sich*
*Breit …*
*Die warme Brise sanft streift die*
*Haut …*
*Dann spürt man(n) sie … die*
*Ostsee-Braut.*

*Ein Ort voll Magie und voller*
*Pracht …*
*Die Ostsee hat mein*
*»Landratten-Herz« brand-entfacht,*
*Im Strandkorb sitzend … den Blick*
*Ins Blau …*
*Die Ostsee-Liebe ist niemals*
*Grau …!*

Matthias Liebert, Lehrer aus Bochum

# DONNERSTAG

## OKE

Oke genoss noch einen letzten Schluck Kaffee, stellte den Pott vor sich ab und sah aus dem Küchenfenster auf die leere Straße. Es war windstill und klar und versprach, wieder ein angenehmer Frühlingstag zu werden. Zumindest, wenn man als Tourist in Hohwacht weilte und nicht – so hatte es tatsächlich ein Boulevardblatt genannt – auf der Jagd nach dem Fuß-Phantom war. Im Radio besang Roger Whittaker das stolze Schloss Albany.

Der Möwenweg führte durch eine Reihe von zurückgesetzten Einfamilienhäusern mit großen Gärten, die meisten wurden nicht mehr von Einheimischen bewohnt, sondern als Feriendomizile vermietet. Wer sein Hohwachter Ferienhaus allerdings »Villa Smeralda« nannte, gehörte wegen Geschmacksverirrung an die Nordsee verbannt.

Kein Haus war höher als ein Baum, so schrieb es ein Ortsgesetz vor, das die Gemeinde gefasst hatte, als in den 60er-Jahren die ersten Investoren eine riesige Feriensiedlung planten. Seitdem kochte der Streit immer wieder hoch. Und auch wenn die Gemeinde mit dem Spruch »… unter einem Dach von Bäumen« warb, durfte jedem klar sein, dass hier die Realität kräftig verbogen wurde.

Wenn Bäume weiterhin einige der Neubauten überragen sollten, dann musste fix jemand 100 Meter hohe Redwood-Bäume aus Kalifornien hierher verpflanzen. Dem echten Kalifornien, nicht dem Strandbad in der Nachbarschaft, das denselben Namen trug.

Hohwacht stand für Oke vor allem für eins: Abgeschiedenheit und Stille. Doch das war, bevor Heerscharen von Journalisten und Hobby-Detektiven eingefallen waren. Ortrud, die Hellseherin, nicht zu vergessen. Und neuerdings kam Wencke, die Walsängerin, als Ruhestörerin dazu. Oke stöhnte unwillkürlich.

»Du Ärmster«, sagte Inse sanft und strich sich einen grünen, körnigen Belag auf ihr selbst gebackenes Chiasamen-Dinkelbrot. Sie konnte offenbar sogar sein Stöhnen korrekt deuten. »So viele Überstunden – und keine Zeit für deine liebe Frau.« Ab jetzt wurde es gefährlich.

»Hhm«, machte er nur, auf alles gefasst.

»Wie schön es wäre, wenn du mit mir nach Timmendorf fliehst«, behauptete Inse auch schon. Es war ihr Jahrestag, und sie hatte sich für diesen Tag einen Ausflug zum Timmendorfer Strand mit dortigem Abendessen vorgenommen. Sie liebte das Flair des Ortes 15 Kilometer nordöstlich von Lübeck, ein bisschen Jetset und Bummeln in den Geschäften rund um den Timmendorfer Platz.

Sein Becher landete dumpf auf der Holzplatte ihres leicht zerkratzten Küchentisches. Massivholz, nicht furniert. »Inse, dein Cousin ist tot.« Ein kurzer Satz, der aber eine umfangreiche Konstruktion im Hintergrund schultern musste. Dazu gehörte, dass er alle Hände voll zu tun hatte, statt in den In-Restaurants auf Schickimicki zu machen.

Sie sah ihn lange an, ohne die Kaubewegungen einzustellen, die das harte Brot erforderte. Als sie den Bissen endlich hinuntergeschluckt hatte, hörte er einen fordernden Unterton aus ihrer sonst so sanften Stimme heraus: »Ich kann mir nicht vorstellen, dass es Hauke stört, wenn du mit mir ins Café Prominent gehst.«

Hauke vielleicht nicht, aber Oke kannte jemanden, den es störte: seinen Chef Hallbohm, der Ermittlungserfolge sehen wollte. Irgendwo lief da ein Mörder frei herum! Wenn sie mit Rechtsmediziner Bo Nielsen gesprochen hatten, würden sie Ottos Alibi überprüfen. Er musste diesem Pfad bis zum Ende folgen, auch wenn er schon nicht mehr überzeugt war, dass ihn der Weg ans Ziel führte. Denn da war diese Sache mit der ominösen Rennjacht. Sie mussten herausfinden, was Hauke tatsächlich nachts auf dem Wasser getrieben hatte. Und schließlich waren da noch Malgorzata Riekens ominöse Pensionsgäste. »Ich habe zu tun, Inse!«

»Tagsüber – und heute Abend gehen wir zwei chic aus!« Sie hatte scheinbar nicht zugehört, sonst würde sie ihn unter ihrem langen Pony nicht so ansehen. Mit diesem eindringlichen, aber doch charmanten Lächeln, mit dem sie auch in die Jahre gekommene Ferienwohnungen an die Kunden brachte: »An unserem Jahrestag!«

Er hatte keine Chance. Ein Nein würde sie nicht gelten lassen. Er konnte nur noch das Schlimmste verhindern: »Aber nicht ins Café Prominent! Ich bin doch gar nicht prominent!«

Inse strahlte nun rundum glücklich und zufrieden: »Das sehen wir dann.«

Ein XXL-Kommissar mit Händen wie Bratpfannen und Oberschenkeln wie Baumstämmen konnte nicht allein von

Samen und Brokkoliröschen leben. Hoffentlich brauchten die Handwerker in Edeltrauts Bäckerei nicht mehr lange. Vorsorglich verabredete er sich auf halbem Weg in die Polizeistation mit Vincent Gott direkt am Fischhus. Am echten. Zur frühmorgendlichen Lagebesprechung – mit was zwischen den Kiemen.

## JAN

»Nimm mal dein Kampfhuhn beiseite!«, rief er mit kräftiger Stimme zum Fischhus hinüber, wo Wencke gerade ihre Tafel neu beschrieb. Ständig lief ihm ihre Spionin vor die Füße! Dabei störte ihn Marlene eigentlich nicht. Im Gegenteil. Er fand das Huhn unter dem Strich sehr unterhaltsam. Aber es fiel ihm schwer, das zuzugeben. Leichter war es leider, den Streit fortzusetzen, als einen ersten Schritt in Richtung Versöhnung zu machen.

Seine Noch-Ehefrau spöttelte prompt: »Ja, komm lieber nicht aus deiner Bude, mein Kampfhuhn schluckt dich sonst im Ganzen.«

Er reckte den Hals, um zu sehen, was sie ihren Gästen heute bot: Konnte nicht schaden, die Konkurrenz im Blick zu behalten, redete er sich ein. Dann musste er wenigstens nicht darüber nachdenken, wie sehr er sie im Grunde vermisste. »Vegan essen – Schweinswale schützen«, las er. Darunter stand: »Gratis-Bowl für Meeresschützer«. Das war ja eine Einladung ans gesamte Wal-Camp!

Er ließ den Blick über die Promenade schweifen. Die Dünenrosen begannen auszutreiben und tauchten die Ränder des Weges in ein frisches Maigrün. Auf dem Weg dazwischen nahte Kundschaft. Wencke würde sie ihm garantiert mit ihrer neuen Werbung wegschnappen. Es handelte sich um ein Pärchen, er trug ein T-Shirt: »Ich hasse Menschen, Tiere sind okay.« Sie trug eins mit einem Wal darauf. Darunter stand: »Rettet die Dicken«. Die beiden konnte er mit seinen Fischbuletten höchstens jagen. Egal, ob er die nun selbst herstellte oder nicht.

Das Pärchen steuerte wie erwartet schnurstracks auf Wenckes Fischhus und die Werbetafel zu, vor der sich gerade das Küstenhuhn in Position brachte, diesmal in gelber Strick-Warnweste. Als sie Marlene sah, rief die Frau entzückt: »Wie süß! Komm, Arno, hier MÜSSEN wir essen.«

In seiner Verzweiflung rief Jan das Paar an: »Hallo, Sie da. Wussten Sie schon? Veganer bekommen keine Kinder – nur Sprösslinge.« Er war sich nicht sicher, was er sich davon versprach. Aber sein Spruch hatte nur zur Folge, dass ihn das Paar anstarrte, als wäre er meschugge. »Wuahaha«, lachte er los, und die Frau zeigte ihm daraufhin einen Vogel.

Wenn noch mehr von dieser Sorte vorbeikämen, konnte er einpacken. Wencke würde gewinnen.

Apropos gewinnen: Jan nahm sich den Zettel noch mal vor, über dem er seit Tagen brütete, seit ihm Vincent Gott erklärt hatte, was es mit diesen japanischen Gedichten auf sich hatte: Der Vers musste eine bestimmte Gegebenheit beschreiben, einen Moment einfangen. Typischerweise ging es in einem Haiku um Natur. Jan hatte ein eigenes Thema gewählt.

*Brötchen mit Backfisch,*
*kaltes Pils laut aufgeploppt,*
*so schmeckt nur Hohwacht.*

Mit diesem Gedicht würde er sich am Wettbewerb beteiligen. Bei einem preisgekrönten Wellendichter wollten sicher viele Hohwachter essen. Dann konnte Wencke einpacken. Der Gedanke hatte einen bitteren Beigeschmack.

Jan strich den Notizzettel glatt. »So schmeckt nur Hohwacht« – das klang gut. Er schaute sich nach jemandem um, dem er sein Haiku vortragen könnte.

Auf dem Strandweg näherten sich zwei Radfahrer, einer groß und massig und mit rot-blondem Mehrtagebart, der andere rank und schlank mit dunklem Hipster-Bart. Oke und Vincent kamen wie gerufen.

Jan wartete, bis sie ihre Räder abgestellt hatten und vor ihm am Tresen standen. »Na, wie wäre es, wenn die Herrschaften den Tag mit einem ordentlichen Fischerfrühstück starten würden? Ich mach große Portionen, Krabben und Bio-Eier sind ganz frisch. Und je einen Muschelputzer und den Blick aufs Meer gratis?«

Oke checkte die Uhrzeit. »Wir haben es kurz nach acht morgens! Aber falls Wencke vorhat, heute wieder Wale anzusingen, nehm ich auch zwei von deinen Gedankenputzern.«

Drei Augenpaare kuckten zum Fischhus, dem falschen. Aber seine Gattin schien mit den Walfreunden zu tun zu haben. Weder sie noch Marlene erschienen auf der Bildfläche.

»Na, dann ein Wässerchen«, bot er an. »Wollt ihr mal mein Haiku hören?« Jan konnte es kaum abwarten, endlich die Meinung seiner Stammkundschaft zu erfahren.

»Schieß los«, sagte Vincent aufmunternd.

Jan hüstelte und begann: »Brötchen mit Backfisch …« Kein Laienspieler hätte es besser machen können.

»Nicht schlecht«, sagte Vincent gedehnt. Seine Stirn hatte sich von einer auf die andere Sekunde umwölkt. Jan fragte sich, was das zu bedeuten hatte. Möglicherweise war sein Beitrag schlecht. Oder besser als der des Kölners …

Oke sinnierte: »Ja, aber Pils? Wieso nicht ›Muschelputzer‹?«

Vincent schüttelte sofort entsetzt den Kopf. »Das macht doch das ganze Versmaß kaputt, Oschi. Man muss sich an die 5-7-5-Regel halten. Außerdem: ›Muschelputzer laut aufgeploppt‹?«

Oke bestätigte nachdenklich: »Da musst du wohl noch mal drüberfummeln, Jan.«

Jan hatte mit einer etwas überschwänglicheren Reaktion gerechnet. Einigermaßen enttäuscht knallte er zwei Porzellanteller auf die Thekenplatte.

Vincent staunte: »Gutes Porzellan? Wo sind die Pappschalen hin, Herr Husmann himself?«

»Wech«, meinte Jan nur. Was hatte Vincent das Geschirr zu interessieren, wenn ihm sein Haiku so egal war?

Vincent befand sich gedanklich wieder im Dienst: »Haben wir es mit einem Serienkiller aus Kanada zu tun oder nicht? Das ist die Frage, die wir klären müssen. Ich finde Hallbohms Idee, dass dieser Felix Sonntag vom Wal-Camp eine Verbindung nach Vancouver hat, absurd. Und du?« Abwartend fixierte er Oke von der Seite.

»Auf jeden Fall ist kein Serienkiller hergeschwommen«, antwortete Oke trocken.

Jan überlegte, ob er Oke etwas von Inses Ermittlungen erzählen sollte, ließ es aber sein. Er würde niemandem dreinreden, wie gewisse andere Leute das taten. Andere Leute, die nichts von kurzen japanischen Gedichten verstanden.

Vincent Gott hielt Oke sein Smartphone vor die Nase. »Der Zoll hat heute übrigens eine interessante Pressemitteilung herausgegeben. Kennst du Harald Blauzahn?«

»Den Wikinger?«, fragte Oke. Er sah leicht verwirrt aus.

Vincent schlug fröhlich mit der flachen Hand auf die Tischplatte: »Genau den meine ich! Hast wohl in Geschichte aufgepasst.«

Er sah dem Kommissar deutlich an, dass der sich eine Bemerkung dazu verkniff. Selbst Jan kannte Blauzahn, auch wenn er definitiv nicht in der Schule aufgepasst hatte. So ziemlich jeder hier hatte vom Wikingerkönig gehört. Schließlich war dieser 947 in Holstein eingefallen. Jan hatte sich immer gefragt, ob der Name von einem verfaulten Zahn herrührte.

»Offenbar sind nach dem Raub von Roskilde erste Teile aus dem Schatz von Harald Blauzahn aufgetaucht – in Mecklenburg-Vorpommern«, berichtete Vincent mit Blick auf sein Smartphone. Er überflog offenbar die Pressemitteilung. Im Dom von Roskilde waren Vitrinen einer Ausstellung mit Schätzen Harald Blauzahns ausgeraubt worden. Das hatten sie in den Nachrichten gebracht. »So silberne Armreife, von denen die Wikinger Stücke abbrachen, wenn sie etwas bezahlen wollten. Die sind schon einiges wert, aber was wirklich wertvoll ist ...«

Jan interessierte jetzt auch, »was wirklich wertvoll« war. Fast hätte er vergessen, das Rührei in der Pfanne in kleinere Stücke zu teilen.

»Herrgott, komm zum Punkt!«, murrte Oke. Der Mann war unausstehlich, wenn er Hunger hatte, und deshalb beeilte sich Jan, seinem besten Kunden sogleich eine ordentliche Kelle Rührei mit Krabben und Zwiebeln auf den Teller zu laden.

»Also wirklich – jetzt wirklich – wertvoll ist der Wal!«, dozierte Vincent mit hoher Stimme.

»Der, den Oke an Land gezogen hat?« Jan hatte sich die Bemerkung nicht verkneifen können.

Vincent blieb erstaunlicherweise ernst: »Eigentlich geht es um ein Schmuckstück: einen goldenen Wal, der an einem Stab hängt. Wahrscheinlich wurde er als Brosche genutzt oder zum Umblättern von Buchseiten. Ihr wisst schon, um die wertvollen Papiere nicht mit den Fettgriffeln zu beschmutzen.« Die gestohlene Brosche, ließ er sie wissen, gehörte zu einer Reihe von Grabbeigaben, die 2014 entdeckt und zuletzt gemeinsam mit weiteren Funden – auch von Rügen – in Roskilde ausgestellt worden waren. »Der Zoll geht davon aus, dass einzelne Stücke zum Kauf angeboten werden könnten, und warnt die potenziellen Käufer.«

Okes helle Brauen zogen sich zusammen, ein sicheres Zeichen dafür, dass der Hauptkommissar intensiv nachdachte. »Siehst du da eine Verbindung zu Hauke?«, fragte er seinen Kollegen. Es klang fast drohend.

Vincent ließ sich offensichtlich nicht mehr von der bärbeißigen Art seines Kollegen schocken. »Bis jetzt nicht«, sagte er, dann überlegte er einen Augenblick. »Das traust du Hauke nicht ernsthaft zu, oder doch? Also ich weiß nicht – ich bin ja nicht Gott«, scherzte er und wischte schon wieder auf seinem Handy herum. Er hatte offenbar einen weiteren Bericht über den Roskilde-Raub geöffnet. Das Rührei ließ er kalt werden.

»Was wäre so etwas wert, steht das da auch?«, mischte Jan sich nun ein. Schließlich diskutierten die beiden vor seinem Imbisswagen!

»Hier heißt es in einem Zeitungsbericht, dass die Stücke auf dem illegalen Sammlermarkt zusammengenommen Millionen wert sind«, meinte Vincent erstaunt.

»Gifft dat bei di noch 'n Pott Kaffee?«, fragte Oke. Er gabelte bereits begierig Rührei auf. Die Summe beeindruckte ihn wohl nicht.

Nebenan schob Wencke den Plastikvorhang am Fischhus beiseite und verabschiedete ihre neuen Walfreunde wortreich: »Also dann, bis heute Abend. Um 19 Uhr auf der Flunder – da rufen wir die Wale. Ich habe übrigens die Zeitung eingeladen.«

»Wie froh ich auf einmal bin, dass ich heute Abend nach Timmendorf fahre«, meinte Oke nüchtern.

»Was willst du in Timmendorf?« Jan dachte, dass jetzt wohl alle verrückt wurden. Oschi und Timmendorf – das passte zusammen wie Bohnen und Erbsen in der Mischkultur.

»Jahrestag«, erklärte Oke knapp. »Und Inse will mir was Neues über den Fall verraten.«

Jan machte mit einem Spatel das Kochfeld sauber, auf dem eben noch das Rührei mit den Krabben gebrutzelt hatte. Eine Zeit lang war nur das Schabgeräusch zu hören. Dann rutschte ihm etwas heraus, was er lieber nicht erzählt hätte: »Hat wahrscheinlich mit Mütze zu tun.«

»Wieso Mütze?«, fragte Oke scharf.

Jan fühlte sich jetzt doch etwas eingeschüchtert von seinem XXL-Stammkunden. »Ich weiß ja nicht, was Inse über ihn herausgefunden hat … aber von Mika habe ich gehört, dass Darja ihn rauswirft. Sie verkauft das Boot.« Und auch, wenn er Oke nicht direkt in die Augen sehen mochte, erkannte er deutlich an den Schwingungen, die zwischen Kioskbetreiber und Kunden durch die Verkaufsluke wanderten, dass es der Hohwachter Ordnungshüter nicht guthieß, wenn ihm seine Frau bei den Ermittlungen dazwischenfunkte.

»Dat is gediegen«, meinte Oke überraschenderweise jedoch nur.

## OKE

Jens Hallbohm achtete darauf, dass die Speed-Pedelec-Flotte der Hohwachter Dienststelle regelmäßig Präsenz zeigte, und es verging kaum ein Tag, an dem sich Oke nicht in den Sattel schwang. Obwohl die Wege in Hohwacht eher kurz waren.

Für die Fahrt zum mehr als 40 Kilometer entfernten Institut für Rechtsmedizin in Kiel nahm Oke allerdings doch lieber den Dienstwagen. Er schob die CD in die

Anlage und »Johnny B. Goode« von Chuck Berry erfüllte das Wageninnere in brutaler Lautstärke. Vincent Gott neben ihm stöhnte zwar, lauter als Chuck Berry, aber Oke liebte Rock 'n Roll und sowieso alle Evergreens. Er lenkte den Wagen vom Parkplatz der Dienststelle am Berliner Platz auf die Straße Am Buchholz, fuhr auf die L 164, und folgte schließlich der B 202 und der B 76 bis in die Sörensenstraße in Kiel. Das ans Universitätsklinikum Schleswig-Holstein angegliederte Institut lag in einem länglichen Gebäudekomplex unweit der Kiellinie, der am meisten frequentierten Uferpromenade der Stadt. Von hier aus schienen die weißen Segler und großen Stena-Line-Fähren zum Greifen nah. Wenn sie sich beeilten, schafften sie vielleicht einen Kaffee und ein Stück Kuchen in der Sonne. »Go, Johnny, go, go!«

Bo Nielsens gräuliche Gesichtsfarbe wertete Oke als Folge der überstandenen Fischvergiftung. Vielleicht lag sein ungesundes Aussehen aber auch im kalten Neonlicht der medizinischen Räumlichkeiten begründet.

»Am schlimmsten waren die Krämpfe. Solche Bauchschmerzen habe ich mein Leben lang nicht gehabt«, entschuldigte sich der Rechtsmediziner bei der Begrüßung für die Verzögerung. »Ist mein erster Tag, aber meine Damen haben mich heute Morgen dankenswerterweise mit Kamillentee versorgt.« Nielsen war der einzige Mann im Institut. »Wir sind eine aussterbende Spezies«, scherzte er von Zeit zu Zeit gern.

Zuerst überprüfte Nielsen den Totenschein und andere Papiere. Die Staatsanwaltschaft hatte die gerichtsmedizinische Obduktion angeordnet. »Kommen Sie«, wies er die Kommissare mit einer leichten Handbewegung an. Der Hausherr führte sie durch kahle Flure, die alle mit demselben grauen Linoleumbelag ausgestattet waren. Oke erkannte die speziellen Ausdünstungen sofort, die die Anwesenheit des Todes verrieten, als sie in Nielsens Abteilung kamen: den stechenden Gestank nach Verwesung, der sich mit einem Hauch von Desinfektionsmittel gepaart hatte. Dieser unangenehme Geruch würde hier nie wieder verschwinden.

Rechter Hand lag der Kühlraum. »Wollen Sie mal einen Blick riskieren?«, fragte Bo Nielsen gastfreundlich und hob auffordernd sein Kinn. »Wir haben ihn umbauen lassen, ist größer jetzt.«

Vincent stimmte sofort zu: »Spannend!«

»Größer als meine Eistruhe«, fasste Oke nach einem kurzen Blick in den Raum zusammen. An der Wand standen mehrere Metallbahren auf Rädern, die an Mehrfach-Etagen-Betten erinnerten. Weiße Plastikhüllen verdeckten die Leichen.

»Wir haben gut zu tun«, bestätigte Bo Nielsen und sah Oke und Vincent dabei vorwurfsvoll an. Er tat gerade so, als wären die Kommissare für die Leichenschwemme verantwortlich.

Im Sektionsraum wurde bereits gearbeitet. Anders als in Okes gemütlichem Schuppen am Möwenweg gab es hier keine Klemmlampen mit Staubschicht, nirgends lag ein Stapel alter Zeitungen, die noch durchforstet werden mussten, ein Radio fehlte gänzlich. Stattdessen befand sich Oke in einem klinisch reinen Raum mit hell gekachelten Wänden und drei Untersuchungstischen mit Metallschalen am Kopfende.

Auf einem der Stahltische lag eine stark verweste Leiche. Das konnte nicht Hauke sein. So lange war Inses Cousin nicht verschollen gewesen. »Unfallopfer mit Kopfwunde, lag länger im Graben«, informierte sie Bo Nielsen in diesem Augenblick und nickte seiner Kollegin aus dem Institut zu, die neben der Leiche still etwas notierte. »Rekonstruktion von Unfallhergängen gehört zu unseren häufigsten Aufgaben«, erklärte er.

Hauke Büsing lag auf einem Tisch nahe dem Fenster. Das Tageslicht ließ das blonde Haar der Assistentin fast weiß wirken. Sie begann bereits mit der äußeren Leichenschau. »Körpergröße: 1,81 Meter«, hörten sie sie sagen. Kurz darauf erfuhren sie mehr über den Ernährungszustand, Totenflecke und die Ausprägung der Leichenstarre. Oke trat näher. Der genaue Todeszeitpunkt interessierte ihn brennend. Er wusste, dass Rechtsmedizinern sogar der Leichengeruch half, um diesen einzugrenzen.

Gleichzeitig reizte ihn die innere Leichenschau, bei der der Schädel, die Brust- und die Bauchhöhle geöffnet und die Organe des Verstorbenen freigelegt wurden. Vielleicht konnte er sich für die Tierpräparation etwas abgucken!

Der Rechtsmediziner wies auf eine alte Narbe an Haukes Hand hin, auf frische Kampfspuren als Folge einer Auseinandersetzung und schließlich entdeckten sie eine gröbere Verletzung auf Haukes Rücken: »Sieht aus, als wäre da ein Messer stecken geblieben.« Bo Nielsen musterte die Wunde. »Könnte von einem Fairbairn-Sykes-Kampfmesser stammen.«

Oke zeigte sich beeindruckt von den Kenntnissen des Kielers. »Ach ne!«

»Doch, doch! Habe ich mal im Spionagemuseum in Berlin gesehen. Das ist ein doppelschneidiges Kampfmesser, 1941 von den britischen Soldaten William Ewart Fairbairn und Eric Anthony Sykes entwickelt, Fairbairn soll früher für die Polizei in Shanghai spezielle Kampftechniken erarbeitet haben.«

»Und woran erkennen Sie das?«

»Das habe ich gelesen«, antwortete Bo irritiert.

»Nein, dass er mit diesem Messer attackiert wurde.«

»An der Wunde. Das Kampfmesser hat eine 17,5-Zentimeter-Klinge, lässt sich leicht durch die Rippen und durch dicken Stoff wie den einer Cordjacke durchstoßen.« Bo Nielsen informierte sie, dass Fairbairn der Meinung gewesen sei, dass es sich auszahle, wenn eine Hauptschlagader sauber durchtrennt würde, da in dem Fall das Opfer schneller das Bewusstsein verliere, als wenn die Arterie nur riss.

Vincent schüttelte angewidert den Kopf. Oke ließ Nielsens Ausführungen einen Moment sacken, dann meinte er: »Wer so 'n Messer nimmt, kennt sich aus.«

»Genau das wollte ich damit sagen. Und Sie suchen einen Linkshänder.« Bo Nielsens mandelförmige Augen hefteten sich auf Oke. »Ich würde mal in Militaria-Läden nachfragen, ob und wann solche Messer verkauft wurden«, schlug er vor. »Problematisch ist allerdings, dass man Imitate auch im Internet kaufen kann.«

Bo Nielsen wandte sich wieder Hauke zu. »Gestorben sein dürfte das Opfer an den zahlreichen Stichen in den Rücken.« Bevor Nielsen den Oberkörper des Leichnams mit einem Y-förmigen Schnitt öffnete, deutete er mit einem Kopfnicken auf den Fußstumpen. »Wir machen hier übrigens später eine Wundaltersbestimmung am Mikroskop.«

Oke beobachtete, wie der Rechtsmediziner das Brustbein und angrenzende Rippen entfernte. »So ähnlich mache ich das auch«, stellte er befriedigt fest.

»Tatsächlich?« Bo Nielsen klang verwirrt, als er nachsetzte: »Bei welcher Gelegenheit?«

»Immer, wenn sich eine bietet.«

Dem Rechtsmediziner kippte die Kinnlade hinunter. »Tatsächlich?«

»Ja, also zumindest, was die Nachbarschaft angeht. Wer da doot bleibt, kommt in meinen Schuppen. Im Moment habe ich die kleine Frieda in der Mache. Drolliges Ding.«

Der Kieler riss die Augen auf, fragend sah er zu Vincent hinüber: »Ihr Chef weiß wahrscheinlich davon nichts?«

Oke überlegte, ob Hallbohm etwas von Frieda wissen konnte oder dem Chinchilla von dem Jungen aus dem Seesternweg. »Nee, das soll der auch nicht unbedingt wissen. Sonst kommt der noch auf komische Ideen.«

»Ja, aber … Sie können doch nicht einfach ihre Nachbarn ausnehmen. Und auch noch Kinder!«, rief Bo Nielsen aus.

Vincent erklärte dem höchst alarmiert wirkenden Rechtsmediziner schnell: »Herr Oltmanns ist Hobby-Tierpräparator. Frieda ist ein Pekinese aus der Nachbarschaft – oder besser: Sie war ein Pekinese. Oke zerlegt die Viecher erst, wenn sie nicht mehr leben.«

Bo Nielsen und noch mehr die hellhäutige Assistentin mit dem weißblonden Haar wirkten erleichtert.

Nachdem Bo Nielsens Kollegin den Zustand und die krankheitsbedingten Veränderungen der Organe beschrieben hatte, entnahm sie Proben der Körperflüssigkeiten. Dann endlich nannte der Leiter des Instituts ihnen die ungefähre Todeszeit: »Ich würde tippen Sonntagnacht gegen zwei Uhr.«

Zwischen dem Übungsschießen und dem Zeitpunkt des Todes hatte also eine halbe Woche gelegen. Falls Otto Willenbrock nach dem verrissenen Schuss hätte nachbessern wollen, hatte er sich verdammt viel Zeit gelassen. Allerdings musste das nichts bedeuten.

Bo Nielsen legte die Organe zurück. Kurz darauf füllte er die Hohlräume mit Zellstoff. »Zellstoff!«, entfuhr es Oke. Die faserige Masse aus Cellulose diente demselben Zweck wie die Holzwolle, die Oke in seinem Schuppen neben Draht, Garn und Holz aufbewahrte.

»Dadurch wird die natürliche Form des Körpers erhalten«, erklärte Bo Nielsen überflüssigerweise.

Oke hatte nur noch eine Frage: »Wo kriegt man das Zeug?«

Auf der Kiellinie gab es jede Menge Cafés und Restaurants, die einen herrlichen Blick auf die Förde und dicke Pötte boten. Aber für eine Tasse Kaffee fehlte die Zeit. Auch wenn das Hauptzollamt Kiel nicht allzu weit entfernt vom Institut für Rechtsmedizin lag.

Die Kollegen schienen allesamt ausgeflogen. Oke inspizierte eine Vitrine, in der ein Präzisions-Kartonmodellbausatz des Zollkreuzers Hohwacht, Baujahr 1993, im Maßstab 1:250 stand. Er bewunderte gerade die originalgetreue Farbgebung der grünen Bordwände, als zwei Kollegen mit soldatisch aufeinander abgestimmten Schritten auftauchten.

»Wenn das nicht Hohwachts erster Ordnungshüter ist«, sagte der Mann. Oke kannte Gundmar Gerdes, ein arrogantes Arschloch. Mit mehr als 70 Verfahren im Bereich Organisierte Kriminalität pro Jahr leistete der Zollfahndungsdienst einen ordentlichen Beitrag bei der Bekämpfung von Drogenhandel und illegaler Beschäftigung, in selteneren Fällen auch Menschenhandel. Das blähte das

Ego einiger Beamten auf wie alter Fisch eine Dose. Trotzdem hatte Gerdes es offenbar nötig, sein fehlendes Haupthaar – in seiner Glatze konnte er sich spiegeln – mit dem Tragen einer Ray-Ban-Brille zu kompensieren. Fehlte nur ein Lolli und dann machte der einen auf Kojak. Die Frau in der blauen Uniform neben Gerdes kannte Oke nicht. Um eine Fahnderin zu sein, schien sie ihm zu jung zu sein. Wahrscheinlich eine unterbezahlte Praktikantin.

»Na, Oschi, was führt dich in unsere heiligen Hallen?« Gerdes wirkte neugierig.

»Eine Jacht«, erwiderte Oke.

Gerdes hüstelte. »Das, wovor du stehst, ist die Küstenwache.« Er lachte über seinen eigenen Witz.

Vincent entschärfte die Situation, indem er sachlich schilderte, was die Walschützer über Haukes nächtlichen Ausflug berichtet hatten.

»Das ist interessant«, meinte Gerdes und dehnte das letzte Wort so affektiert, dass Oke ihm gern mit einem von Wenckes veganen Nuggets eine verpasst hätte. Kein Dorfpolizist mochte es, wenn Kollegen aus der Stadt ihn für dumm verkauften. Oke am wenigsten. Aber er blieb norddeutsch, also wortkarg – um nicht zu sagen: stumm. Wenn ihn seine Menschenkenntnis nicht täuschte, würde Gerdes alles daransetzen, jeden Stein in ihrer Gegend umzudrehen, um die mutmaßlichen Jachtbesitzer ausfindig zu machen. Sollte nämlich tatsächlich etwas im Busch beziehungsweise in der Bucht sein, könnte er sich die Lösung des Falls auf seine Fahne schreiben. Sollte Gerdes nur machen. Oke war nicht ehrgeizig, für ihn zählte das Ergebnis.

# CARMEN

»Macht aus Müll ein Kunstwerk«, forderte Zoe ihre Schüler auf. An diesem Nachmittag stand Basteln auf dem Programm. Sie hatten Stifte, Papier, Klebstofftuben und Schaschlik-Spieße auf den Tischen in der Diele des Landschulheims verteilt. »Lasst eurer Kreativität freien Lauf. Ihr könnt eine Collage gestalten oder kleine Müllmännchen formen, ganz wie ihr wollt.« Cedriks Lehrerin klang wie eine Motivationstrainerin. Sie gab sich munter wie immer, aber der gehetzte Ausdruck in ihrem Gesicht strafte ihre Worte Lügen.

Mit zwischen die Lippen geschobener Zunge begann Ünal, ein DIN-A3-Blatt mit einem blauen Buntstift zu bekritzeln. Neben ihm hantierten Cedrik und Jonas mit PET-Flaschen. »Das wird ein Seemonster«, ließ Cedrik sie wissen. »Mit sieben Armen.« Das emsige Treiben auf der Diele steigerte ihre Unruhe noch. Denn Rahel war nicht zur Bastelstunde erschienen, stattdessen half Hilla aus. Carmen konnte die stämmige Köchin nicht richtig einschätzen. Spätestens die gewalttätige Szene in der Küche hatte ihr allerdings klar gemacht, dass sich besser niemand mit Hilla Bär anlegte. Ihre dunklen Augen vermittelten den Eindruck, als könnte sie ihre unterschwellige Aggression nur schwer im Zaum halten. Nie im Leben würde sie auf die Idee kommen, die Köchin zu fragen, wo Rahel war, und von Zoe bekäme sie sicher wieder keine Antwort. Sie musste sich etwas einfallen lassen.

»Du meine Güte! Das kann nur mir passieren: Der ganze Kleber ist aufs Kleid getropft. Ich muss mich umziehen«, sagte sie deshalb laut. Jeder halbwegs aufmerksame Mensch hätte ihr Theater durchschaut. Doch ihre Bemerkung ging ohnehin im Gewusel unter: Hilla zeigte einem Mädchen, wie sie mit dem Zwei-Euro-Stück schraffieren konnte, das sie am Strand gefunden hatte, und Zoe half Lina mit ihrer Kette aus Müll-Fundstücken. Carmen huschte zur Treppe, wo sie auf leisen Sohlen nach oben eilte. Sie bog nicht im ersten Stock ab, wo ihr Zimmer lag, sondern lief weiter ins Dachgeschoss. Niemand zu sehen. Ihr Herz klopfte. Was sollte sie sagen, wenn Rahel vor ihr stand? Prüfend legte sie zunächst ihr Ohr an Rahels Zimmertür.

Von drinnen hörte sie eine Stimme: »Er, der Herr, dein Gott wird diese Leute ausrotten vor dir, einzeln nacheinander …«

Ein Schauer jagte ihr über den Rücken. Was faselte Rahel da? »Dein Gott wird diese Leute ausrotten?« Am liebsten hätte sie gleich wieder kehrtgemacht. Doch sie konnte nicht anders, als mit dem Knöchel ihres Ringfingers sachte gegen die Tür zu pochen: »Frau Zimmermann? Alles in Ordnung?« Sie flüsterte beinahe.

Die folgende Stille ließ in ihr die Hoffnung keimen, dass sie sich alles nur eingebildet hatte. Doch dann rief Rahel Zimmermann, die jetzt offenbar dicht hinter der Tür stand: »Sind Sie das, Frau Bachmann? Gott sei Dank! Die haben mich hier eingesperrt!«

Da war ein drängender Unterton in der Stimme, der Carmen wild an der Klinke rütteln ließ. »Wieso eingesperrt?«, rief sie perplex.

»Die wollen nicht, dass ich die Wahrheit erzähle. Jetzt holen Sie mich bitte raus!«

»Welche Wahrheit? Wer will nicht, dass Sie reden? Was geht hier vor?« Carmen schmerzte mit einem Mal der Kopf. Sie stand da, unsinnigerweise immer noch mit der Hand an der Klinke, und fühlte sich komplett überfordert.

»Lassen Sie mich raus!«

Carmen versuchte, das Pochen in ihrer Schläfe zu ignorieren. Sie musste nachdenken. Sie konnte schlecht die Tür einschlagen. So kräftig war sie nicht. Sie brauchte jemanden mit Schlüssel – oder gleich die Polizei? Was würde Oke Oltmanns wohl sagen, wenn sie ihm berichtete, dass die Religionslehrerin im Landschulheim gefangen gehalten wurde? Der würde sie glatt auslachen.

Unentschlossen starrte sie auf die Klinke, die sich nun wie von Geisterhand hektisch hoch und runter bewegte. Es machte die Sache nicht besser, dass sie wusste, dass Rahel weiter von innen daran rüttelte.

Sie konnte die Frau hier nicht einfach versauern lassen und in der Diele seelenruhig Müll zusammenkleben. Sie entschied sich, Zoe zur Hilfe zu holen. »Ich komme gleich wieder, Frau Zimmermann!«

Auf dem Weg in die Diele nahm Carmen immer zwei der Stufen auf einmal, wäre fast gefallen und steuerte mit heißem Gesicht direkt auf Zoe zu. »Kommst du bitte mal mit?«

Zoe sah perplex hoch. Sie kämpfte gerade mit einer Plastiktüte, die nicht an Bens Kunstwerk halten wollte. »Was ist denn?«

Carmen würde vor den Kindern nichts sagen. »Komm jetzt bitte einfach«, zischte sie.

Sie spürte, dass Hilla sie beide mit bohrenden Blicken verfolgte. Zoe kam nur widerwillig nach. »Was ist denn los?«, fragte Zoe noch einmal, als sie die Treppe erreichten.

»Was los ist? Das würde ich gerne von dir wissen! Wieso kann Rahel nicht aus ihrem Zimmer? Wieso sperrt ihr sie ein? Das ist Freiheitsberaubung und eine schwere Straftat! Du lässt sie jetzt sofort raus!«

Zoe blieb mitten auf dem Absatz stehen. Einigermaßen verwundert erkundigte sie sich: »Sie kann nicht aus ihrem Zimmer?«

»Nein!« Verunsichert überlegte sie, ob sie Zoe die Unwissenheit abkaufen sollte. »Komm jetzt, sieh selbst, sie sagt, ihr hättet sie eingesperrt, du und Hilla. Und ihr streitet die ganze Zeit. Und …«

Zoe schüttelte ungläubig den Kopf. »Ich soll meine Kollegin weggeschlossen haben? Sag mal, was denkst du eigentlich von mir?«

Carmen stand so dicht hinter ihr, dass sie Zoes süßliches Parfum riechen konnte, und starrte empört zu ihr hoch.

»Irgendjemand hat sie da oben eingesperrt!«, beharrte Carmen und kam sich wie ein trotziges Kind vor. Sie bildete sich ein, aus dem Dachgeschoss das Rütteln der Klinke zu hören.

Zoe strich sich eine Haarsträhne aus dem Gesicht: »Blödsinn.«

»Gibt es Probleme?« Hillas breite Gestalt tauchte am Fuß der Treppe auf. Sie stützte sich beidseits am Geländer ab, sodass ihr Körper den Weg versperrte.

Carmen verspürte zu dem Hämmern in der Schläfe plötzlich einen Kloß im Hals. »Ähm … Frau Zimmermann oben …« Sie kam aus irgendeinem Grund nicht weiter. Er hatte definitiv mit dem Blick der Köchin zu tun.

Zoe stellte sich mit ihr auf eine Stufe und legte ihr die schmale Hand auf die Schulter. Eine weitere Welle ihres süßlichen Parfums hüllte Carmen ein: Maiglöckchen. Jetzt fiel ihr auf, woher sie den Duft kannte. Diese achtsame Feststellung kam ihr in dieser Situation obskur vor – hier, mitten auf der Holztreppe. Sanft wies Zoe sie an: »Du gehst am besten wieder mit Hilla zu den Kindern. Ich schaue nach Rahel und gebe ihr eine Beruhigungstablette. Sie fühlt sich in letzter Zeit nicht besonders wohl. Hilla und ich haben ihr mehrfach geraten, mal zum Arzt zu gehen …«

Als Carmen nicht reagierte, wurde der Druck auf ihrer Schulter stärker. »Geh schon«, sagte Zoe und ihr Ton hatte sich mit einem Mal verändert, sie klang nicht mehr freundlich. Carmen war unfähig, sich zu bewegen. Was, wenn diese Frauen gefährlicher waren, als sie ahnte? Zoe gab ihr einen kleinen Schubs und Carmen taumelte nach vorn. »Runter mit dir. Geh schon. Ich kümmere mich um alles Weitere.«

Mit zittrigen Beinen machte sich Carmen auf den Weg nach unten, wo Hilla noch immer grimmig guckend auf sie wartete. Ihr war regelrecht übel. Eindeutig war sie hier einem seltsamen Geheimnis auf der Spur, das sie unmöglich auf sich beruhen lassen konnte. Zum Schein ging sie auf Zoes Vorschlag ein: »Okay, okay, ich setz mich zu den Kindern«, versprach sie. Was anderes ließen ihre Knie im Augenblick auch nicht zu. Bei nächster Gelegenheit, wenn sie unbeobachtet wäre, würde sie jedoch in der Polizeidienststelle anrufen. Die Beamten mussten Rahel helfen – notfalls mit Gewalt. Love and Peace waren Geschichte.

# OKE

»Hach, Timmendorf, freust du dich auch ein bisschen drauf?« Inse strahlte über beide Wangen, die in diesem Augenblick besonders an knackige Red-Delicious-Äpfel erinnerten.

Inse hätte sich sicherlich an dem Apfelvergleich gestört, deshalb erwähnte Oke ihn nicht. Er bremste sich auch rechtzeitig, als er antworten wollte, dass er nicht zählen konnte, wie oft er schon an der Udo-Lindenberg-Skulptur vorbeigelatscht war. Wenn ihm Udo dafür jedes Mal einen Euro hätte geben müssen, wäre Oke bereits Millionär. Dann bräuchte er nicht mit Inse darüber zu diskutieren, dass er sich die überteuerte Schnösel-Bar von seinem Polizistengehalt nicht leisten konnte, wo die Flasche Champagner 3.000 Euro kostete. Dabei wollte sie nicht mal Champagner trinken, sie wollte nur in diesen Strandbetten mit Baldachin liegen und andere Leute beobachten! Aus genannten Gründen erwiderte er auf ihre euphorische Frage deshalb nur prophylaktisch: »Ich will da aber nicht in diesen Strandbetten rumliegen.« Hinlegen war zwar okay. Aber nicht in aller Öffentlichkeit!

Inse sah ihn auf ihre besondere Art an. »Du, kein Problem. Dann gehen wir ins Café Prominent. Da musst du nicht liegen, sondern kannst einfach dasitzen«, gab sie schließlich nach.

»Ich bin aber nicht prominent!«

Inse drückte seinen Arm. »Och, Oschi, kannst du nicht

einmal über deinen Schatten springen, wenn wir schon mal in Timmendorf sind?«

Er brummte etwas Unverständliches. »Ich hab eben für den ganzen Schnickschnack nichts übrig. Wir können doch auch zu Hause Kaffee trinken ...«, murmelte er. Er würde schon stundenlang hinter ihr her zotteln müssen. Da wusste er schon jetzt, dass er später so schnell wie möglich zurück nach Hohwacht wollte. Wenigstens kam sie nicht auf die Idee, in einer dieser Stretch-Limousinen durch die Gegend zu fahren oder die Nacht auf der Dachterrasse des Bayside zu verbringen. Obwohl – vielleicht kam das noch. Bei Inse wusste man nie so genau, was ihr alles einfallen würde.

Kaum in Timmendorf angekommen schlenderte Inse los, dass ihr der glockenförmige Blumenrock nur so um die Kniekehlen schlackerte. Vor fast jedem Schaufenster hielt sie an, um die Auslage zu bewundern. »Warte mal, die Tasche da vorn. Ich guck mal kurz, was die kostet.«

Eben hatte sie diese Worte ausgesprochen, schon verschwand sie in der Boutique. »Boutique«, dachte Oke in Anführungszeichen. Er studierte die Preise im Schaufenster. Die Tasche vorne rechts kostete 1.180 Euro. Dabei war die nicht größer als eine Standard-Bisamratte.

Oke betrachtete die Auslage. Die Schuhe, die die Schaufensterpuppe trug, sollten 495 Euro kosten. Der leichte Gucci-Sommermantel 2.600 Euro. Er konnte kaum hingucken – ihm wurde von den Summen schwindelig. Oke hatte eine Dose, in die er das Geld legte, das er mit dem Präparieren der Haustiere seiner Nachbarn verdiente. Aber das Angesparte war eigentlich für eine Kreuzfahrt gedacht, die Inse sich schon so lange wünschte und mit der er sie irgendwann überraschen würde … nicht für mickrige Handtaschen. Und Inses Kleiderschrank quoll längst über!

Ein älterer Herr im Zweireiher tauchte neben ihm auf, warf einen Blick ins Schaufenster, murmelte »Junge, Junge, sind das Preise!« und ging weiter.

Oke harrte aus, auch wenn sein Nacken in der Frühjahrssonne zu verbrennen drohte. Es gab Orte, denen Oke insgeheim einen UF gegeben hatte. UF stand für »Unbehagen-Faktor«. Die Kissen- und Bettwäscheabteilung einer bekannten schwedischen Einrichtungskette in Kiel gehörte dazu. Dort konnte Inse Stunden zubringen und ihm Dutzende Muster zeigen, während er sich fühlte wie ein kubanischer Drogenbaron in der CIA-Verhörzelle. Boutiquen – wieder dieses Wort – gehörten ebenfalls dazu, zumal der hintere Bereich mit den Umkleiden. UF 8 von 10.

»Darja, das ist ja eine Überraschung«, hörte er Inses verblüfften Ausruf durch die offene Ladentür.

Darja wurde kurzzeitig im Spalt der Tür sichtbar. Aber er hätte Inses Verwandte fast nicht erkannt, denn sie sah in dieser weißen Seidenbluse und dem marineblauen Rock anders aus als sonst. Dass sie, die eben noch von Existenzsorgen gequält worden war, in exklusiven Geschäften einkaufte, kam ihm mindestens merkwürdig vor. Ebenso erstaunlich fand er, dass sie sich so kurz nach Haukes mysteriösem Tod aufbrezelte und auf Shoppingtour ging.

Die beiden Frauen verschwanden erneut in den Tiefen des Bekleidungsgeschäfts. Oke konnte jetzt weder die eine noch die andere sehen.

Er stand in der Sonne und versuchte, das unbehagliche Gefühl zu ignorieren, das seine Anzugjacke in der

Wärme auf seinen Schultern hinterließ. Der enge Schnitt zwang ihn dazu, eine unbequeme Haltung einzunehmen. Dabei hätte er schwören können, dass ihn das Radfahren Gewicht gekostet hatte. Vielleicht hatte sich das Fett nur in Muskelmasse verwandelt. In dem Fall sollte er über ein größeres Sakko nachdenken.

Sein Blick fiel auf die Herrenjacke links im Schaufenster. Unwillkürlich wanderten seine Augen zum Preisschild. Verrückt, so viel Geld für Kleidung auszugeben. Er begann, darüber zu grübeln, wie Darja zu Geld gekommen sein konnte und ob der neue Reichtum etwas mit der Bekanntschaft ihres Mannes mit ominösen Rennjachtbesitzern zu tun hatte. In dem Moment kam ihm Inse – mit Darja im Schlepptau – entgegen. Glücklicherweise ohne neue Tasche.

»Na, dann«, verabschiedete sich Inse gerade von Darja.

Er konnte die Witwe nicht einfach gehen lassen. Ebenso wenig konnte er sie auf offener Straße befragen. »Kommst du mit uns was essen?«

Inse machte Stielaugen, was er ihr nicht übelnahm. Er gehörte sonst nicht zur geselligen Sorte.

Darja war nicht minder verblüfft, aber sie kaschierte es besser. Als hätte sie einen Schalter umgelegt, gab sie plötzlich wieder die trauernde Witwe: »Auf keinen Fall, ich muss nach Hause. Mir wird das hier gerade alles zu viel. Ich wundere mich über mich selbst, dass ich hergekommen bin. Aber ich musste mal raus … aber jetzt … seid mir bitte nicht böse, wenn ich gehen will.«

»Eine Kleinigkeit wäre da noch«, sagte Oke mit rauer Stimme, weil er Inses Verwandte nicht mit Fragen quälen wollte. Noch dazu im Beisein seiner strengen Gattin. Sie würde ihm später Vorhaltungen machen und ihn wieder einen Bullerjan nennen. Aber Polizist war eben Polizist: »Hauke wurde nachts auf der Ostsee beobachtet. Er hat sich dort mit jemandem getroffen, der eine Rennjacht besitzt. Was weißt du darüber?«

Sie spielte mit ihrer Handtasche, die auch teuer aussah. »Darüber weiß ich nichts. Ich weiß inzwischen nur, dass Hauke mir nicht immer treu war. Aber mit wem er die Zeit verbracht hat, da bin ich noch nicht hinter.«

»Hat die Lebensversicherung schon gezahlt?«, wechselte er abrupt das Thema und betrachtete demonstrativ ihre Handtasche.

Sie begann zu stottern. »Äh, ja. Ja, das stimmt.«

Oke wusste, dass die Auszahlung bei Tod durch Verbrechen oftmals sogar verweigert wurde. Dass eine Versicherung so schnell zahlte, glaubte er nicht. Darja log also zumindest in diesem Punkt. Wahrscheinlich. Er dachte an den neuen Wagen, den er in ihrer Garage gesehen hatte.

»Na, dann«, sagte jetzt ihrerseits Darja, lächelte verkrampft und hob die Hand. »Ich muss wirklich mal …«

»Man sieht sich«, sagte Oke und er merkte selbst, dass das für Darja wie eine Drohung klingen musste.

Entschlossen ergriff Inse seine Hand und zog ihn hastig bis zum Café Prominent. Trotz seiner Abneigung gegen jedwede Inszenierung seiner Person ließ Oke sich kommentarlos von Inse auf die Restaurantterrasse führen. Er wusste, sie hatte ihm etwas mitzuteilen. Er kannte den Blick, den sie seit dem Verlassen der Boutique aufgesetzt hatte, nur zu gut.

Inse, deren Wangen jetzt den Farbton eines Roten Jonathans hatten, bestellte beim Kellner die »Power Bowl« mit Rucola-Babyspinat. Er orderte das Holzfällersteak mit Backkartoffel und nutzte die Chance, sich mit einem Seufzen des stramm sitzenden Jacketts zu entledigen und den kühlen Lufthauch am Rücken zu genießen. Er wartete, was seine Gattin ihm mitzuteilen hatte.

Angespannt sah die sich um. Inse würde kaum Otto Waalkes oder Udo Lindenberg unter den Gästen suchen. Ihr merkwürdiges Verhalten hatte mit Darja zu tun.

»Sie ist uns nicht gefolgt, oder?«, fragte Inse ihn auch schon.

»Nee.«

»Darja sagt, sie will zu ihrer Freundin an den Bodensee ziehen. Sobald Hauke unter der Erde ist – meine Worte, nicht ihre. Das ist doch komisch, oder?«

Oke kratzte sich am Schädel. Das war interessant. Erst schob Darja halbwegs Mütze den Mord an ihrem Mann in die Schuhe, und jetzt wollte sie sich an den Bodensee absetzen.

Sehr verdächtig. Darja war kräftig und körperlich sicher fähig, ihrem Ehemann den Fuß abzusägen, den Toten in ein Fischernetz zu wickeln und im Kettenkasten eines Schiffs zu verstauen. Aber wenn sie dies fertiggebracht haben sollte, warum ging sie offen mit ihrem Fluchtplan um? Müsste sie nicht damit hinterm Berg halten? Einerseits. Andererseits hatte Darja nicht damit rechnen können, Inse in Timmendorf zu treffen. So überrumpelt, hatte sie die Sache mit dem Bodensee möglicherweise ausgeplaudert, ohne es zu wollen.

Oke starrte in die Ferne. Er sah durch die flanierenden Touristen hindurch. Es gab in diesem Fall ziemlich viele Verdächtige. Für seinen Geschmack zu viele.

»Das ist doch komisch, oder?«, wiederholte Inse ihre Frage und sah ihn aus ihren himmelblauen Augen abwartend an.

»Joa.«

»Und sie hat angedeutet, dass Mika Haukes Mörder sein könnte.« Sie korrigierte sich sofort: »So hat sie es zwar nicht gesagt, aber etwas in diese Richtung. Weißt du, sie hat es aussehen lassen, als hätte Mika irgendwie Dreck am Stecken. Deshalb hat sie ihm gekündigt. Und das Schiff will sie …«

»Ich weiß«, raunzte er missmutig. »Und du sollst nicht in meinen Mordfällen ermitteln. Das kann auch mal brenzlig werden.«

Seine Gattin fasste sich mit dramatischer Geste an die Stirn und ließ sich dabei in ihren Stuhl zurückfallen. »Gefährlich? Ich bitte dich! Du redest zufällig über meine Familie«, meinte sie sichtlich gekränkt.

»70 Prozent der Morde werden in der Familie verübt.« Auch etwas, was sie als Polizistenfrau wissen musste. Und etwas, was er in diesem Fall leider durchaus in Betracht zog.

»Du willst damit sagen, die Frau meines Cousins geht hin, schneidet ihrem Ehemann den Fuß ab und bringt ihn zusätzlich um? Damit sie an den Bodensee kann?«

»Wohl bekomms!« Der Kellner stellte einen bis zum Rand gefüllten Humpen vor dem Kommissar ab. Das Bier schäumte über und Oke schnappte sich das Glas, um das meiste zu retten, bevor es am Rand herunterlief. Kühles Bier rollte über seine Zunge in den Gaumen. Mann, das tat gut. Genießerisch schloss er die Augen. Einen Moment Ruhe. Nur einen einzigen! Ohne Mord, Anschuldigungen und Zweifel.

»Habe ich dir doch gesagt, dass das der Kommissar aus Hohwacht ist«, hörte er eine Stimme sagen, die ihm mehr als bekannt vorkam. Oke schlug die Augen auf: Dauerurlauber Horst Wieczorek nebst Begleitung, eine korpulente Frau in wattierter Weste, hatte direkt vor seinem Tisch an der Absperrung zur Terrasse Halt gemacht und unterhielt sich ungeniert über ihn. »Der Oltmanns fühlt sich wohl so bedeutend, dass er hier im Café Prominent rumsitzt. Dabei hat er den Mord noch gar nicht aufgeklärt.«

## STEFAN

Im Boxstall »Ring Frei Kiel« war es um diese Uhrzeit vergleichsweise ruhig. Später würde hier der Bär steppen. Es war Kampftag. Er saß mit zwei seiner Kumpels vorn am Ring auf einem der harten Stahlrohrstühle und wartete auf den ersten Fight. Alle drei hatten einen Energydrink Marke »Monster Punch« in der Hand.

Stefan war in Gedanken woanders.

»Ey«, motzte Carlos von links, »wir sind hier beim Boxen, nicht auf einer Beerdigung!«

»Ich geb dir gleich Beerdigung«, entgegnete Stefan.

Jemand hatte eine Zeitung auf einem Stuhl liegenlassen. Er zog das Blatt zu sich rüber. »Wer ist der Fußripper?«, stand riesengroß auf der ersten Seite. Sie hatten den Quadratlatschen also gefunden, schneller als erwartet.

Ein heftiges Gefühl durchströmte ihn, Glück gepaart mit Aufregung und ein bisschen Stolz: Gleich sein erster Auftragsmord hatte es auf die Titelseiten geschafft. Respekt.

Das Handy in seiner Gesäßtasche vibrierte. Stefan erkannte die Nummer auf dem Display und wunderte sich, dass ausgerechnet diese Person ihn kontaktierte. »Ja?«

Im Hintergrund ertönten aufmunternde Pfiffe, als die ersten beiden Leichtgewichte in den Ring stiegen. Keine großen Namen. Er würde nichts verpassen. Trotzdem moserte Carlos: »Oh Mann, musst du unbedingt mit deiner Oma telefonieren, oder wie? Jetzt geht doch das Gekloppe los!«

»Eine Sekunde, ich muss mal eben den Standort wechseln«, sagte er in das Telefon.

Er wollte sich ins Männerklo verziehen, aber die Tür wurde von zwei Frauen belagert, die ihn mit ihren aufgeklebten Wimpern anklimperten. »Na, Süßer – haste mal eine Kippe?«, baggerte bereits die erste, die mit den hochtoupierten Haaren. Sie stand leicht x-beinig da, als könnte sie auf ihren High Heels keinen Halt finden. Er versuchte, sich an den Schnepfen vorbeizudrücken, den Hörer am Ohr. Doch die mit dem Haar-Helm hängte sich an seinen Hals und lachte ihm ins Gesicht. Abgestandener Rauch, Alkoholdunst, vermengt mit einem Hauch Knoblauch wehte ihn an. Nicht sexy.

Die Frau am anderen Ende der Leitung wurde ungeduldig. »Soll ich mir jemand anders suchen?«

»Äh, nein, Sekunde!«, sagte er und riss sich mit der freien Hand gewaltsam von der Frau an seinem Hals los.

Endlich stand er im Waschraum und lehnte sich von innen gegen die Tür, um zu verhindern, dass ihm die Puppen folgten. Er atmete erleichtert aus, als er feststellte, dass sich niemand außer ihm in dem tristen Raum mit den zwei emaillierten Waschbecken und den beiden beleuchteten Spiegeln befand. Er stieß die Klotüren nacheinander mit dem Fuß auf, alle Kabinen waren definitiv leer. »Ich höre«, sagte er nervös.

Sie nannte ihm einen Namen und eine Adresse. Überrascht registrierte er, dass er bereits den nächsten Auftrag bekam! Das ging ja schnell.

Ob er sich nach der Bezahlung erkundigen sollte? Ob ein paar Scheine mehr drin wären? Die Zeitungen schrieben über ihn. Man könnte meinen, er sei so etwas wie eine lokale Berühmtheit: der Fuß-Killer. »In der Zeitung stand ja was über den Fuß…«, setzte er an.

Die Frau am anderen Ende begann zu zetern. Erst verstand er nicht, was sie sagte, aber dann hörte er zwei Mal das Wort »Leichenschänden« aus dem wütenden Geplärre heraus.

»Ekelhaft!«, schimpfte sie. »Krank, widernatürlich, abnorm!«

Seine Idee, die Sache kreativ anzugehen, hatte seine Auftraggeberin offenbar nicht überzeugt. Er murmelte eine Entschuldigung.

Das Gespräch wurde von einem hochaufgeschossenen Jugendlichen unterbrochen, der die Tür in seinem Rücken gewaltsam aufdrückte, hereintaumelte und sich dann mitten auf die Fliesen erbrach. Die Kotze spritzte durch den schmucklosen Raum und Stefan stieg ein bitterer, gallenartiger Geruch in die Nase.

Während er versuchte, nicht zu atmen und nicht auf die braunen Stücke auf seinem Schuh zu starren, gab sie ihm letzte Anweisungen durch. Stefan riss sich jetzt doch ein Papiertuch aus dem Spender, wischte damit über seinen

Turnschuh und machte, dass er rauskam. Stimmengewirr umfing ihn. Der Boxstall füllte sich merklich. Die beiden abtörnenden Tussis sah er glücklicherweise nirgends.

»Okay«, rief er gegen den Lärm im Boxstall an. »Jaja – ist so gut wie erledigt.« Er bahnte sich seinen Weg an zurechtgemachten Frauen und Männern in protzigen Anzügen vorbei. Die Luft war zum Schneiden dick, viel zu heiß, viel zu parfumdurchtränkt. Er wollte weg hier. Da klammerte sich wieder die Toupierte an ihn. Sie hatte ihn in dem Gewühl entdeckt. Ihr langer Arm umschlang seinen Hals, zerrte an seinem Hemdkragen, schnürte ihm die Luft ab. Boah, war die high. Ihre Lippen streiften sein Ohr: »Mich wirst du so schnell nicht wieder los!«

Hinter ihm schlug die Glocke zum Ende der Runde und er überlegte, ob er die Alte k. o. hauen könnte. »Pass auf«, sagte er ihr laut und deutlich ins Gesicht, damit es auch ihr vernebeltes Resthirn erreichte. »Ich hab keinen Bock, fangen zu spielen.«

»Fangen?«, echote sie.

»Das Einzige, was ich mir bei dir einfangen kann, ist ein Tripper, das Einzige, was du dir von mir einfangen kannst, ist eine Ohrfeige!«

Verdutzt sah sie ihm hinterher.

Er hatte einen Auftrag auszuführen. Und was ihm überhaupt nicht schmeckte war die klare Anweisung seiner Auftraggeberin, diesmal alle Füße an Ort und Stelle zu lassen. Dabei war er drauf und dran, sich einen Namen zu machen: der Fuß-Killer von Schleswig-Holstein. Kreativität wurde heute einfach nicht mehr geschätzt.

# WENCKE

»Und du bist dir sicher, dass es echtes Geld ist?«, fragte sie ihren Überraschungsbesuch zum zweiten Mal.

Malgorzata Rieken, die höchst selten im Fischhus aufwartete, musterte sie verkniffen aus ihren goldschattierten Augen. Oder besser aus einem Auge. Das andere wurde von einer Feder verdeckt, die in einem zierlichen Stirnband steckte. »Natürlich!« Sie rollte wie immer, wenn sie sich aufregte, hörbar das »R«. »Ich bin Geschäftsfrau – ich weiß, wie sich echtes Geld anfühlt. Außerdem habe ich einen Schein gegen das Licht gehalten: Wasserzeichen, Sicherheitsfaden, Porträtfenster – alles vorhanden!«

Wencke musste zugeben: Wenn sich jemand in Hohwacht mit Geld auskannte, dann die knausrige Malgorzata, die ihr kleines Hotel an der Strandpromenade seit Hermanns Tod allein führte. Also musste die Sache mit dem Geldkoffer stimmen, so unglaublich es sich anhörte.

Interessiert betrachtete Wencke die Pensionswirtin. Neuerdings schien Malgorzata Rieken auf Männersuche zu sein. Oder ihr neuer Stil lag an »Downton Abbey«, der Historienserie, die in Dauerschleife bei ihr lief. Jedenfalls kleidete sie sich im Unterschied zu früher sehr auffällig: Für ihren Besuch in der Fischbude hatte sie sich in ein goldenes Charleston-Kleid mit unzähligen Fransen gepresst und um ihren schlaffen Truthahnhals trug Malgorzata eine Perlenkette, die ihr bis zum Bauchnabel reichte. Die Person, die vor Wencke auf dem Barhocker saß, sah aus, als wäre sie den 20ern entsprungen und nicht der 70er-Jahre-Küche ihres kleinen Strandhotels.

Wencke hakte nach. »Und was ist das für eine Type?«

Die Frau auf dem Barhocker reagierte ungehalten: »Was meinst du mit dieser Frage? Wieso Type? Reich ist er, das steht mal fest.«

Wencke überlegte, ob Malgorzata Rieken vorhatte, mit diesem mysteriösen Geldsack anzubandeln, und deshalb die Gatsby-Klamotten trug, die nur aus einer Verkleidungskiste stammen konnten. Sich mit diesem Mann einzulassen, wäre möglicherweise sogar gefährlich: »Rede besser mal mit Oschi!« Damit war das Thema für sie durch. Das heißt, einen kleinen Seitenhieb konnte sie sich nicht verkneifen: »Oder möchtest du bei mir etwas bestellen?« Als Fischbudenbesitzerin war sie schließlich genauso Geschäftsfrau wie die Hotelbesitzerin. »Ich könnte dir im Handumdrehen ein Algen-Glück mixen!«

Malgorzata wich einen Schritt zurück. Also doch Hausmannskost statt ayurvedischer Ganzheits-Cuisine. »Nein, danke! Ich will zu Oschi. Deshalb bin ich tatsächlich hergekommen. Ich wollte schon gestern vorbeischauen, aber dann reiste diese Gruppe von Schweizern an! Ich könnte dir Geschichten erzählen. Einer hat seinen 50. Hochzeitstag vergessen. Du hättest seine Frau mal hören sollen …« In Erinnerung daran verzog sie das Gesicht. Unvermittelt meinte sie: »Ich dachte, Oschi isst vielleicht gerade was bei Jan. Was Leckeres. Aber draußen war er nicht, deshalb wollte ich gucken, ob er sich versehentlich in deinen Dschungel verirrt hat.« Fettnapf-Volltreffer!

Sowieso: Was Leckeres? Was sollte das heißen? Ihr Algen-Glück gehörte ja wohl eher zu den Köstlichkeiten, die das Küstendorf zu bieten hatte, als Jans Fertig-Kartoffelsalat aus dem Eimer. Beleidigt drehte sich Wencke um und widmete sich hingebungsvoll dem Kleinschneiden von frühlingsfrischen Bärlauchblättern. Heute stand eine sämige Suppe mit Knollensellerie und Kartoffeln und Hafercreme auf dem Programm. Von ihr aus konnte der Geldsack Malgorzata auch als Geisel nehmen.

»Na, dann geh doch zu Jan«, meinte sie über die Schulter.

Die Pensionswirtin verstand den Wink. Sie versuchte einzulenken. »Nächstes Mal trinke ich etwas bei dir, liebe Wencke. Auch wenn ich nicht weiß, ob ich so etwas überhaupt vertrage. Aber du wirst verstehen, dass ich wieder losmuss. Man hat schließlich das erste Haus am Platz.«

Höchstens das erste Haus, das hier gebaut wurde. Seit Hermanns Tod hatte die doch nichts mehr in die Bude investiert. Wencke grollte vor sich hin, während sie den Bärlauch malträtierte. Die altmodischen Kiefernholzbetten waren garantiert die gleichen wie anno dunnemals. Da hatten wahrscheinlich schon Schmidt-Rottluff und seine Freunde drin genächtigt. Kurz nach dem Ersten Weltkrieg. »Natürlich«, erwiderte sie, »aber lass dir gesagt sein, Smoothies sind wie ein Spülgang für den Darm. Die sollen sogar gegen Falten im Halsbereich helfen …«

Malgorzata drehte wütend mit schwingenden Fransen ab und stolzierte aus dem Fischhus.

*

*Ostsee*
*Sinnlich bewegend, salzig und*
*Sanft,*
*Sandig anregend, schwappend*

*Ans Land,*
*Abweisend eisig,*
*Umschmeichelnd warm, egal, wie*
*Du bist – immer mein Schwarm.*

Annette Kemp, Mitarbeiterin der Bremer Bildungsbehörde

# FREITAG

## CARMEN

»Das ist ja wirklich alles sehr merkwürdig«, meinte Carmens Mutter. »Vielleicht solltest du damit doch zu Oke Oltmanns.«

Sie hatte ihre Mutter in aller Herrgottsfrühe angerufen, weil sie die ganze Nacht überlegt hatte, was sie tun sollte. Sie wollte nicht zu Hause anrufen, um Martin nicht zu beunruhigen. Und die Polizei zu informieren, hatte sie letztlich doch nicht gewagt, nachdem Rahel wie gewohnt, nur etwas blasser und noch stiller als sonst, zum Abendessen erschienen war. Vielleicht sah sie Gespenster. Nach einer Woche Schullandheim.

»Zu Oltmanns? Na, schönen Dank auch.« Sie gab sich kesser, als sie sich fühlte.

»Kind, sei nicht frech. Oschi zeigt es möglicherweise nicht immer, aber er ist ein Guter. Der wird sich kümmern, glaub mir.«

»Du nennst ihn Oschi?« Sie konnte sich nicht einkriegen: »Oschi?« Seit sich ihre Mutter während eines Urlaubs mit dem örtlichen Strandkorbvermieter und Hobbykünstler Johann-Magnus Kreyenborg liiert hatte, schien sie völlig in der Dorfgemeinschaft aufzugehen. »Dein Oschi ist ein Raubein!«

»Carmen, bleib bitte beim Thema!«, tadelte Maria. »Schreib wenigstens dem Schulleiter eine E-Mail.«

Sie hielt es für keine gute Idee, den Rektor wild zu machen. Der Mann hatte ohnehin ein nervöses Magenleiden. Diesen Job hatten außerdem lange die Reporter mit Bravour erledigt. Sie hatten den Schulleiter für die Abendnachrichten vor die laufende Kamera gezerrt und nach dem Fuß befragt. Totaler Blödsinn, da die Klasse den Körperteil nie zu Gesicht bekommen hatte. Carmen sah zur Uhr. »Mama, ich muss Schluss machen. Gleich gibt es Frühstück und ich bin noch nicht angezogen. Wir sehen uns wie abgemacht heute am frühen Abend, in Ordnung? Wenn ich Cedrik überhaupt loseisen kann. Er genießt es wirklich sehr, mit seinen Freunden hier am Strand zu sein.« Jonas und sie hatten mit vereinten Kräften versucht, die Klassenfahrt so normal fortzusetzen, wie es angesichts der Ereignisse ging.

»Ach, und ich dachte, die Kinder trauen sich vielleicht gar nicht mehr ans Wasser. Ich fand es sehr seltsam, dass da keine von diesen sogenannten Lehrerinnen mal einen Psychologen angefordert hat.«

Und wenn eine Psychologin angefordert worden wäre, wäre es ihrer Mutter auch nicht recht gewesen. Wahrscheinlich hätte sie in dem Fall beklagt, dass eine solche Reaktion völlig übertrieben wäre. »Ach, Mama«, erwiderte Carmen deshalb nur und erreichte zumindest, dass ihre Mutter das Therapie-Thema fallenließ.

Als sie aufgelegt hatte, zog sich Carmen nachdenklich an und nahm sich vor, endlich der Geschichte mit Rahel auf den Grund zu gehen. Falls die Religionslehrerin zart besaitet war, konnte das Verbrechen selbstverständlich eine Erklärung für ihren angeschlagenen Geisteszustand sein. Etwas in ihr regte sich. Erinnerungen blitzten auf: Hatte der Streit nicht bereits vor dem Tauchausflug begonnen? Sie sah die Lehrerinnen bei dem Ausflug zum Camp wieder vor sich. Hatte er – definitiv. Also konnte der Fuß die Lage bestenfalls verschlimmert haben. Und was steckte hinter »Er, der Herr, dein Gott wird diese Leute ausrotten vor dir, einzeln nacheinander …«? Gehörte Rahel Zimmermann vielleicht einer gefährlichen Sekte an? In dem Fall sollte sie dafür sorgen, dass die Frau von der Schule flog.

Als sie an die Treppe kam, roch es im Haus bereits nach warmem Kakao. An der Treppe traf sie auf Jonas. »Warte mal.« Jonas drehte sich um. Als sie dicht vor ihm stand, fragte sie leise: »Weißt du, was da zwischen den Lehrerinnen los ist?«

So wie Jonas den Mund zusammenpresste, würde sie nichts aus ihm herausbekommen. Doch ein Blick mit Mutter-Erfahrung genügte, um festzustellen, dass er etwas wusste.

»Komm, sag schon: Worüber streiten die?«

Jonas zuckte die Schultern. Er hatte ein breites Kreuz, was ihr bisher gar nicht aufgefallen war. Wahrscheinlich, weil er immer diese albernen, geringelten T-Shirts trug. »Keine Ahnung. Frau Zimmermann ist irgendwie seltsam.« Er befingerte unsicher seine picklige Stirn, als könnte das den Gedankenfluss anregen.

»Das finde ich auch! Erzähl, wieso findest du sie komisch?«

Er zögerte erneut, offenkundig zu schüchtern, um seine Meinung über die Lehrerinnen herauszuposaunen. Als sie ihn weiter mit Blicken durchbohrte, schien er sich einen Ruck zu geben und sagte leise: »Ich habe sie einmal durchs offene Fenster gehört, als ich unten auf der Bank saß … Da hat sie was echt Gruseliges gesagt.«

»Was denn? Hat es wie ein Gebet geklungen?«, sprudelte es aus ihr hervor.

Jonas sah überrascht hoch: »Ganz genau! Sie sagte wörtlich: ›Eure Hände sind mit Blut befleckt‹.«

»Das hört sich nach einer Anklage an«, meinte Carmen nachdenklich. »Was hast du noch mitgekriegt?«

Jonas schien sich innerlich zu winden. »Ich habe nicht gelauscht! Ich habe nur zufällig gerade frische Luft geschnappt. Ich hatte Kopfschmerzen.«

Da bist du nicht der Einzige. Ihr eigener Schädel brummte seit gestern praktisch ununterbrochen. Dass man Jonas aber auch jeden Satz aus der Nase ziehen musste. »Jaja, aber hast du zufällig noch etwas anderes von dem mitbekommen, das sie gesagt hat?«

»›Die Wahrheit wird euch frei machen‹«, rezitierte Jonas widerstrebend. Seine abgewandte Körperhaltung in Richtung Diele zeigte deutlich, dass er sich bei dem heimlichen Zwiegespräch unwohl fühlte. »Ich denke, wir sollten jetzt mal wieder zu den anderen gehen«, schob er hinterher.

Carmen ließ den FSJler ziehen. In ihrem Kopf wiederholte sie die gehörten Sätze: »Eure Hände sind mit Blut befleckt.« Und: »Die Wahrheit wird euch frei machen.« Was hatte das alles zu bedeuten? Waren es tatsächlich Gebete? Bibelverse? Nichts von all dem?

# OKE

Die Kollegen aus Hamburg hatten Otto Willenbrocks Alibi bestätigt. Sie hatten Hotelpersonal und Seminarleiter befragt und alle Befragten schworen Stein und Bein, dass sich der Kapitän nicht aus dem Hotel bewegt hatte. »Er saß die gesamte Zeit in der Lobby. Manchen Leuten gefällt es, Hotelgäste zu beobachten – dachten wir. Dann stellten wir fest, dass er den Gästen unauffällig seine Prospekte zusteckt. Sehr geschäftstüchtig, aber bei uns nicht unbedingt gern gesehen«, zitierte ein Hamburger Kollege den Direktor des Hotels.

Otto hatte also ein Seminar besucht und zugleich Werbung für sein Bestattungsschiff gemacht – und damit alle Augen auf sich gezogen.

Seufzend nahm er seine Warnweste vom Haken. Wenigstens konnten sie Willenbrock vorerst aus der Reuse lassen. Wieso redete er jetzt schon Anglerlatein? Das kam davon, wenn man zu viel Freizeit auf Fischerbooten verbrachte. Mit einem Klick ließ er den Verschluss des Fahrradhelms zuschnappen. Oke hatte sich vorgenommen, ins kleine Hotel an die Strandpromenade zu radeln. Es konnte nicht schaden, sich Malgorzatas Tolstoi anzusehen, zumal Malgorzata ihn noch angerufen und am Telefon leicht beunruhigt geklungen hatte. Da schrillte das Telefon erneut.

Heiner Dubbels, früher die Seele der inzwischen geschlossenen Polizeistation Selent, scheuchte ihn auf: »Oschi, sieh zu, dass du deinen Hintern ins Schullandheim bewegst.«

Ging's noch? Nich to glöven, wie Heiner mit ihm sprach. Das musste an seiner Versetzung nach Lütjenburg plus der unverdienten Beförderung zum Hauptkommissar liegen. Die ganze Zeit mit nackigen Füßen im Revier herumhüpfen und dazu eine fette Gehaltserhöhung kassieren. »Kannst du das wiederholen?«, donnerte er.

»'tschuldigung, Oschi«, beeilte sich Heiner hinterherzuschieben, »aber ich dachte, es wäre gut, wenn ich deinen Puls beschleunige. Damit du einen Zahn zulegst: Das ist Psychologie! Habe ich im Wartezimmer meiner Fußpflegerin gelesen.«

Wenn Dubbels nicht gleich aufhörte, dummes Zeug zu reden, würde er ihn durch den Hörer ziehen: »Zur Sache!«

Oke konnte sich vorstellen, wie Dubbels' Adamsapfel vor Aufregung zappelte. »Folgendes: Eine Carmen Bachmann hat hier angerufen, eine von den Lehrerinnen ist verschwunden.«

Wo Carmen Bachmann war, schien das Chaos nie fern. Oke kannte die Hamburgerin noch aus anderen Zusammenhängen, die mit einem Mord vor einigen Sommern zu tun hatten. Aktuell unwichtig. Vom Berliner Platz zum Schullandheim war es ein Katzensprung. Mit dem Fahrrad dauerte der Weg höchstens fünf Minuten. Oke legte den Turbo-Gang ein und schaffte ihn in vier.

Hilla sah nicht so aus, als hätte sie ihn erwartet. Sie stand in ihrer Kittelschürze vor der Groot Dör und schnippte ernüchtert einen Zigarettenstummel weg, als er vom Rad stieg. »Was willst du schon wieder?«, erkundigte sie sich nicht eben freundlich.

»Ihr habt doch die Polizei gerufen«, hielt er ihr unwirsch entgegen und wischte sich den Schweiß von der Stirn. Heißer als unter diesem Helm konnte es auch unter einer der

Buckmannschen Trockenhauben am Lütjenburger Marktplatz nicht sein.

Der verkniffene Zug um Hillas Mund blieb. »Wer soll das getan haben?« Sie wirkte einigermaßen verwirrt. »Also ich nicht!«

»Carmen Bachmann.«

Ihr schien etwas aufzugehen. »Ach so. Ah. Ich verstehe … Ja, dann komm mal rin in die gute Stube.«

Oke ließ sich von Hilla zwischen den Frühstückstischen in der Diele hindurchführen. Im Rücken spürte er die Blicke einiger Schüler, die sich in dem großen Raum aufhielten.

Carmen Bachmann kam ihnen von oben entgegen: »Oh, Herr Oltmanns, gut, dass sie da sind! Am besten, wir gehen gleich hoch. Folgen Sie mir.« Geschäftig zeigte sie ihm den Weg in das Dachzimmer, das die Lehrerin nach ihrer Ankunft an der Ostsee bezogen hatte. Die niedrige Tür stand sperrangelweit auf.

»Rahel Zimmermann war hier oben eingesperrt – gegen ihren Willen. Ich weiß das, sie hat es mir selbst gesagt. Beim Abendessen schien zwar alles wieder in Ordnung zu sein, aber jetzt ist sie weg!«, lieferte sie ihm atemlos eine Zusammenfassung, während er noch auf der steilen Stiege stand und den Kopf einzog, um nicht gegen die Holzdecke zu stoßen.

Im Raum angekommen stellte Oke den Blick auf Polizei-Scan. Erstes Resultat: kein Blut. Zweites Resultat: keine Kampfspuren. Auf den gebohnerten Holzdielen lag ein weißes Kopfkissen, als wäre es bei einer kindischen Kissenschlacht versehentlich aus dem Bett gepurzelt. Auf dem Nachttisch registrierte er etwas, was im Gegensatz zu dieser Vorstellung stand: eine Bibel. Oke nahm jedes

Detail im Zimmer wahr, während er halb geduckt um das Bettgestell aus Kiefernholz herumging. Es stand in der Schräge des Dachzimmers. Sein Blick wanderte zum geöffneten, bodentiefen Fenster. Eine Neuerung in dem alten Gebäude, die sicher dem Brandschutz diente. Über die Feuerleiter an der Fassade hätte die Lehrerin das Haus leicht und vor allem ungesehen verlassen können.

»Ist das der Koffer von Frau Zimmermann?«, erkundigte er sich bei der jetzt ebenfalls oben eintreffenden Hilla und deutete auf einen schwarzen Rollkoffer in der Ecke bei der Tür.

Die Hausherrin nickte wortlos.

Eine jugendlich klingende Stimme sagte hinter ihm: »Sie scheint nicht abgereist zu sein, das wäre ja auch zu merkwürdig!«

Oke drehte sich nach der Stimme um. In der Tür stand die zweite Lehrerin – Zoe Petridis, die Hippie-Frau, die er vom Unglücksausflug der Walschützer kannte.

»Vielleicht ist sie nur am Strand spazieren! Heute haben wir kein großes Programm für die Schüler vorgesehen.«

Oke brummelte eine Antwort, während er versuchte, eine Stelle im Raum zu finden, an der er mit seinen über zwei Metern aufrecht stehen konnte.

Carmen meldete sich zaghaft: »Sieht das nicht nach einem Kampf aus?«, fragte sie kleinlaut und zeigte auf das Kopfkissen. Schaute wohl zu viel Krimis!

»Na ja«, antwortete Oke, »ein Kissen auf dem Boden macht noch keinen Kampf.«

Oke registrierte, dass die beiden anderen Frauen Carmen Bachmann bereits tadelnde Blicke zuwarfen, als sei sie eine Schülerin. »Also mir ist auch schon mal ein Kissen runtergefallen, das ich nicht gleich aufgehoben hab – aber da hat niemand die Polizei gerufen«, meinte Hilla spitz.

Carmen Bachmann sah aus, als wollte sie etwas sagen, tat es aber nicht. Oke betrachtete das Gesicht der Mittvierzigerin. Sie sah blass und ehrlich besorgt aus.

Er räusperte sich. »Rufen Sie an, wenn Frau Zimmermann zurückkommt.« Eigentlich suchte die Polizei keine Erwachsenen. Aber irgendetwas an Hilla Bärs und Zoe Petridis' Verhalten störte ihn. Die beiden Frauen waren ihm etwas zu eifrig dabei, das Verschwinden der Religionslehrerin zu bagatellisieren. Oder es lag an Carmen Bachmanns Mienenspiel. Kurzentschlossen forderte er sie auf: »Frau Bachmann, ich hätte Sie gern was gefragt. Draußen.«

Zoe hob das Kissen auf und lächelte ihn munter an. »Danke, Herr Oltmanns, fürs Kommen!« Die spielte ihm doch etwas vor!

Carmen stand draußen auf dem betonierten Vorplatz in der Sonne und blinzelte, als müssten sich ihre Augen an das grelle Licht gewöhnen. Eine Brise vom Meer erfasste ihr Haar und sie strich sich eine helle Strähne hinters Ohr. »Mir ist klar, dass ich Ihre Zeit nicht hätte in Anspruch nehmen dürfen – für diese Sache. Tut mir leid«, entschuldigte sie sich in vorauseilendem Gehorsam.

Er brummte undeutlich: »Wirklich?« Er wusste, er wirkte auf einige Frauen zwar unsensibel, aber er hoffte, sie würde ihm erzählen, was sie belastete.

Sie druckste herum. »Nicht wirklich. Ich verstehe nur selbst nicht ganz, was hier abläuft. Jemand hat die Tür tatsächlich zugesperrt. Ich habe es selbst überprüft. Ich stand doch davor. Und Frau Zimmermann hat drinnen wirres Zeug geredet. Und vorher, also die ganzen Tage vorher, hat sie sich mit Frau Petridis gestritten. Und auch mit Hilla Bär. Die wurde sogar handgreiflich. Also zumindest wirkte es sehr grob, wie sie Rahel Zimmermann an der Schulter festhielt ... Ich denke, Frau Bär und Frau Petridis wollten Frau Zimmermann von irgendetwas abhalten. Aber von was?« Carmen Bachmann rieb sich die Schläfe, als hätte sie Migräne. Doch sie fuhr mit ihren Überlegungen fort: »Da muss irgendwas vorgefallen sein. Rahel Zimmermann hat gedroht, sie würde es verraten, einer Darja, aber die kenne ich nicht. Und ich weiß nicht, was ›es‹ ist. Ich habe keine Beweise, dass man sie entführt hat oder so was. Ich will auch keinen Ärger mit Frau Petridis. Sie ist die Lehrerin meines Sohnes – nur, als Rahel Zimmermann plötzlich verschwand, musste ich doch etwas tun!«

Sie zögerte, als ob sie noch etwas sagen wollte, aber sich nicht traute.

»Menschenskinners, raus mit der Sprache!«, forderte Oke sie auf.

Carmen schluckte. »Rahel hat gesagt: ›Eure Hände sind mit Blut befleckt.‹ Das hat unser FSJler gehört. Sie hat noch andere seltsame Dinge von sich gegeben.«

Oke hakte nach: »Mit Blut befleckt?«

»Es könnte nur ein Gebet gewesen sein, meint Jonas«, schränkte sie hastig ein. »Nur, weil doch dieser Fischer Büsing umgebracht wurde ...«

Bevor sie weitersprechen konnte, steckte Hilla den Kopf zur Tür heraus. »Immer noch hier?«, erkundigte sie sich bei Oke. Und meinte dann an Carmen gerichtet: »Cedrik will seiner Mutter sein Kunstwerk zeigen. Es ist umwerfend!«

Endlich Mittagspause. Mit hängendem Magen schleppte sich Oke an den Rosen vorbei, die laut Inse ebenso bei Prinz Charles in Highgrove wuchsen wie bei ihnen am Möwenweg. Umständlich kramte er in der Hosentasche nach seinem Haustürschlüssel. Er lauschte nach einem Brutzeln aus der Pfanne. Im Haus blieb es still. Stattdessen vernahm er Schritte hinter sich auf dem mit Unkraut überwucherten Kiesweg.

»Oschi, steh hier nicht rum. Mach Platz.« Inse war bereits von hinten an ihn herangetreten und schloss jetzt mit ihrem eigenen Schlüssel auf. An ihrem Arm baumelte ein offensichtlich schwerer Einkaufskorb, aus dem ein Bund Möhren und allerhand anderes Grünzeug ragten.

Seine Hoffnung auf ein Schnitzel schwand.

»Ich mach uns schnell Spaghetti mit Möhren und Algen. Du kannst schon mal die Möhren kleinschnibbeln, ja?«

Oke versuchte zu protestieren, auch wenn dies bisher nie Erfolg gezeigt hatte: »Ich mag keine Möhren. Ich bin ja kein Kaninchen. Außerdem bin ich k. o. Du glaubst gar nicht, was heute alles los war.«

Als Antwort reichte Inse ihm den Sparschäler. »Bei mir war auch einiges los«, konterte sie. »Ich war nämlich noch bei Darja, um sie daran zu hindern, die ›Loreley‹ zu verkaufen.«

Inse hatte ihm den Rücken zugedreht, weil sie zwischen Reis und Linsen nach der Spaghetti-Packung im Küchenschrank kramte. Der alte Bauernschrank hatte inzwischen die gleiche schlammgrüne Farbe wie die Wände. Oke hatte die gesamte Küche in dem deprimierenden Ton streichen müssen, weil das angeblich modern war. Oke starrte eine Weile auf den Sparschäler und fragte dann verwundert: »Wieso?«

Inse wandte sich um und zeigte mit dem Nudel-Pack auf ihn, als hätte er etwas verbrochen: »Weil dein Mütze dann arbeitslos wäre!«

»Wieso mein Mütze?«

»Bist du mit ihm Fischen gewesen oder ich?«

Inse schien vergessen zu haben, auf wessen Mist die Idee gewachsen war, auf der »Loreley« auszuhelfen. »Ich war nicht freiwillig mit!«

Seine Frau stellte einen großen Topf in die Spüle und ließ Wasser hineinlaufen. »Das spielt letztlich keine Rolle«, meinte sie. »Fakt ist, dass er keinen Job hat, wenn Darja das Schiff verkauft. Jan meinte, und das wusste ich gar nicht, dass Mütze gelernter Fischwirt ist. Er könnte sein eigenes Ding machen …«

Hatte er doch recht gehabt. Oke erinnerte sich, wie geschickt Mütze auf dem Boot gearbeitet hatte. Der Junge hatte seine Hilfe nicht benötigt, ihm aber freundlicherweise das Gefühl gegeben, nützlich zu sein. Selbst noch, als ihm klar wurde, dass Oke ihn verdächtigte, ihn verdächtigen musste. »Sein eigenes Ding auf der ›Loreley‹ machen?«, schlussfolgerte der Kommissar.

Inse wuchtete den schweren Topf auf die Herdplatte. »Genau!« Dann fiel ihr Blick auf die beiden Möhrenschalen. Er war tatsächlich nicht sehr weit mit dem Gemüse gekommen. »Oschi, das dauert viel zu lang!« Sie schnappte sich den Sparschäler und machte aus der Möhre im Handumdrehen Geschnetzeltes. Danach zerhackte sie genauso emsig die Lauchzwiebeln und presste Knoblauch.

Während Inse die Lauchzwiebelwürfel mit Knoblauch anröstete, etwas Zucker in die Pfanne gab und wartete, dass die Masse karamellisierte, verbreitete sich in ihrer Küche wenigstens ein aromatischer Duft. Im Topf begann das Wasser zu blubbern, und aus der Ritze zwischen Glasdeckel und Edelstahl stieg heißer Dampf auf.

Inse hob den Deckel ab und ließ die Spaghetti ins Wasser gleiten.

Oke brummte und überlegte, ob er es wagen könnte, sich vorab ein paar Kekse aus dem Vorratsschrank zu nehmen.

»Sieh zu, dass du den Fall löst«, meinte Inse, gerade als er unauffällig die Schranktür öffnete.

»Keine Süßigkeiten vor dem Essen!« Inse hatte offenbar Augen im Hinterkopf. Kurz darauf füllte sie die dampfenden Spaghetti in die Pfanne. »Und wo sind die abgetropften Algen?« Sie sah sich nach dem Sieb um. »Ach hier – et voilá.«

Wenn man Menschen lange genug aushungerte, aßen sie irgendwann klaglos alles, was man ihnen vorsetzte: Kopfsalat, Löwenzahn aus dem Vorgarten und sogar Rüben und Algen. Oke stand auf.

»Was machst du da?«

»Ich suche eine Tupperdose.«

»Warum?«

Oke gab ein Geräusch von sich, das Inse für Bedauern halten sollte. »Ich muss schnell noch mal los.«

»Wohin?« Inse merkte überrascht auf.

Er wollte nicht sagen, dass er das Algenzeug niemals runterkriegen würde. Deshalb sagte er: »Wegen Malgorzatas Russen, dem mit dem Geldkoffer.«

Erst wirkte sie ein wenig enttäuscht, aber dann sagte sie lächelnd: »Bring das Geld gleich mit, dann könnte Mütze die ›Loreley‹ zurückkaufen. Stell dir vor, Darja will 15.000 Euro für das Schiff. So viel Geld hat Mütze bestimmt nicht.« Das Lächeln verschwand so schnell, wie es gekommen war. »Der Junge tut mir so leid!«

Oke fühlte sich unwohl. Er hasste es, Inse anzuschwindeln, und er wollte nicht, dass sie etwas betrübte. Ihm fiel das Honigglas in seiner Werkstatt ein. Er hatte nie nachgezählt, was daran lag, dass er selbst wenig für Kreuzfahrten übrighatte. Schlangen am Buffet, nervige Mitreisende, von denen der Statistik zufolge mindestens einer zur Halbzeit über Bord ging. Und zu all dem käme hinzu, dass er nicht in seiner gemütlichen Trainingshose zum Frühstück erscheinen könnte – ohne Inses Ärger auf sich zu ziehen. Außerdem: Sie wohnten an der Küste! Strand und Meer lagen direkt vor der Haustür! Wer wollte da verreisen? Er sicher nicht.

Oke füllte eine Portion dampfende Spaghetti in die Plastikdose und fragte sich, ob es in Inses Sinne wäre, wenn er das Geld aus dem Honigglas in ein Schiff investierte. In die »Loreley« zum Beispiel.

Kurze Zeit später saß Oke an seinem Schreibtisch und leistete professionelle Polizeiarbeit im Sinne des Bürgers: Er starrte Löcher in die Luft und ordnete seine Gedanken. Jeder Kriminaler hatte dazu seine eigenen Methoden: Die einen spielten Geige, um sich zu sortieren, andere hefteten Fotos an Pinnwände und verbanden sie mit bunten Fäden – Oke brauchte dazu ein meditatives Hackepeterbrötchen. Das gab es aber nicht. Die Kekse hatte er bereits aus Frust auf dem Weg verputzt, und zwar nachdem er festgestellt hatte, dass die Bäckerei weiterhin geschlossen war und er sein Eingetuppertes nicht wie gewohnt gegen Edeltrauts Brötchenhälften eintauschen konnte. Die Renovierungsarbeiten zogen sich. Für seinen Geschmack ließ sich Edeltrauts Chef mit seinem »Rebranding« zu lang Zeit. Hohwacht ohne die Bäckerei war wie Sylt ohne Gosch.

Eine Leiche, ein im Meer treibender Fuß, dubiose Gestalten im Hotel, die er beizeiten überprüfen würde, ein schießwütiger Norweger, möglicherweise Schmuggler im Ort und jetzt noch eine nicht offiziell Vermisste. Das Leben konnte einem übel mitspielen, wenn man Polizist in Hohwacht war. Zumal, wenn man einen Kölner als Kollegen hatte. In seinem Gesichtsfeld verlagerte Gott das Gewicht und schlug ein Bein über das andere. Ein sicheres Zeichen dafür, dass er justament die Sabbelmaschine anschmiss. Er war ja auch drei Minuten ruhig gewesen, da musste er sicher bald platzen.

»Um in Kanada heiraten zu können, muss man in der Regel 19 sein«, durchbrach Vincent Gott erwartungsgemäß die Stille.

»Ich denk, ihr wollt im Sauerland heiraten.«

Der Kollege drehte die mittellangen Haare zu einem Knoten und steckte sie mit einem Spiralgummi am Hinterkopf fest. Wie der schief sitzende Bommel von Inses Wintermütze wackelte da oben jetzt ein Männer-Dutt bei jedem Kopfnicken. Dazu hatte Vincent Gott sich einen Vollbart wachsen lassen. Jetzt hatte der Kollege noch mehr an seinem Kopf zu kämmen und zu ölen. »Wir sind zurzeit in der Diskussionsphase. Ich will nämlich nicht so gerne ins Sauerland …«, sagte Vincent.

Zeit, den Kölner auf Spur zu bringen: »Google doch mal: ›Eure Hände sind mit Blut befleckt‹.«

Vincent Gott brauchte dafür keine Minute. »Bei Jesaja Vers 59 heißt es: ›Eure Untugenden scheiden euch und euren Gott voneinander, und eure Sünden verbergen das Angesicht von euch, dass ihr nicht gehört werdet. Denn eure Hände sind mit Blut befleckt und eure Finger mit Untugend; eure Lippen reden Falsches, eure Zunge dichtet Unrechtes‹«, las Vincent von seinem Lieblingsgerät ab. »Und jetzt sag mal: Wieso lässt du dir von mir Bibelverse vorlesen?«

Oke erklärte es ihm knapp. Er würde freiwillig das Eingetupperte essen, wenn hinter dem Mord keine Frauengeschichte steckte. »Also, du kannst mich ja mit 'nem Hering prügeln, für mich klingt das eindeutig so, als hätten die Damen vom Landschulheim den Mord an Hauke verabredet.«

»Ist das nicht ein bisschen weit hergeholt?« Vincent schaute ihn zweifelnd an. »Und was sehe ich da in deiner Tasche?«

Oke griff nach der Tupperdose und reichte sie wortlos rüber. Gedanklich war er schon wieder bei Hilla. Er dachte an den Blick, mit dem die Köchin die Zigarette vor dem Haus weggeschnippt hatte. Sie hatte auf ihn desillusioniert gewirkt. Als Haukes Geliebte hätte zumindest sie sehr wohl ein Mordmotiv gehabt, als der Fischer mit der Schützen-Ursel angebandelt hatte. Wenn sie zu der Zeit seine Geliebte gewesen war. Ein Wenn zu viel.

»Was geht in deinem Hirn vor?« Vincent Gott ließ einen wirklich nicht eine Sekunde in Ruhe nachdenken.

»Wat büst du wieder hibbelig!« Oke bekam immer schlechtere Laune. Erstens, weil sein Magen schon so laut knurrte, wie zu Lebzeiten Frieda, wenn Briefträger Holtermann geklingelt hatte. Zweitens hatte er lange keinen Kaffee gehabt. In diesem ausgemergelten Zustand konnte er unmöglich ermitteln. Er fühlte sich nicht mal wie ein Mensch.

»Hier, willst du deine Spaghetti zurück?«, fragte Vincent Gott auch schon.

»Nee, danke. Ich muss noch fahren.«

»Eine gewisse Geschicklichkeit im Umgang mit Messern können wir bei der Köchin eines Schullandheims an der Küste voraussetzen«, nahm Vincent den Faden auf.

Oke dachte an Vincent Gotts Befragung am Hafen. »Der Schiffsmechaniker hat gesagt, eine Schwarzhaarige hätte Hauke besucht, oder nicht? Rahel Zimmermann hatte schwarze Haare. Und nun ist sie fort.«

Der Kollege schnalzte mit der Zunge. Oke wertete das als Anerkennung für seine Kombinationsgabe.

Oke fiel noch etwas ein. »Was für Hilla Bär gilt, gilt also möglicherweise auch für Rahel Zimmermann und übrigens auch für Haukes Ehefrau. Falls Darja wusste, dass ihr Ehemann ein Verhältnis mit wem auch immer hatte ... und davon gehe ich aus.« Die Zahl der Liebschaften wurde immer größer und er wusste mit leerem Magen kaum noch, wer mit wem.

»Die Frage ist eher, wie viel Kraft es braucht, einen Fuß abzutrennen«, schaltete sich Vincent Gott wieder in seine Gedankenwelt. »Und wenn ich da noch mal auf Kanada zu sprechen kommen darf, was ist, wenn ein aus Kanada eingereister Killer den Fuß post mortem entfernte? Eine weitere Partei im Spiel sozusagen ...«

»Ich habe mal gehört, dass Knochen leicht brechen, wenn man ein in Milch aufgeweichtes Tuch über Nacht an den Fuß bindet ... da dürfte das Sägen eigentlich gar kein Problem sein«, ließ sich plötzlich Heiner Dubbels vernehmen. Er schneite geradewegs zur Tür herein. »Solche Tipps kennen die Kanadier wahrscheinlich auch.«

Während er Heiner Dubbels mit einem ungehaltenen Blick bedachte, überlegte er, was der Kollege überhaupt in ihren heiligen Hallen am Berliner Platz zu suchen hatte. Sie mussten nicht fragen. Der Neuankömmling, diesmal nicht barfuß, sondern mit weißen Tennissocken in braunen Römersandalen, sprach längst weiter: »Hallbohm schickt mich, er meint, ihr braucht Verstärkung.«

Also war der Fall der vermissten Lehrerin in der oberen Chefetage angekommen. Wahrscheinlich hatte sogar Dubbels selbst Jens Hallbohm davon erzählt.

»Muss es Kuhmilch sein? Oder ginge auch Soja- oder Hafermilch?«, fragte Vincent interessiert nach.

»Dammi noch mal to«, raunzte Oke. Wer wollte in Erfahrung bringen, wie man Knochen einweichte? Und wozu? Erst mal sollte geklärt werden, wieso der Chef Verstärkung schickte. Wobei Dubbels und Verstärkung ein Widerspruch in sich war.

»Ich habe ihm von dem Anruf aus dem Schullandheim erzählt. Außerdem habe ich nachher einen Termin bei meiner Fußgymnastin. Die hat doch ihre Praxis am Neptunweg. Also bin ich praktisch sowieso an Ort und Stelle.« Heiner Dubbels strahlte ihn an, als erwartete er Lob.

Sprachlos sah Oke sodann zu, wie Dubbels sich ächzend auf einen Stuhl setzte und die Sandalen samt Socken auszog. »Du weißt ja, Senk- und Spreizfuß«, informierte ihn der Kollege. Dann fummelte er eine Tube Creme aus der Uniformtasche, schraubte sie auf und salbte sich die Quanten. »Ich soll täglich Tanzübungen machen, barfuß, und möglichst viel mit den Füßen fühlen«, erläuterte Dubbels und hielt Oke die Orangeblütensalbe hin. »Du auch?«

»Nicht dein Ernst«, erwiderte Oke bloß. »Nur so nebenbei und ich nehme deine Fußfäule selbstverständlich ernst, aber wir reden hier gerade über den Mord an Hauke.«

»Ach, ne! Für wie blöd hältst du mich? Ich hab es an den Füßen, nicht am Kopf. Wieso seid ihr übrigens nicht im Fischhus? Da seid ihr doch sonst immer!«

Vincent Gott brachte Heiner Dubbels auf Stand. Fallmäßig und fischhusmäßig. »Du fällst wahrscheinlich vom Glauben ab, aber Jan und Wencke haben sich getrennt. Oke geht nur noch zu Jan, ich zu Wencke. Ergo: keine Lagebesprechung möglich. Riecht gut, deine Salbe.«

Oke versuchte, sich auf den Fall zu konzentrieren, was bei dem Tohuwabohu in der Dienststelle nicht einfach war. Wo war er stehen geblieben? Eifersucht. Ein verbreitetes Mordmotiv. Er fragte sich, wie Haukes Ehefrau Darja auf eine Rahel Zimmermann reagieren würde, die ihr möglicherweise gestehen wollte, dass ihr Mann mit ihr fremd gegangen war und dazu mit einer ganzen Reihe weiterer Frauen geschlafen hatte.

»Wir müssen fix zu Darja.« Die Frau eines Fischers, die eine eigene Räucherei betrieb, wusste definitiv mit einem Messer umzugehen. »Die kann alles Mögliche zerlegen: Fische, Leichen, Religionslehrerinnen …«

Vincent Gott sah ihn besorgt an, fast so, als hätte Oke den Verstand verloren.

»Wusstet ihr, dass Füße eine äußerst komplexe Struktur haben?« Heiner Dubbels hatte offenbar nicht zugehört, denn er zeigte auf seine ölig glänzende Fessel. »26 Knochen, verbunden durch 33 Gelenke, werden von über 100 Bändern zusammengehalten! Wenn man sich dann vor Augen führt, dass dazu 20 Muskeln kommen.«

Oke stöhnte. Vincent stand lachend auf: »Hauptsache, wir verrennen uns nicht.«

Oke erhob sich nun ebenfalls schwerfällig. »Und du, Heiner?«

Heiner blieb sitzen. »Ich pass aufs Telefon auf – falls die Kanadier anrufen, die Wartezeit kann ich wunderbest mit meinem Fußtraining kombinieren.«

Das wäre ja noch schöner. »Wenn du uns unterstützen willst, kannst du observieren. Geh zu ›Malgorzatas Zimmervermietung und Meer‹ und misch dich inkognito unter die Besucher, behalte vor allem reich aussehende Russen mit Geldkoffer und Skandinavier mit Jagdgewehren im Auge.«

## HORST

Er summte leise vor sich hin. Zufrieden wie immer. Das Beste an seinem Lieblingsurlaubsort war, dass dieser so wenig Überraschungen bot. Die bunten, malerischen Holzhütten zwischen dem Supermarkt und den alten Fischerhütten zum Beispiel: Sie standen seit mehr als 100 Jahren an diesem Strandabschnitt unterhalb der Steilküste. Von der Informationstafel an der Promenade wusste er, dass es bereits um 1920 ein gutes Dutzend dieser Hütten gegeben hatte. Damals der letzte Schrei: Andernorts warf man sich zu der Zeit noch in Badekarren in die langen Baumwoll-Badekleider. Die Hohwachter nutzten die Hütten auch als Wochenenddomizile, und wenn der Strandwärter kam, versteckten sie das Essen schnell unterm Bett: Kochen war nicht erlaubt.

Horst plierte ungeniert in das Fenster einer blau gestrichenen Hütte. Durch die Vorhänge konnte er nichts erkennen. Jedenfalls nicht, ob hier ein illegaler Gaskocher herumstand. Horst fühlte sich selbst als Hüter von Recht und Ordnung und verstand bis heute nicht, warum er damals als Jungspund bei der Post und nicht bei der Polizei angefangen hatte. Er gab insgeheim seinem Vater die Schuld, der ebenfalls Briefe ausgetragen hatte.

Horst spazierte über die mit dünnen Grassoden bewachsenen Sandhügel von Hütte zu Hütte, wobei er sich mehrfach nach seiner Frau umdrehte. Lotte hatte sich an einer Bude am Restaurant Seaside ein blaues Einhorn-Eis gegönnt. Schleckend trödelte sie nun wie ein Schulkind hinter ihm her. Horst trieb sie an. »Komm endlich, Lotte!« Ihm stand der Sinn nach Räucherfisch, weshalb er die Stahltreppe am Hundestrand ansteuerte. Oben an der Steilküste hatte er in einem der Gärten eine Räucherhütte entdeckt. Hier räucherten Einheimische offenbar noch selbst. Da ließ sich sicher ein Schnäppchen machen.

Horst setzte einen Fuß auf die Lochblechtreppe. »Lotte!«, wiederholte er und sprang daraufhin erschrocken zur Seite, weil ein Jogger und dessen nasser Köter an ihm vorbeiwitschten. Das Tier mit dem triefenden Fell hinterließ einen dunklen Fleck an seiner weinroten Kurhose mit Rundum-Dehn-Bund. Frechheit. »Hier gilt ab April Leinenpflicht, Freundchen!«, rief er dem Halter hinterher.

Der Jogger drehte sich nicht mal um. Horst bedauerte erneut, nicht Polizist geworden zu sein. Zu gern hätte er solchen Rüpeln Manieren beigebracht. Aber als einfacher Bürger konnte er nichts machen. Die Anscheinswaffe hatte er abgeben müssen – nach einem kleinen Zwischenfall im vergangenen Sommer. Damals hatte ihm sein Freund Vincent Gott nahegelegt, auf das Führen dieser täuschend echt aussehenden Pistole zu verzichten. Beim Tragen solcher Spielzeugwaffen handelte es sich offenbar sogar um einen Straftatbestand.

Er wartete rastlos auf Lotte vor dem Garten, in dem er den Räucherofen entdeckt hatte. Dieser stand an der Westseite des Hauses, bestand aus Eichenholz und musste eine Sonderanfertigung sein: mehr als zwei Meter hoch, etwa 80 Zentimeter breit und mit einem geschnitzten Aal an der Tür.

»Du kannst da nicht einfach reingehen.« Lotte stand jetzt neben ihm.

»Kann ich und werde ich! Das ist ein Aalautomat – mit Selbstbedienung.«

»Ein was?« Das Eis hatte eine blaue Stelle unterhalb ihrer Stupsnase hinterlassen. Er unterdrückte den Drang, den Fleck mit seinem Ärmel wegzuwischen.

»Ein Verkaufsstand zur Selbstbedienung, wie bei uns die Kartoffelkisten«, erklärte er ungeduldig, während er das Gartentörchen aufstieß. Auf Höhe des Automaten meinte er, Räucherfisch zu riechen. Mmh. Räuchermakrele auf Graubrot. Horst lief das Wasser im Mund zusammen.

Horst wollte eben nach dem Metallhaken greifen, mit dem die Tür des Schranks abgesperrt wurde. Doch er ließ die Hand sinken. Erst mal bezahlen. Er war kein Dieb. Gab es keine Preisliste, keine Kasse? Wenigstens ein Glas mit Schlitz im Deckel? Horst warf einen Blick hinter den Verkaufsstand. Nichts.

»Kommst du heute noch wieder?« Lotte stand am Törchen, die Daumen hinter die neongrünen Riemen ihres Rucksacks gehakt.

Er ignorierte sie und lief zur Haustür, um zu klingeln. Im Inneren des Hauses schellte es. Doch niemand kam, um zu öffnen. Dann würde er einen Fünfer in den Briefkasten schmeißen. Er fummelte seine Börse aus der Hosentasche. Auch das noch: nur ein Fünfziger! »Hast du Geld?«, wandte er sich an seine Frau, die immer noch vor dem Zaun stand – mit ihrem Rucksack und dem blau gesprenkelten Gesicht.

»Nein, ich glaube nicht.« Sie durchwühlte die Tasche: »Obwohl, doch, hier ist noch ein Zehner.«

Horst drückte kurz darauf den Metallhaken hoch. Die Holztür sprang auf. Statt glänzender Fischleiber an der Stange leuchtete ihm etwas anderes entgegen: das goldene Kreuz auf der Brust einer offensichtlich nicht mehr lebenden Frau. »Ach du heilige Makrele!«, entfuhr es Horst.

Perplex drehte er sich nach Lotte um. Doch seine bessere Hälfte stand zu diesem Zeitpunkt nicht mehr vor dem Gartentor – sie lag davor.

# OKE

Als wäre sie dem Leibhaftigen begegnet. Genauso sah die Tote aus. Oke musterte aufmerksam das grimassenhaft verzerrte Gesicht. Die aufgerissenen Augen, den halb geöffneten Mund. Rahel Zimmermann musste Höllenqualen in dem engen Schrank erlitten haben, auch ohne dass sie zu menschlichem Dörrfleisch geworden war. Eine Tote im Räucherschrank. Oke konnte sich ausmalen, welche Schlagzeilen bald gedruckt würden: »Nächster Horrorfund in Hohwacht: Geräucherte Lehrerin«.

Wieso hatte sie niemand schreien gehört? Vielleicht hatte man sie erst in den Kasten gesetzt, als sie tot war. Bevor er die wahrscheinlichste Antwort finden konnte, näherte sich auf dem schmalen Sandweg zwischen Steilküste und Häuserzeile ein Rettungswagen mit eingeschaltetem Blaulicht. Die Lichtblitze lockten eine alte Frau aus dem Nachbarhaus und zwei Walkerinnen an. Neugierig blieben alle drei vor dem Jägerzaun stehen, um einen Blick auf das Unglück zu erhaschen, das sich hier ereignet hatte. Das Dauer-Ärgernis, das mit bürgerlichem Namen Horst Wieczorek hieß, tätschelte im Gras kniend die Hand seiner Frau. Oke dachte kurz darüber nach, ob die Sache einen ausreichenden Anlass bot, den Postboten a. D. für ein bis zwei Wochen in U-Haft zu nehmen, kehrte dann aber zum Ernst der Lage zurück. »Nu heff ik ok dat noch an'e Back!«

»Wie bitte?« Der Notarzt sah fragend durch seine runden Brillengläser zu ihm hoch.

»Nix«, wich Oke aus.

Vincent schaltete sich dienstbeflissen ein. »Mein Kollege meckert, weil er nun noch einen Fall an der Backe hat.«

»Was ist die Todesursache?«, kam Oke zur Sache.

»Herzinfarkt – glaube ich«, meinte der Arzt und wirkte, als wollte er sich bei Vincent Gott rückversichern, der neben ihm stand.

»Mer sin katholisch, ävver mer jläuve jaa nix«, erwiderte der Kölner scherzhaft.

Der Arzt gluckste: »Katholisch und nix glauben – der ist gut! Den muss ich mir merken.«

Unbeeindruckt ließ Oke per Telefon die PM anlaufen: die polizeilichen Maßnahmen.

Horst Wieczorek kam herüber, etwas wackelig auf den Streichholzbeinen. »Da denkt man, man steht vor einem Aalautomaten, und dann ist es eine Totenlade!«

»Vincent, kannst du bitte diesen Verdächtigen in Haft nehmen?« Oke konnte einfach nicht anders. Vincent griente nur und klopfte seinem aufgewühlten Kumpel beruhigend auf die Schulter. »Oschi meint das nicht so …«

Holz splitterte, als Kollegen kurze Zeit später die Tür zu Darjas Heim aufbrachen. Oke rechnete mit allem Möglichen, aber nicht damit, dass Haukes Witwe in der Küche Tee trank, während die Tote in ihrem Räucherschrank immer mehr Aufmerksamkeit auf sich zog. Der Leichenwagen hatte bereits Schwierigkeiten durchzukommen. Aber die Herren mussten ohnehin noch warten, bis die Spurensicherung ihre Arbeit erledigt hatte.

Oke übertrug Vincent die weitere Verantwortung für den Tatort, er würde ins Schullandheim fahren, um aus

Hilla Bär herauszubekommen, was die Religionslehrerin von Haukes Witwe Darja gewollt hatte. Doch zuallererst rief er Heiner Dubbels auf dessen Diensthandy an. Während er wählte, sagte ihm sein Ermittlergefühl, nein, es schrie ihn quasi an, dass alles zusammenhing: die Mordfälle, die merkwürdigen Hotelgäste. Darja stand im Zentrum von all dem. Und er würde freiwillig eine Woche lang Algen-Spaghetti und Algen-Smoothies hinunterwürgen, wenn er nicht am Ende des Tages wissen würde, welche Rolle die Fischersfrau spielte.

Es tutete einmal, dann nahm jemand ab. Im Hintergrund Stimmengewirr. Eine Männerstimme, auffallend hoch, deutlich verstellt, meldete sich mit: »Holsteiner Stuten.«

»Was soll das heißen?«, fragte Oke irritiert. »Heiner, bist du's?«

»Ja, meinst du, ich melde mich mit richtigem Namen? Wir arbeiten doch undercover.« Es schwang aber ein beleidigter Unterton mit.

»Ja, aber Holsteiner Stuten? Wer heißt denn so? Da hätte ich mich ja lieber Meyer genannt.« Wahrscheinlich wirkte der Duft der Fußcreme geisttötend.

»Vor mir liegt ein Holsteiner Stuten auf dem Teller – kein Meyer«, raunte Heiner Dubbels gekränkt. Im Hintergrund wieder Stimmen, vermischt mit Geschirrgeklapper.

»Sind alle noch im Hotel?«, wollte Oke wissen.

»Ich weiß ja nicht, wen du meinst. Ich kann hier nicht frei reden. Der Saal ist voll. Rappelvoll. Hier ist Kaffeezeit.«

»Na, den Russen mit dem Diamantring, den Tätowierten im Nadelstreifenanzug und den Norweger«, zählte Oke auf.

»Ja, die sind alle da. Und noch jemand.« Holsteiner Stuten gab sich geheimnisvoll.

Oke brauchte keine Sekunde, um zu schalten: »Darja Büsing!«

»Genau! Haukes Witwe sitzt mit dem Russen vor der Panoramascheibe, sie genießen die Aussicht. Der Russe kippt dabei einen Sekt nach dem anderen. Was Darja trinkt, kann ich nicht erkennen. Könnte Darjeeling sein oder auch grüner Tee.«

»Ich denke, du kannst nicht reden?«, mokierte sich Oke.

»Schon gut, ich halte mir die Karte vors Gesicht. Sein Geldkoffer steht übrigens neben ihm.«

Oke ging über diese Informationen hinweg. »Wo ist der Norweger?«

»Hat sich an den Katzentisch bei den Toiletten gesetzt und ein Stück Friesentorte bestellt. Die Torte hat er aber nicht angerührt. Er fixiert Darja wie eine Möwe den Stremellachs im Brötchen eines ahnungslosen Touristen, wenn du verstehst, was ich damit sagen will: Er hat seine Jagdtasche dabei. Ich habe da kein gutes Gefühl.«

# CARMEN

In der Diele herrschte ohrenbetäubender Lärm. Zwischen den aufgeregten Kindern kam sie sich vor wie ein kaputter Plattenspieler, der immer wieder die gleiche Stelle spielte: »Schon gut. Die Polizisten machen nur ihre Arbeit.« Seit einer geschlagenen Stunde durchsuchten die Beamten das Schlafzimmer der armen Rahel.

»Was machen die denn so lange in dem Zimmer?«, nölte Cedrik.

»Das weiß ich nicht, Schatz«, schwindelte sie. Von ihr würden weder ihr Sohn noch die anderen Schüler etwas erfahren. Sie würden früh genug mitbekommen, dass ihre Reli-Lehrerin keine unliebsamen Tests mehr schreiben lassen würde.

»Uns ist langweilig«, machte sie Ben auf seine Bedürfnisse aufmerksam.

»Können wir zum Strand?«, bettelte Cedrik.

»Das geht jetzt nicht. Nehmt euch eins von den Spielen!« Sie funktionierte wie eine Maschine, aber sie fühlte sich schrecklich. Ein Beamter hatte ihr gesagt, dass Rahel Zimmermann einem Verbrechen zum Opfer gefallen sei, und sie gefragt, was sie in den letzten 24 Stunden getan hatte.

Ihr Handy klingelte. Sie beging den Fehler, den Anruf anzunehmen. Eine aufgeregte Frauenstimme drang an ihr Ohr, die sie kaum verstehen konnte, weil es in der Diele so laut war: »C-a-r-m-e-n! Sag mir sofort, was bei euch l-o-s ist! Lina hat ihrer Mutter erzählt, die Po-li-zei sei im Schullandheim?«

Trotz des hysterischen Geschreis am anderen Ende der Leitung erkannte sie in der Anruferin Bens Mutter. Carmen machte sich einen imaginären Knoten in ein ebenso unsichtbares Taschentuch, dass sie Lina ein paar Takte erzählen wollte. Schleuste heimlich ein Handy ein! Einen Sekundenbruchteil später überlegte sie, was sie Bens Mutter sagen sollte. Sie entschied sich für die halbe Wahrheit oder zumindest für eine Annäherung an die tatsächlichen Vorkommnisse in Hohwacht: »Rahel Zimmermann ist leider nicht in der besten Verfassung«, sagte sie stockend und hätte sich am liebsten dafür geohrfeigt. Nicht in der besten Verfassung – sollte Lydia je spitzkriegen, dass Rahel zum Zeitpunkt des Anrufs schon tot war, würde sie ihr die Hölle heißmachen. Was um Himmels willen redete sie da?

Bens Mutter merkte sofort, dass etwas nicht stimmte: »Rahel Zimmermann fühlt sich nicht wohl und das ruft die Hohwachter Polizei auf den Plan? Ist es das, was du mir weismachen willst?«, schnappte sie. »Kommen die da in dem Nest immer mit Mannschaftsstärke, wenn jemand Migräne hat?«

Carmen sog so tief Luft ein, dass es in der Lunge brannte, und atmete stoßweise aus. »So in etwa könnte man es ausdrücken.«

Mit gepresster Stimme erkundigte sich Bens Mutter: »Was hat Rahel denn?«

Carmen befand im Stillen, dass eine weitere Notlüge okay wäre. Schließlich ging es darum, eine Massenpanik zu verhindern: »Das wissen wir bisher nicht genau.« Das stimmte schließlich – zumindest in etwa.

Bens Mutter war nicht auf den Kopf gefallen. »Carmen, du verschweigst mir was!«

In der Leitung klopfte es an. Carmen packte die Gelegenheit beim Schopf: »Hör zu, ich muss Schluss machen. Ich glaube, der Arzt ruft mich gerade an.«

Als sie aufgelegt hatte, klingelte es erneut. Linas Mutter. Carmen drückte sie weg und stellte ihr Telefon auf stumm. Sie würde keine weiteren Elternanrufe entgegennehmen. Sie verspürte zwar ein schlechtes Gewissen den anderen Müttern gegenüber, sie selbst würde sich an ihrer Stelle ebenfalls schreckliche Sorgen machen. Zugleich fühlte sie sich unsicher, was und wie viel sie preisgeben sollte. Sie trat vor die große Eingangstür, die Groot Dör, sie brauchte frische Luft.

Nur wegen ihrer Aussage würden die Beamten Zoe nicht gleich verhaften, oder doch? Wahrscheinlich würden sie Zoe und Hilla noch einmal ausführlich befragen. Wie schrecklich, das alles! Carmen fror trotz der Sonnenstrahlen. Sie zog sich ihre Strickjacke fester um die Schultern, als könnte die sie vor der feindlichen Außenwelt schützen, und konzentrierte sich auf ihre Atmung.

Falsche Atmung war der Grund für Stress und Sorgen, hatte sie in ihrer Achtsamkeitsgruppe gelernt. Carmen schloss die Lider und nahm einen tiefen Atemzug frischer Seeluft, sog sie gierig durch die Nasenlöcher und hatte dennoch das Gefühl, der Sauerstoff käme nicht an. Ihr Blut schien unfähig, etwas davon aufzunehmen und in ihre Zellen zu transportieren. In ihrem Kopf rauschte es.

Sie durfte nicht durchdrehen. Sie versuchte eine Weile, die friedliche Szenerie des Strandes, den eiligen Strandläufer am Wasser, die Wolken am Himmel und das sacht gebogene Dünengras auf ihre angespannten Nerven wirken zu lassen, und probierte es mit Meditation: »Ich atme Ruhe ein – ich atme Ruhe aus.« Sie musste sich einfach eingestehen, dass dies nichts half und sie mit solchen Katastrophen schlicht nicht umgehen konnte. Typisch, dass es mal wieder sie traf: Kaum ging sie mit auf Klassenfahrt, kam eine Lehrkraft zu Tode.

Wieder das Handy in ihrer Hand. Da es stummgeschaltet war, gab es kein Geräusch von sich. Aber auf dem Display blinkte es. Diesmal keine Nummer, wenn sie das im Sonnenlicht richtig sah, sondern ein Name. Sie drehte das Handy in den Schatten: Maria. Die konnte sie nicht abwimmeln: »Was ist, Mama?«, fragte sie ohne Begrüßung. Ihre Nerven lagen blank, da konnte Knigge bleiben, wo der Pfeffer wuchs.

Maria hielt sich ebenfalls nicht mit Vorreden auf. »Wie konnte die Religionslehrerin in diesen Ofen kommen?« Sie klang, als gäbe sie Carmen die Schuld an diesem Umstand.

»Woher soll ich das wissen, Mama? Ich wusste ja nicht mal, dass sie in einem Ofen war. In was für einem Ofen denn? Ist sie so gestorben? Wie furchtbar!« Ihr wurde übel. »Weißt du das von deinem Oschi?«

Maria gab sich resolut wie immer und übernahm schon die Befehlsgewalt: »Es war ein Räucherofen und das weiß inzwischen das halbe Dorf. Ich hole jetzt Cedrik ab, und du kannst nachkommen, wenn die Polizei mit dir fertig ist.«

Das war typisch für ihre Mutter. Machte sie für alles verantwortlich. Hatten die Kinder schlechte Noten – wer war schuld? Carmen. Wenn die Geschwister in ihren Zimmern im Chaos versanken, wer war schuld? Carmen. Landeten ihre Lehrerinnen in Öfen war Carmen natürlich auch dafür verantwortlich. Wer sonst? Zorn überkam sie: »Was soll das heißen: ›Mit mir fertig ist‹? Soweit ich weiß, verdächtigt mich hier außer dir niemand, dass ich Frau Zimmermann dörren wollte.«

»Natürlich nicht. Sei nicht immer gleich so empfindlich, Kind! Ich sage ja nicht, dass du deine Mitmenschen absichtlich in Öfen steckst!«

»Aber unabsichtlich, oder wie?« Ihre Mutter hatte ein Talent darin, sie hochgehen zu lassen. Doch achtsam sein hieß auch, Dinge positiv zu sehen. Sie hielt inne, um der Situation etwas Bejahendes abzugewinnen: »Danke, dass du mich wenigstens für unfähig hältst, ein Verbrechen zu verüben.«

»Ich kenne dich doch, du bist mein Kind! Und du warst bisher höchstens übellaunig, was aber an deinem Mann liegt. Gewalttätig warst du jedenfalls nie ... Das würde ich jederzeit vor Gericht aussagen. Also wann sehen wir uns?«

Normalerweise nahm sie Martin vor ihrer Mutter in Schutz, aber dafür fehlte ihr nun die Kraft. »Jonas versucht gerade, einen Bus zu organisieren, der uns nach Hause bringt.«

Das schien ihre Mutter mehr aufzuregen als die Tatsache, dass sich im beschaulichen Hohwacht schon wieder ein Verbrechen zugetragen hatte: »Ihr könnt aber nicht einfach abfahren!«

Neue Wut keimte in Carmen. »Worauf soll ich warten? Eine weitere Leiche? Noch ein paar abgehackte Füße?«

Ironie hatte ihre Mutter noch nie verstanden. »Welche Füße? Jetzt redest du dummes Zeug, Kind. Ich wüsste nicht, dass der Frau im Ofen ein Körperteil fehlte. Nein, ich meine, ihr könnt nicht fahren, bevor ich mein Enkelkind einmal gesehen habe!«

Carmen gab auf, Cedrik und sie würden sich am Abend wie verabredet mit ihrer Mutter treffen, auch wenn sie nicht wusste, was die nächsten Stunden bringen würden. Nachdem sie aufgelegt hatte, ging sie wieder ins Haus, wo sie auf einen aufgelösten Jonas traf. Sein feuerrotes Haar hing ihm in die gerötete Stirn.

»Gibt keine Busse! Heute nicht, morgen nicht. Frühestens übermorgen können wir nach Hause fahren.« Der FSJler sah sie gequält an, als erwartete er Beistand: »Und wahrscheinlich muss ich der Polizei noch von blutbefleckten Händen erzählen?«

Sie nickte. »Ja, das musst du. Ich habe es bei Herrn Oltmanns aber schon erwähnt.« Als wenn ihn das trösten würde. Sie konnte dem jungen Mann nur zu gut nachfühlen: Auch sie wollte hier bloß weg. Ohne darüber nachzudenken, entschied sie: »Dann müssen die Eltern die Kinder abholen. Die Mütter rufen sowieso die ganze Zeit an. Jonas, melde dich bitte bei Bens Mutter, die soll eine Telefonkette in Gang setzen.«

## OKE

Sie hatten Zoe Petridis und Hilla Bär zur Befragung mit zur Polizeistation genommen. Die Lehrerin in der wildgemusterten Bluse, die sie zu Schlaghose und Plateaustiefeletten trug, saß mit verschränkten Armen vor der Brust auf dem Stuhl und ließ ihre Augen ruhelos durch den Raum wandern. Hilla hingegen starrte ihn an.

Wie immer kam er gleich zur Sache. »Wir können das schnell und für alle Beteiligten einfach regeln: Was können Sie uns über den Tod von Rahel Zimmermann sagen?«

Einen Augenblick passierte nichts. Ein guter Ermittler brauchte vor allem eins: Geduld. Hatte er nicht, in diesem Punkt machte Oke sich nichts vor. Er würde stattdessen aus der Haut fahren, wenn Vincent nicht sofort aufhörte, mit den Zähnen eine goldene Haarklammer aufzubiegen.

Er konzentrierte sich wieder auf die beiden Frauen. Hilla behielt ihn im Blick, während Zoe mittlerweile den hellen Fleck an der Wand fixierte, an der einst der Meerschweinchen-Kalender seiner Kollegin Jana Schmidt gehangen hatte. Doch die Bilder der Peruaner-Meerschweinchen mit dem neckischen Haarwirbel hatten den Berliner Platz zusammen mit ihrer Besitzerin verlassen. Er hatte für das kommende Jahr schon einen Ersatz bestellt: den Mettkalender. Mett in seiner schönsten Form – auf einer krossen Brötchenhälfte, auf Pommes frites, zwischen Lasagne-Blättern und pur auf Teflon. Was für ein Augenschmaus!

Als er aus seinem zu kurzen Mett-Traum erwachte, stellte er überrascht fest, dass die Hippie-Frau zu weinen begonnen hatte.

»Frau Petridis?«

Sie wandte ihm das tränennasse Gesicht zu. »Ich habe Rahel Tabletten gegeben. Aber ich wollte nicht, dass sie stirbt!«

Nun spielten sich mehrere Dinge gleichzeitig ab: Vincent ließ vor Überraschung die Klammer fallen und Hilla legte ihre rissigen Finger auf Zoe Petridis' Arm, wie um sie zurückzuhalten. Oke fragte betont ruhig nach: »Sie haben sie vergiftet?«

Draußen startete jemand einen Motor. Das Dröhnen drang zu ihnen ins Zimmer. Die Lehrerin rieb mit beiden Handkanten über ihre Augen und setzte neu an: »Nein! Rahel war an dem Abend, bevor sie verschwand, sehr aufgeregt, und ich wollte, dass sie sich beruhigt. Deshalb habe ich ihr was gegeben ... Es hat wohl auch gewirkt, jedenfalls kam sie zum Abendbrot hinunter.«

Vincent sprang unvermittelt auf, griff die Klammer vom Boden und lehnte sich an den schmucklosen Wandschrank, in dem das Papier fürs Faxgerät lagerte. Er wirkte ruhelos. »'tschuldigung, aber ich kann jetzt nicht sitzen.«

Hilla hielt nun Zoes Hand, als wollte sie ihr beistehen. Sie hatte das Kinn vorgeschoben. Ein wenig von der kriegerischen Hilla blitzte durch.

»Warum war Ihre Kollegin überhaupt so aufgebracht?«, forderte Oke die Lehrkraft eindringlich zum Sprechen auf.

Zoe Petridis fummelte nervös an den goldenen Metallreifen in ihren Ohren. Die Haut unter ihren Augen schimmerte tränenfeucht. Vincent Gott reichte ihr eins von seinen Taschentüchern. »Rahel hat uns beschuldigt, Hauke umgebracht zu haben.«

»Reden wir von einem Mordkomplott?« Oke registrierte aus den Augenwinkeln, wie Vincent Gott ungeduldig von einem Bein aufs andere trat. Gleich würde er diesen zappligen Menschen an seinem Bürostuhl festbinden! Was für ein Hibbelmors.

Zoe Petridis drehte den Kopf zu ihrer Freundin, die

ihr nun aufmunternd zunickte. Stockend berichtete die Pädagogin: »Rahel hatte herausgefunden, dass Hilla und ich ein Verhältnis mit Hauke hatten. Genau wie sie. Und dass Hauke uns alle hintergangen hat. Mit noch mehr Frauen.«

Oke kniff ungläubig die Augen zusammen. Er wusste von Inse, dass dieser Elvis-Verschnitt von einem Verwandten Darja nicht immer treu gewesen war. Aber dass er auch zum Schluss noch so viele Liebschaften gehabt hatte …

Wenn er es sich hätte aussuchen können, hätte er einen riesigen Bogen um weibliche Gefühlswelten gemacht. Davon hatte er keine Ahnung. »Und Sie haben erst hier, in Hohwacht, voneinander erfahren?«, tastete er sich mit einer für seine Verhältnisse sanften Stimme vor.

Hilla ergriff als Erste das Wort: »Sein Betrug an uns wäre nie herausgekommen, wenn Hauke mich nicht im Schullandheim besucht hätte.« Hilla bewegte sich ein wenig auf ihrem Stuhl. Ihre kräftigen Hände umklammerten die Sitzfläche. Sie hielt sich daran fest wie eine Ertrinkende am Rettungsring. »Hauke und ich hatten seit Langem ein Verhältnis, allerdings kam und ging er, wie es ihm passte. Wir stritten, wenn er mich besuchte, und wenn er mich wieder verließ, brach meine Welt jedes Mal aufs Neue zusammen.«

Oke unterbrach sie nicht, um sie mit ihrer Lüge ihm gegenüber zu konfrontieren. Sie hatte ihm gegenüber zunächst ausgesagt, dass es zwischen Hauke und ihr längst aus sei. Nun sprach aus ihren in Höhlen liegenden Augen tiefe Enttäuschung. »… Ich war jedes Mal wieder so blöd, mir von ihm das Blaue vom Himmel erzählen zu lassen.« Sie schluckte, bevor sie weitersprach: »Wahrscheinlich,

weil ich gehofft habe, dass er irgendwann seine Versprechungen doch wahr macht. Wir wollten Hohwacht hinter uns lassen – für immer.«
Zoe Petridis lachte höhnisch. »Er war so ein Scheißkerl. Ich sag Ihnen, wie ich rausbekommen habe, dass er mich betrügt: Ich sah ihn von meinem Zimmer aus mit Hilla im Garten knutschen.« Sie blickte die Polizisten mit zitternder Unterlippe an. Empörung und Wut lagen in ihren Augen. »Was glauben Sie, was das für ein Gefühl, ach, was sage ich, was das für ein Schock für mich war? Ich hatte ihn später am Tag überraschen wollen. Er wusste nicht, dass ich mich hier mit zwei Klassen aufhalte.« Sie sah eine Weile wieder auf die leere Wand mit dem hellen Kalender-Fleck, dann sprach sie weiter: »Rahel wunderte sich, als sie mich im Haus so verheult traf, sie versuchte, mich zu trösten, ohne zu wissen, worum es ging. Als Haukes Name fiel, als ich ihr sagte, dass dieser dämliche, aber leider unheimlich gutaussehende Fischer mein Freund sei, wäre sie fast aus den Latschen gekippt. Und als Hilla dann wieder reinkam, spät am Abend, haben wir beide sie abgepasst und zur Rede gestellt. Wir waren fuchsteufelswild. Ich hätte Hilla am liebsten ins Gesicht geschlagen, weil sie mir Hauke ausgespannt hat. Aber nachdem wir mit Hilla geredet hatten, wurde uns klar, dass wir nur wütend auf ihn sein konnten. Dieses Schwein! Ich wusste nicht mal, dass er verheiratet war … Wenn wir Hauke an dem Abend getroffen hätten, ich für meinen Teil hätte tatsächlich nicht gezögert: Ich hätte ihn kaltgemacht.« Nach diesem Satz sank sie in sich zusammen, als hätte ihr dieses Geständnis die letzte Kraft ausgesaugt.

Hilla griff wieder nach Zoe Petridis' Hand. »Ich kannte natürlich seine Frau, aber ich hätte nie gedacht, dass er noch andere als mich hatte.«

»Wie haben Sie Hauke kennengelernt?« Der angehende Bräutigam Vincent Gott schien fasziniert von der Geschichte.

»Ich war bereits einmal in diesem Schullandheim. Im vergangenen Sommer war das«, berichtete Zoe Petridis und schlug ein Bein über das andere. Sie schien sich langsam zu fangen. »Ich lief ihm bei einem Abendspaziergang zum Jachthafen über den Weg. Wir kamen ins Gespräch. Ich glaube, ich habe einen Scherz gemacht, ob in Hohwacht ein Elvis-Contest stattfindet. Seine Ähnlichkeit mit dem Sänger war zu verwunderlich. Er lachte damals über meinen Scherz, ich weiß nicht mehr genau, was ich als Nächstes gesagt habe. Wir waren uns jedenfalls gleich sympathisch. Wenn ich gewusst hätte …«

»Und Rahel Zimmermann?«, erkundigte sich Gott interessiert. »Woher kannte sie ihn?«

»Rahel kannte ihn sogar noch länger als Hilla und ich zusammen. Von einer Kirchenfreizeit in Kiel. Er ist ihre Jugendliebe gewesen. Wie es der Zufall wollte, sind sie sich Jahrzehnte später in Hohwacht begegnet.«

Der Kollege bohrte nach: »Und beide hatten über Jahre keinen Kontakt?« Liebesdinge schienen seine neue Passion zu sein.

Zoe Petridis wurde unsicher: »Ich – ich – weiß es nicht genau.«

Oke wollte wissen, wer die Verschwörung angezettelt hatte: »Eine von Ihnen dreien schlug schließlich vor, Hauke Büsing umzubringen.«

Hilla atmete tief ein. »Nein. Nicht ernsthaft jedenfalls. Wir waren uns aber einig, dass wir uns an dem fiesen Betrüger rächen wollten. Es war meine Idee – nur habe ich es nicht so gemeint, wie du denkst, Oschi! Natürlich nicht!« Sie reckte ihr breites Kinn einmal mehr vor. »Wir haben ihn nicht getötet!«

Zoe Petridis wackelte mit dem Zeigefinger vor Hillas Nase: »Nein, haben wir nicht, und du musst nicht die Schuld auf dich nehmen, Hilla. Wir haben uns den Quatsch zusammen ausgedacht. Und da war auch nichts Schlimmes dabei!« Sie zupfte ihre Bluse zurecht, als käme ihr plötzlich in den Sinn, wie sie auf die Polizisten wirkte: »Wir haben an dem Abend auf der Bank auf der Flunder gesessen, aufs Meer geschaut und die Flasche kreisen lassen. Ein Wort gab das andere und die Idee war geboren. Es war nur ein Spaß, ein morbider Spaß.«

Oke rief sich das wächserne Gesicht der Religionslehrerin vor Augen. »Wollte Rahel Zimmermann, dass ihr Liebhaber stirbt?«

Zoe befreite sich von Hillas Hand und setzte sich aufrechter hin: »Hören Sie nicht zu? Wir haben Hauke nichts angetan! Obwohl er es verdient hätte! Wir haben darüber geredet, ihn abzuservieren. Geredet! Mehr nicht!«

Oke blieb beharrlich bei seiner Ausgangsfrage: »Wollte Rahel Zimmermann, dass Hauke Büsing stirbt?«

Die Köchin ergriff das Wort. »Nach dem Motto ›Auge um Auge, Zahn um Zahn‹? Rahel war eine religiöse Frau, aber ich glaube eben deswegen nicht, dass sie Haukes Tod wollte. Sie war bestürzt und fassungslos, als sie erfuhr, dass er verheiratet war. Aber ich denke nicht, dass sie den Willen, geschweige denn die Kraft gehabt hätte, ihn zu töten.«

Zoe Petridis' Stimme kippelte ein wenig, als sie einwarf: »Als die Medien über Haukes Tod berichteten, muss Rahel gedacht haben, Hilla und ich hätten unseren Plan ohne sie in die Tat umgesetzt. Sie betete ständig, wahrscheinlich um unser Heil. Ich kann nur bestätigen, was Hilla gesagt hat: Rahels psychischer Zustand verschlechterte sich zusehends. Sie konnte den Gedanken nicht ertragen, dass ihre Freundinnen zu Mörderinnen geworden waren.«

»Hände mit Blut befleckt …« Oke sah zunehmend klarer. Als Zoe schwieg, schlussfolgerte er: »Rahel Zimmermann wollte also zu Haukes Frau gehen und ihre Liebe zu ihm und Ihre Verschwörung beichten?«

»Das habe ich jedenfalls angenommen, und so muss es gekommen sein. Sonst wäre sie jetzt kaum …« Hilla brach ab und setzte neu an: »Sie wollte Darja vermutlich vor Augen führen, was für ein Mensch ihr Mann war. Sich möglicherweise selbst durch die Beichte reinwaschen. Himmel, ich weiß nicht, was in ihrem Kopf vorgegangen ist … aber was ich weiß, ist, dass sie auch zur Polizei wollte, um uns anzuzeigen.«

»Das konnten wir nicht zulassen!«, unterbrach Zoe Hillas Redefluss. Sie sprach mit einer Autorität, die er dieser jungen Person mit dem 70er-Jahre-Faible nicht zugetraut hätte. »Weshalb ich ihr das Beruhigungsmittel gegeben habe. Wir wollten nicht, dass sie uns mit ihren irren Vermutungen in Schwierigkeiten bringt. Wir alle haben einen Ruf zu verlieren. Hilla mit ihrem Schullandheim besonders. Das verstehen Sie sicher …«

Die beiden Frauen zuckten zusammen, als hinter ihnen etwas gegen die Glastür krachte. »Herr Oltmanns!«, drang es dumpf durch die Scheibe. Die Meyersche, sie war die Dorfälteste in Hohwacht und kam regelmäßig in der Polizeistation vorbei, um über dies und das »Meldung zu machen«, fuhr ihren Rollator gegen die Tür am Ende des Großraumbüros. Sie brachte aber mit ihren 104 Jahren nicht mehr genug Kraft auf, um sie aufzustoßen. Klonk, klonk. »Ich habe das Rätsel gelöst! Ich weiß, zu wem der

Fuß gehören könnte: 1912 ist hier mal ein Schlosser verschwunden ... Niestedt hieß der.«

Vincent Gott schickte sich an, die Meyersche hereinzulassen. Oke hoffte, dass der Kölner seinen warnenden Blick richtig deutete. Er konnte die Dorfälteste bei dieser Befragung nicht gebrauchen.

»Welches Mittel war das?«, fragte Oke etwas gröber als nötig an Zoe Petridis gewandt. Er konnte beim besten Willen keine weitere Geduld aufbringen. Das hier dauerte zu lang. Eine ungewohnte Unruhe überkam ihn und er begriff, dass diese nichts mit den beiden Frauen vor ihm zu tun hatte. Er musste sofort zu Holsteiner Stuten!

»Bitte schreiben Sie auf, dass ich es nur gut gemeint habe«, wandte sich Zoe Petridis an Vincent Gott.

»Das Mittel – wie hieß es?«

Als sie mit der Antwort herausrückte, stand Oke schon auf beiden Beinen, bereit hinauszustürmen: »Diazepam.«

Erst konnte er mit der Information nichts anfangen, aber dann erinnerte er sich an Inses Wurzelspitzenresektion im vergangenen Herbst. Das Diazepam hatte sie gegen die Angstzustände vor der OP einnehmen müssen. Das Medikament war rezeptpflichtig. »Woher hatten Sie es?«

Zoe Petridis blinzelte. »Aus meinem Nachtschrank – ich habe es selbst verschrieben bekommen, wegen meiner Schlafprobleme.«

Oke war kein Arzt. Er wusste nicht, ob das Medikament den Tod der Frau im Räucherschrank verursacht hatte. Aber ein Mittel, das Angstpatienten beruhigte und Schlaflosen entspannte Nächte bescherte, hätte Rahel in ihrer schrecklichen Situation in dem engen Räucherschrank eher unterstützt. Das wiederum bedeutete, dass vor ihm mit großer Wahrscheinlichkeit nicht die Mörderin saß.

Oke kämpfte mit bösen Vorahnungen. Er hatte so ein Gefühl, dass der Fall in der Frühstückspension von Malgorzata Rieken eine üble Wendung nehmen würde, und er informierte ohne Umschweife das Sondereinsatzkommando. Das war er dem Holsteiner Stuten schuldig.

»Oschi, Wat sühst du blots kukerig ut!« Er sah überhaupt nicht kränklich aus! Wieso hatte Vincent die Meyersche hereingelassen? Jetzt hielt sie mit ihrem Rollator auf ihn zu, als wollte sie ihn mit dem Senioren-Kampfwagen in die Zimmerecke treiben. Oke versuchte, sich an dem Rollator vorbeizudrücken.

Sein Handy bimmelte. »Wo bleibt ihr denn?«, fragte eine verstellte Stimme, die zu Heiner Dubbels gehörte.

»Bin quasi schon da. Das SEK müsste gleich vor der Tür stehen. Was Neues?«

»Aha! Na ja, gut«, kommentierte der verdeckt ermittelnde Kollege das angekündigte Kommando. »Darja und der dicke Russe haben Sitzfleisch. Aber der Norweger scheint mir flatterig zu werden. Er hat mehrfach telefoniert. Leider versteh ich ja kein Norwegisch. Und noch was erscheint mir äußerst ungewöhnlich …«

Oke warf einen Blick auf die wartenden Lehrerinnen und Vincent, der auf die Meyersche einredete. Dann drang wieder Heiner Dubbels verstellte Stimme an sein Ohr: »Dass er die Friesentorte nicht angerührt hat. Die ist hier echt gut.« Wenn sich in Malgorzatas Speisesaal eine reale Gefahr zusammenbraute, dann bekam Spreizfuß-Heiner das jedenfalls nicht mit. Oder er ließ sich von der Torte blenden. Die wirklich lecker schmeckte …

»Lass sie nicht aus den Augen«, riet Oke.

»Wen?«, wollte Heiner wissen.

»Nicht die Torte, dammi noch mal to!« Oke kam etwas anderes in den Sinn: »Was ist eigentlich mit dem tätowierten Kerl im Armani-Anzug?«

»Woher weißt du, dass das Armani ist?« Heiner Dubbels machte ihn wahnsinnig. Oke verdrehte die Augen und grummelte etwas Unverständliches ins Telefon.

»Der im Anzug ist vorhin hinten raus.« Heiner wartete ab, was Oke noch von ihm wollte.

Aber Oke sagte nichts. Er zählte im Kopf blitzschnell eins und eins zusammen: Wenn sich Armani auf dem Parkplatz aufhielt, dann dürfte ihm das Aufgebot an SEK-Beamten nicht entgehen. Es sei denn, Tolstois Gehilfe war blind. Und wer wusste, was dann passierte? Im Laufschritt stürzte Oke zur Glastür – das Telefon weiter am Ohr. Er hatte keine Zeit, Vincent oder den verwirrt dreinblickenden Frauen samt der glotzenden Dorfältesten etwas zu erklären.

»Darja holt was aus ihrer Handtasche …«, hörte er Dubbels' gepresste Stimme an seinem Ohr.

Hohwachts Hauptkommissar saß in diesem Augenblick bereits hinterm Steuer, mit einer Hand drehte er den Zündschlüssel, der Motor heulte auf. »Was ist es?«, fragte er alarmiert, während er, den Blick im Rückspiegel, zurücksetzte.

Heiner Dubbels flüsterte jetzt, sodass Oke ihn kaum verstand: »Eine längliche Schatulle. Wie für eine Halskette. Warte …« Dann hörte Oke lediglich Stimmengemurmel und Geschirrgeklapper im Hintergrund. Zum Zerreißen gespannt brüllte er in den Hörer: »Dubbels! Stuten!«

»Sie öffnet das Kästchen … und der – der Dings hat eine Waffe …«, hörte er, daraufhin brach die Verbindung ab. Es rauschte in seinen Ohren, während er in seinem Polizeiwagen, ein älteres Modell ohne Bluetooth und dafür mit Kassettenrekorder, über die Straße flog. Erst am Buchholz dachte er daran, Blaulicht und Martinshorn einzuschalten. Zwei Minuten, zwei Minuten, von denen möglicherweise das Leben eines Kollegen und vieler Feriengäste abhing.

Oke drückte das Pedal bis zum Anschlag durch und sauste um die Kurven. Hätte ihn der Zoll nicht darauf gebracht, dass in der Bucht geschmuggelt wurde, wäre er vermutlich nie dahintergekommen, dass Darja ihr Einkommen nicht nur mit Dorsch und Räucherfisch verdiente. Vermutlich war Hauke ebenfalls in die Sache verstrickt gewesen.

Oke kannte ein paar SEK-Leute in Kiel, die sich etwas darauf einbildeten, dass sie beim Bankdrücken zehn Wiederholungen und mehr mit 75 Prozent ihres Körpergewichts schafften oder den 100-Meter-Sprint in weniger als 13,4 Sekunden. Kurz, sie hielten sich für Superhelden. Und Bahram Ansari war der größte Kotzbrocken von allen. Er rühmte sich bei jeder Gelegenheit damit, bei der Befreiung der Lufthansa-Maschine Landshut in Mogadischu dabei gewesen zu sein, was Oke für eine faustdicke Lüge hielt. So alt war der doch gar nicht …

Oke bahnte sich seinen Weg durch die herumstehenden Kollegen des Sondereinsatzkommandos, das den halben Parkplatz versperrte. »Zugriff«, keuchte er, als er vor Bahram Ansari stand.

»Wer bestimmt das? Ach, der Oschi wieder!« Bahram Ansari, in kompletter Montur mit kugelsicherer Weste und

Helm, musterte ihn von Kopf bis Fuß. »Lass uns man hier unsere Arbeit machen. Wir haben schon einen Bösewicht einkassiert. Spazierte hier einfach auf den Parkplatz. In seinem schicken Anzug. Den hatten wir schneller, als er gucken konnte. Wir machen unsere Arbeit und du – hast du nicht in deinem Schuppen noch ein paar Kuscheltiere zu flicken?«

Plötzlich zerriss ein Schuss die Luft. Von drinnen drangen aufgeregte Schreie auf den Platz hinter der Pension. Bahram und seine Leute schubsten Oke rücksichtslos beiseite oder versuchten es: Ein XXL-Kriminaler ließ sich genauso einfach aus dem Weg räumen wie ein tonnenschwerer Felsblock. Oke rannte los. Durch die gläserne Tür zum Frühstücksraum der Pension sah er Heiner Dubbels. Dieser lag mit dem Oberkörper auf einem Tisch. Oke hatte bei dem Anblick des scheinbar leblosen Kollegen das Gefühl, das Herz rutschte ihm in die Hose. »Dubbels!« Ohne einen Gedanken an die Gefahr für sein eigenes Leben stürzte er in den Saal. Sekunden später stand er mit klopfendem Herzen neben seinem Kollegen. Heiner Dubbels blutete aus einer kleinen runden Wunde an der Schulter und stöhnte leise vor sich hin. Als er auf den Tisch gesunken war, hatte er eine Weinflasche heruntergerissen. Sie lag auf dem Boden, der Crémant schäumte aus der Öffnung.

Hinter sich wähnte Oke das SEK, am Büffet kauerte eine kreidebleiche Malgorzata, an den Tischen saßen ebenso blasse Gäste. Er hatte das Gefühl, jemand beobachtete ihn: Unter einer blütenweißen Tischdecke entdeckte er ein runzliges Gesicht. Ängstlich starrte ihn der alte Mann aus seinem Versteck heraus an: »Vorsicht, der bringt uns alle um …«

Wie in Zeitlupe nahm Oke wahr, dass Tolstoi, oder jemand, den er für den mysteriösen Mann mit dem Geldkoffer hielt, eine Waffe auf Darja richtete. Er musste erst Dubbels getroffen haben und wollte offenbar jetzt mit der Fischersfrau kurzen Prozess machen. Die Witwe stand an dem Mauervorsprung neben der großen Panoramascheibe.

»Waffe fallen lassen«, brüllte Ansari hinter Oke.

Vor dem Panoramafenster stoppten zwei Passanten. Sie mussten das Gefühl haben, einen Krimi zu sehen. Das mittelalte Paar wirkte nicht einmal hasenherzig. Im Gegenteil, die Bedrohungslage schien ihnen die perfekte Abwechslung zum Strandalltag zu bieten.

Justament registrierte Oke eine winzige, aber nicht unwichtige Veränderung: Darja sah nicht mehr Tolstoi an, auch nicht Bahram, der augenblicklich wenige Meter hinter Oke stehen musste, sondern jemanden, der sich schräg in die andere Richtung hinter einem Servierwagen geduckt hatte. In dem Moment, in dem der Mann eine Waffe in den Anschlag nahm und abdrückte, erkannte Oke in ihm den Norweger. Ein wenig hilfreicher Gedanke schoss Oke durch den Kopf, nämlich der, dass Inse es zurecht töricht finden würde, dass er ohne Schutzweste in eine Schießerei gestolpert war.

Nachdem sich der Schuss aus der Waffe gelöst hatte, schrie jemand im Saal auf. Oke stellte erleichtert fest, dass er keinen Schmerz fühlte. Die Kugel hatte zwar ein hässliches Loch hinterlassen, aber nicht in *seinem* Kopf. Dieser Tolstoi würde keinen Roman mehr schreiben.

Bevor der norwegische Schütze türmen konnte, packten Bahram Ansaris Leute ihn. Schnell saßen sie zu dritt auf ihm und fesselten ihn. Die Bilanz nach weniger als einer Minute: ein Toter, ein verhafteter Killer, panische Gäste, ein verwüsteter Speiseraum – und nicht zu vergessen der blutende Heiner Dubbels. Oke wandte sich dem nun laut stöhnenden Kollegen zu. »Du markierst nur, oder?«

»Mein eingewachsener Zehennagel tut mehr weh«, ließ sich Heiner Dubbels auf den Scherz ein. Dabei blieb er auf dem Tisch liegen. So viel Humor, musste Oke zugeben, hatte er dem kleinen Mann nicht zugetraut. Als er versuchte, ihn anzuheben, um die Verletzung zu begutachten, sah er, dass der Kollege stärker blutete als gedacht. Er drückte Heiner Dubbels die Stoffserviette an die Schulter. »Wir brauchen Sanitäter!«, rief Oke in den Raum. Er fühlte sich plötzlich hilflos. So viel war in den vergangenen Wochen passiert. Dinge, die er weder vorhergesehen hatte noch hätte steuern können. Und der Sommer hatte nicht mal richtig angefangen.

Wie aus dem Boden gestampft stand die Pensionswirtin neben ihnen. »Die Sanis sind unterwegs. Musstest du dich unbedingt in die Schusslinie bringen, Dubbels?«, schimpfte sie. »Blut geht ganz schwer wieder raus.« Vorwurfsvoll zeigte sie auf die ehemals weiße, nun rot gesprenkelte Tischdecke.

Der Getroffene versuchte, trotz seiner Schmerzen zu lächeln: »Nicht böse sein, Frau Rieken. Ich wollte einmal einer Frau das Leben retten.« Er versuchte wieder, sich aufzurichten.

»Liegen bleiben«, dröhnte Oke. »Wo bleiben die Sanitäter?«

Malgorzata Rieken, die ein schulterfreies schwarzes Chiffonkleid mit Tausenden funkelnden Pailletten trug, wie er jetzt überrascht feststellte, scharwenzelte um den

Verletzten herum. Ihre goldenen Augendeckel flirrten: »Was du nicht sagst, Dubbelchen!«

Der so Genannte schien – trotz der unbequemen Position auf dem Tisch – in seiner neuen Rolle als Held des Tages aufzugehen. Oder es lag am Adrenalinschub, dass Heiner Dubbels mit einem Mal losplapperte und vom Hergang der Tat berichten wollte. »Und dann platzte der Deal, als sich das SEK auf dem Parkplatz breitmachte. Denn als der Anzug-Russe nicht zurückkam, wurde sein Kompagnon hibbelig. Dieser Tolstoi sprang auf und bedrohte Darja mit der Waffe, sie solle ihm das ›gute Stück‹ einfach rüberwerfen. Er meinte dieses Schmuckstück, von dem ich dir erzählt habe, Oke. Ich dann hoch, um das Schlimmste zu verhindern, und – peng. In dem Moment muss der Norweger einen Kurzschluss gehabt haben. Aber er hat mich glücklicherweise nur hier getroffen.« Heiner Dubbels zeigte überflüssigerweise auf seine Schulter. »Er muss sich in die Enge getrieben gefühlt haben oder er wollte das Schmuckstück unbedingt haben. Keine Ahnung. Jedenfalls hat er plötzlich auch Tolstoi eine Kugel verpasst! Aber das habt ihr ja alle mitbekommen!«

»Ach, du ahnst es nicht, Dubbelchen …« Malgorzata machte den Eindruck, als wollte sie den Mann, der ihr bisher nur wegen seines Senk- und Spreizfußes aufgefallen sein dürfte, heftig an ihre Brust drücken. Sie strich ihm aber nur behutsam über die heil gebliebene Schulter.

Zwei Rettungssanitäter kamen in den Raum und kümmerten sich um den Angeschossenen. Offenbar sehr zu Malgorzatas Bedauern. Oke ließ die Gruppe stehen und wandte sich Darja Büsing zu. Sie lehnte an dem Mauervorsprung, zitternd wie eine junge Birke bei Ostwind. »Wollte er Tolstoi aus dem Weg räumen? Oder solltest du dran glauben?«, fragte er sie unverblümt, wie es nun mal seine Art war.

»Für diesen Schergen hätte ich mich nicht erschießen lassen wollen«, mischte sich Dubbels ein, der gerade auf eine Transportliege verfrachtet wurde.

Oke half der schwächelnden Darja auf einen Stuhl und nahm ihr das wertvolle Silberschmuckstück ab. Er platzierte es sorgsam auf seinem Handteller und betrachtete es. Schwer vorstellbar, dass so ein lüttes Teil dafür gesorgt hatte, dass ein Mensch sterben musste und ein anderer schwer verletzt worden war. Er schaute genauer hin: Tatsächlich handelte es sich um einen Wal, was ungute Erinnerungen in ihm auslöste. Das Bild des Schweinswals, der ihm vor Hohwacht ins Netz gegangen war, würde ihn länger plagen.

Darja sah ihn von unten herauf traurig an. »Sag Inse bitte, dass das so alles nicht geplant war.«

Er kaufte ihr ab, dass sie wenigstens diesen Satz ehrlich meinte. Verwandtschaft hin oder her – er ließ es schließlich geschehen, dass Bahram Ansaris Leute die Witwe mitnahmen. Es würde sich bald zeigen, in welche Machenschaften sich die Fischersleute verstrickt hatten.

Malgorzata Rieken ging zur Tagesordnung über, als die Sanitäter Heiner Dubbels nach draußen geschoben hatten: »An wen soll ich die Rechnung für die Tischdecke, den Teppich und meine Wand schicken? Da sind überall Blutspritzer.« Sie sah Oke an, als hätte er die Sauerei zu verantworten.

»Schick sie ans SEK, zu Händen Bahram Ansari«, empfahl Oke schadenfroh.

## JAN

Verstimmt schloss Jan seinen Fischwagen ab. Vorhin noch hatte sich erstmals eine kleine Menschenschlange vor seinem Imbiss gebildet, weil alle wissen wollten, was das für eine Schießerei in der Pension gewesen war, und plötzlich herrschte Flaute. Warum zog es die roten und blauen Windjacken, die käsigen Männerwaden in Cargo-Shorts und eisbekleckerten Kinder plötzlich zum Strand? Er würde es herausfinden. Jan stapfte hinter einem ältlichen Paar her. Der weiche Pulversand rieselte beim Gehen in seine Turnschuhe, was seine Laune definitiv nicht hob.

Als er ein paar Hundert Meter gegangen war, bemerkte er die Massen, die sich dicht gedrängt auf der Flunder tummelten. Viele Menschen hatten ihre Handys gezückt. Jan schaute, worauf sie gerichtet waren. Dann sah er sie: die Gruppe Schweinswale, die westlich der Seebrücke in den grau-blau schimmernden Fluten aufgetaucht war. »Ohs« und »Ahs« ertönten.

»Ein Delfin!«, rief ein kleiner Junge aufgeregt.

»Das ist kein Delfin«, korrigierte der Vater.

»Ach, Kalle, sei doch nicht so. Er ist doch erst fünf«, nahm Kalles Frau ihren Filius in Schutz.

Als Jan die Seebrücke erreicht hatte, machte er eine Frauenstimme aus, deren Klang er nur zu gut kannte.

»Die Wale haben unser Singen erhört!«, schrie Wencke ihre frohe Kunde heraus.

»Die wollen nur gucken, wer da so ’nen Lärm auf der Flunder macht«, meinte ein Mann mit Sonnenhut neben ihm.

Wencke konnte den Satz nicht gehört haben – aber falls doch, hätte das ihrer guten Stimmung keinen Abbruch getan. Von hier aus sah es aus, als könnte seine Gattin die ganze Welt umarmen. Er fühlte sich plötzlich unsicher und drehte abrupt um.

»Hey, Jan – wo willst du hin?« Inses Gesicht tauchte aus der Gruppe Menschen auf der Seebrücke auf. Sie bekam ihn am Hemdsärmel zu fassen.

»Ich muss wieder zum Wagen!«

»Jan, bleib doch. Schweinswale in der Hohwachter Bucht, das ist doch mal was …« Sie sah hinüber zu Wencke, und er kapierte, auf was das hinauslaufen sollte: Okes Ehefrau wollte sie wieder zusammenbringen. Die Kupplerin.

»Ich hab gleich einen!« Ein Ausruf des Triumphs ertönte unter ihnen.

Jan machte sich von Inse los und beugte sich über das Geländer. Es würde hoffentlich niemand einen Schweinswal fangen! Er erinnerte sich an den Sommer, als Urlauber einen jungen Schweinswal im flachen Wasser vor Grömitz umzingelt hatten. Die Erwachsenen ließen Kinder mit dem Tier spielen und machten Handyfotos. Das Tier verendete kurz darauf.

Jan lief über die ausgeblichenen Holzbohlen zurück zum Strand. Unterhalb der Seebrücke traf er auf einen Mann, der auf ein Gewirr aus Schnüren deutete. Wie es aussah, handelte es sich um den Teil eines Fischernetzes.

Jan konnte nicht erkennen, ob der Typ, ein junger Kerl in Sweater und langen Badeshorts, tatsächlich etwas anderes als Müll entdeckt hatte. Doch das Interesse der Passanten war geweckt. Einige wandten ihre Aufmerksamkeit von den Schweinswalen ab und der neuen Attraktion unter der Flunder zu. Schon umringten ein paar Touristen den Fundort. »Das ist alles Mikroplastik, was wir nachher essen«, meinte ein Senior, der seinen stark behaarten Rücken der Öffentlichkeit preisgab, obwohl die Temperaturen im Schatten immer noch frisch waren.

»Lassen die den Fisch wieder frei?«, fragte ein Kind an der Hand seiner Mutter.

»Das ist doch kein Fisch!«, hörten sie den Jungspund in der lilafarbenen Badehose antworten.

»Oh mein Gott«, rief eine ältere Frau, nahm ihren Sonnenhut ab und fächelte sich damit Luft zu. »Polizei! Wir brauchen die Polizei.«

## STEFAN

Im ersten Anlauf hatte er sich verfahren. Keine Ahnung, wieso Google ihn mitten durch die ostholsteinische Walachei führte. Zwischen den gelb leuchtenden Rapsfeldern gab es jedenfalls keine Fischerhütte und schon gar keinen Räucherofen. Als er endlich an der Steilküste ankam, wo Darja Büsing in so 'nem alten Kasten wohnte, war der Räucherschrank bereits leer. Jedenfalls vermutete er das stark, da die Polizei die Tür mit ihren rotweiß gestreiften Absperrbändern verklebt hatte. »Cholera!«, fluchte er und hätte dem Jägerzaun am liebsten einen Tritt verpasst.

Was sollte er tun? Langsam ging er auf dem Sandweg vor dem Haus auf und ab, als wäre er ein Feriengast mit viel Zeit. Unten, in schätzungsweise zehn Metern Tiefe, lag das Meer, oben, am Weg, reihten sich noch mehr von diesen alten Kapitänshäusern mit ihren gepflegten Vorgärten aneinander. Gut möglich, dass gleich irgendeine alte Fregatte aus einer Haustür trat oder ein Urlauber hier hochspazierte. Am liebsten hätte er sich sofort verpisst. Aber konnte er das bringen? Musste er sich nicht mit eigenen Augen davon überzeugen, dass es hier keine Frau gab, um die er sich auftragsgemäß kümmern musste? Unauffällig näherte er sich wieder dem Grundstück. Sein Blick fiel wieder auf das polizeiliche Siegel. Er konnte es schlecht entfernen.

Stefan steckte die Hände in die Hosentaschen und trollte sich. Nicht seine Schuld, dass die Bullen hier gewesen waren. Definitiv auch nicht sein Problem. So wie das hier aussah, hatte die Polizei Darja Büsing am Wickel. Wenn sie im Knast saß, würde sie sowieso nicht zahlen.

Gerade als er an der Lochtreppe ankam, packte ihn jemand hart am Arm. »Stehen bleiben! Polizei!«

Stefan drehte sich überrascht um und blickte in zwei sehr ernste Augen. Der Polizist war schmal, dunkelhaarig und wirkte wie frisch gebügelt. Der Gebügelte sprach ihn direkt an.

»Herr Kuznezow? Vincent Gott, Polizeistation Hohwacht, ich bitte Sie, mich zur Polizeistation zu begleiten.«

# JAN

»Hoffentlich hört dieser Fuß-Hype irgendwann wieder auf«, meinte Jan und schob Mütze den Teller mit einer Fischbulette rüber. Er verwendete neuerdings wie Wencke Porzellan statt Plastikgeschirr und Servietten.

Mütze, der sich an diesem Morgen offensichtlich noch nicht rasiert hatte, sah ihn verwirrt an. »Ja, aber in diesem Schuh war doch kein Fuß, oder habe ich das falsch verstanden?«

Jan schüttelte den Kopf. »Nee, hast du nicht. Ein Witzbold hat sich offenbar einen Scherz erlaubt und einen alten Turnschuh in ein Fischernetz gewickelt und an der Flunder platziert.«

Mütze schlug seine Zähne in die Frikadelle. »Geschmacklos«, sagte er mit vollem Mund. Der Junge hatte wirklich schiefe Hauer.

»Du meinst hoffentlich nicht die Frikadelle!«

Jetzt war es Mütze, der erstaunt blickte. Mit vollem Mund lobte er: »Nee, die ist perfekt. Wie ging die Geschichte dann aus? Hast du Oke den Turnschuh übergeben? So als Beweisstück?«

»Ja, klar. Aber der hat andere Sorgen«, meinte Jan. »Da kann er sich nicht noch um Spaßvögel und Trittbrettfahrer kümmern.«

Mütze schluckte. »Ist denn schon klar, wer Hauke auf dem Gewissen hat? Ich hab was von Schmuggel gehört. War Hauke da irgendwie drin verwickelt? Ich mein nur, weil ich, als wir noch zusammen rausgefahren sind, nie was mitbekommen habe.« Er wischte sich mit dem Handrücken über die fettglänzenden Lippen.

Jan zuckte die Schultern. »Keine Ahnung, die machen da noch ein Geheimnis draus, Oschi und Vincent. Ich habe bisher nur von Malgorzata läuten hören, dass Darja involviert war. Aber wie genau, kann ich dir nicht sagen. Die befragen dich garantiert noch mal.«

Mütze gab sich gelassen. »Sollen sie. Ich weiß echt nichts. Aber beeilen sollten sie sich. Ich verschwinde ja bald von hier. Dann wird's schwer mit der Befragung.«

Jan dachte, er hätte sich verhört. »Wie – du verschwindest? Wieso denn?«

»Ich habe einen neuen Job – voraussichtlich. Wenn alles gutgeht«, eröffnete ihm der Fischer.

Das mit dem Job kam unerwartet. Jan fand es bedauerlich, dass sein Stammkunde seinen Abschied ankündigte. »Wo arbeitest du dann?«

»In so einer Fischzucht, Aquakultur nennt man das korrekterweise«, berichtete Mütze. »Sag mal, willst du mir nix zu trinken anbieten?«

Das hatte er vergessen. »Doch, klar. Hier kommt der Muschelputzer – zur Feier des Tages.« Jan musterte den jungen Mann in seinem zerknitterten T-Shirt. »So richtig überschäumen vor Glück tust du aber nicht …«

»Tja, ich muss dann ja weg von hier – und was mache ich mit Angelique?«

»Angelique? Was ist mit der? Die muss doch von zu Hause rausgeflogen sein, jetzt da sie 18 ist.«

Mütze grinste breit. »Joa. Ist sie. Und bei mir reingeflogen. Sie wusste nicht wohin, mit ihren Gören. Ich bin froh, dass ich bei dir mal fünf Minuten Ruhe vor dem Geplärre hab. Und zum Essen komm ich auch nicht mehr vor lauter Windelnwechseln.« Er grinste unbeholfen.

Jan schenkte sich selbst ebenfalls einen Muschelputzer ein. Er hatte wie so oft in letzter Zeit das Gefühl, er könnte einen Schnaps vertragen. »Du kümmerst dich jetzt also um Angelique und ihre Kinder …«

Mütze nickte. Bedächtig nahm er seine Kopfbedeckung ab und drehte sie nachdenklich in den Händen. »Einer muss es machen. Wahrscheinlich werde ich mir in Teterow erst mal nur ein Monteurzimmer suchen. Dann könnten Angelique und die Kinder in meiner Bude bleiben. Zwei Wohnungen zu finanzieren, ist nicht ganz billig. Deshalb wäre es schon gut gewesen, hier einen Job zu finden. Na ja …«

»In Teterow? Du meinst das Teterow in Mecklenburg-Vorpommern?«

»Das isses. Da haben diese Aquakulturleute ihre Fabrik.« Er schaute wehmütig in die Ferne. »Sind 248 Kilometer von hier. Sagt Google.«

Jan fiel nichts Gescheiteres ein, was er hätte beitragen können. Ihn deprimierte die ganze Geschichte.

Mütze hatte offenbar selbst keine Lust mehr, über das Thema zu reden. »Was soll eigentlich dieses Schild hier: ›Aufrunden bitte‹? Und diese dicke Porzellan-Robbe mit Pfeife? Soll das ein Sparschwein sein?« Mütze setzte die Strickmütze auf und nahm die Robbe in die Hand. »Habe ich neulich schon mal irgendwo gesehen – so ein Schild.«

Jan fühlte sich ertappt. Er und noch ein paar andere im Dorf hatten für Mütze Geld sammeln wollen, damit der sich das Schiff kaufen konnte. Aber das mochte er ihm im Augenblick nicht sagen, wo Mützes Weg ihn doch nach Teterow führte. In einer Aquakultur brauchte

Mika kein Schiff. »Ach, das ist so eine Sammelaktion für einen alten Freund aus Hohwacht. Er hatte einiges Pech in letzter Zeit. Wann soll es denn losgehen, in dieser Aquakultur?«

Mütze durchforstete seine Hosentasche nach Geld. »Falls bis dahin kein Wunder passiert: 1. September.«

Jan machte eine abwehrende Handbewegung. »Lass stecken. Die Frikadelle geht heute aufs Haus.«

Mütze schüttelte den Kopf. »Ne, Alter, ich kann für meine Frikadelle noch selbst zahlen.« Er hielt ihm einen Fünf-Euro-Schein hin. »Runde ruhig auf, für deinen Kumpel. Wir Hohwachter müssen doch zusammenhalten.«

## OKE

Das Foyer wirkte hell und freundlich. Die lindgrünen Polster im Wartebereich sorgten für eine frische Note. Keine Frage, das Universitätsklinikum Schleswig-Holstein war eines der fortschrittlichsten Häuser, das der Norden zu bieten hatte. Das UKSH mit mehr als 90 Kliniken und Instituten in Kiel und Lübeck bot das ganze Spektrum der Medizin. Oke machte sich keine Sorgen, dass Heiner Dubbels nicht wieder auf die Beine kommen würde. Vielleicht konnten die hier nicht nur Einschusslöcher stopfen, sondern auch Quadratlatschen richten.

Vincent lief hinüber zum Empfangstresen, um nach Heiner Dubbels' Zimmernummer zu fragen. Sie erfuhren, dass ihr Kollege auf der Privatstation »Amrum« lag. »Die Besuchszeit ist aber gleich vorbei«, rief die Frau mit der randlosen Brille hinter dem Tresen Vincent hinterher. So laut, dass er es an der Fahrstuhltür hörte.

Der Kölner reckte sogleich den Strauß in die Höhe: »Wir bringen den nur kurz hoch!« Schon drehte er sich auf dem Absatz um.

»Meinetwegen«, entgegnete die Frau. »Nächstes Mal bringen Sie mir aber einen mit, wenn Sie so spät kommen!« Sie hatte ein hohes Lachen, das leicht bedrohlich wirkte.

Den Strauß hatte Vincent Gott schnell auf dem Weg besorgt, in dem kleinen Blumenladen neben der Polizeistation am Berliner Platz. Oke fand das übertrieben. Wofür brauchte Heiner Dubbels Blumen? Der Kollege aus dem Lütjenburger Revier war schließlich nicht gestorben.

»So, Herr Dubbels, das wird schon wieder. Nehmen Sie Ihre Tabletten, ein paar Tage Bettruhe und dann hüpfen Sie wieder durchs Leben«, hörten die Kommissare eine gutgelaunte Schwester sagen, als Vincent vorsichtig die schwere weiße Zimmertür aufdrückte. »Ach, Besuch kommt auch! Dann lasse ich Sie mal mit den Herren allein.« Sagte es, schnappte sich Dubbels' altes Verbandszeug und huschte fast lautlos aus dem Raum. Kein Wort zu Besuchszeiten.

Heiner Dubbels lag in einem Einzelzimmer, was Oke etwas überraschte. Wahrscheinlich zusätzlich zur Beihilfe des Dienstherrn teuer privatversichert. Der Raum war in einem zarten Vanilleton gestrichen – Oke kannte sich seit der Oltmannschen Küchenrenovierung mit Farbnuancen aus – und an der Stirnwand hing eine Fotografie eines Leuchtturms. Sandelholz hatte Inse diese Farbe genannt, als sie ihr Schlammgraubraun für die Küche im Baumarkt ausgesucht und unzählige Farbtöpfe unter die Lupe genommen hatte. Der Blick aus dem Zimmer ging allerdings auf den schmucklosen Parkplatz.

Heiner Dubbels selbst hatte an diesem späten Vormittag etwas von einem Basset, irgendwie wirkte er zerknautscht. Doch er freute sich sichtlich über den Besuch und vor allem über die Blumen: »Woher wusstet ihr, dass ich Freesien so liebe?«

Oke hatte es jedenfalls nicht gewusst. Ihn interessierten weniger die Blumen als Heiner Dubbels' entstellte Visage. Seine Lippen waren zu prallen Wülsten angeschwollen und die Lider so dick, dass Oke nur noch die Spitzen der Wimpern sah. »Was haben sie mit deinem Gesicht gemacht?«

Der Patient zog sich die Strippe heran und klingelte nach der Schwester, die eben erst das Zimmer verlassen hatte. »Angioödem – ich reagiere wohl auf die Medikamente.« Es sah eher nach einem verlorenen Boxkampf aus.

Die Tür öffnete sich mit einem sanften Schlurfgeräusch, diesmal schwebte eine junge Schwester herein, die einen Hauch Moschus in das trotz des Leuchtturmbildes steril wirkende Krankenzimmer brachte.

Sie hielt bereits eine bauchige Vase in Händen: »Ich habe die Herren eben aus dem Fahrstuhl kommen sehen und dachte mir, die hier könnten Sie brauchen«, säuselte sie. »Möchten Sie zum Abendbrot Kamillentee? Mit Strohhalm geht es vielleicht.« Als Dubbels verneinte, verließ sie das Zimmer. Wieder kein Wort vom Ende der Besuchszeit. Sicher lag Heiner Dubbels auf einer Station.

Dubbels brannte darauf, seine komplette Krankengeschichte vor seinen Kollegen auszubreiten. Von den Wasseransammlungen bis zu den Schmauchzeichen an der Schusswunde in seiner Schulter. »Ich meine, man weiß ja, dass Einschusswunden eher rund aussehen und Austrittswunden eher gezackt, aber am eigenen Körper ist das was anderes! Man denkt immer, die Kugel geht hier rein und kommt da raus, aber der Schusskanal verläuft manchmal unorthodox – das liegt übrigens an den Gewebewiderständen. Wusstet ihr das? Also ich nicht!« Der Kollege berichtete vollmundig in allen Einzelheiten von der Untersuchung, sodass Oke nur mit Mühe ein Gähnen unterdrücken konnte. »Und man darf tatsächlich nicht von dem kleinen Einschussloch auf das Ausmaß der inneren Verletzungen schließen«, schloss Heiner Dubbels seinen ausführlichen Vortrag. »Die sind oft wesentlich größer!«

»Oha«, sagte Oke und das war an und für sich schon mehr, als er zu Gewebewiderständen zu sagen hatte.

»Willst du nicht wissen, was mit Darja ist?«, fragte Vincent Gott.

Die Tür ging erneut auf. Diesmal stand die erste Schwester vor dem Krankenbett. »Sie hatten geklingelt?«

Heiner Dubbels lächelte, was wegen der Schwellungen gruselig aussah. »Ihre Kollegin hat schon eine Vase gebracht.«

In dem Moment erschien Jens Hallbohm im Zimmer, sichtlich irritiert. »Was ist denn hier los? Abteilungsversammlung?«

Oke wurde sofort hellhörig. »Wieso Abteilungsversammlung?«

Hallbohm blitzte ihn wortlos an. Dann wandte er sich wieder an den Bettlägerigen in den weißen Laken: »Herr Dubbels, Sie verstärken künftig das Team der Hohwachter. Sie kennen die Arbeit in unseren Polizeistationen, früher waren Sie in Selent aktiv, das dürfte also kein Problem sein.«

Keiner sagte ein Wort.

»Die Presse sitzt mir im Nacken. Wir müssen darauf reagieren. Vorsorglich. Sie verstehen sicher: Drei Tote und ein schwer verletzter Polizist in einem Sommer sind einfach zu viel«, meinte Jens Hallbohm und zog sich den Besucherstuhl ans Krankenlager. Sie hörten Stoff auf Stoff reiben, als der Chef das eine Bein über das andere schlug.

Sechs Augenpaare starrten weiterhin den Chef an. Das heißt, Dubbels schien in die Richtung zu blicken. Genau wusste man es nicht: Die Augen wurden von dicken Hautlappen überdeckt.

Oke überlegte, ob er sich verhört hatte und mit welchem anderen Wort man »verstärken« verwechseln konnte. Nach jahrelangen Sparzwängen und Schließungen einzelner Stationen kam diese Nachricht einer Sensation gleich. Vincent stieß Oke mit dem Ellbogen an und grinste freudig.

»Zeigen Sie sich bloß nicht der Journaille!«, sagte Jens Hallbohm an Heiner Dubbels gewandt. »Ich wusste gar nicht, dass man Ihnen auch ins Gesicht geschossen hat.«

»Das ist nur ein Angioödem«, erklärte Heiner Dubbels ein weiteres Mal.

»Hhm. Soso. Schön, schön.« Hallbohm hatte offenbar noch mehr auf dem Herzen. »Wo ich dich schon mal hier treffe, Oschi, kannst du mir gleich eine Zusammenfassung geben? Für die Pressekonferenz morgen früh.«

Die junge Pflegerin im grünen Kittel schwirrte wieder herein. Warum, war nicht ganz klar. Vielleicht war es ein Wink, dass sie doch gehen sollten. »Wenn sich Ihr Besuch verabschiedet hat, lieber Herr Dubbels, bringe ich Ihnen eine neue kühlende Kompresse für Ihre Augen. Das wird Ihnen guttun!«

Jetzt bekam der auch noch Gel-Kissen ... Oke dachte an Inses Gurkenmaske. Glücklicherweise war sie nie auf die Idee gekommen, dass er sich so was ins Gesicht schmieren sollte.

»Oschi! Die Zusammenfassung!« Jens Hallbohm streckte die Beine lang aus, während Oke noch mitten im Raum stand und Vincent sich ans Fensterbrett gelehnt hatte.

Oke schaute auf das mahagonibraune Haar seines Chefs – tönte sich Hallbohm neuerdings? – und räusperte sich. »Darja Büsing, die Witwe von Hauke Büsing, hat einen Auftragskiller angeheuert, damit der ihren treulosen Mann erledigt.« Oke holte Luft. Pflichtschuldig berichtete er nun, was sie in den vergangenen 24 Stunden zusammen mit den Kollegen vom Zoll und einer im Milieu agierenden Ermittlergruppe in Erfahrung gebracht hatten. Dass Büsings Berufstätigkeit wenig abgeworfen hatte, dass sich der schöne Hauke jedoch mit einem illegalen Nebenerwerb sehr gut über Wasser gehalten hatte: Annahme und Weiterverkauf von maritimen Schätzen, die ihm norwegische Schatzsucher antrugen. »Die Norweger zogen los und plünderten Schiffswracks in der Ostsee. Hauke verscheuerte das Zeug. Die Übergabe fand unauffällig auf dem Meer statt. Nur durch Zufall haben die Umweltschützer von POPL ein Treffen beobachtet.«

Hallbohm veränderte seine Sitzposition erneut. Ehrlich interessiert fragte er: »Und der Fischer hat an die Russen verkauft? Aber wie kam der Kontakt zustande?«

»Über Darja. Sie stammt aus dem Bezirk Solnzewo in Moskau und hat über eine befreundete Familie Anschluss an die Solnzewo-Bruderschaft, die der russischen Mafia zugerechnet wird.« Oke erklärte, dass, sobald sich Hauke auf See mit den Norwegern traf, Darja auf dem Kryptohandy verschlüsselte Nachrichten an die Russen verschickte, an die sie weiterverkaufte. »Die Eheleute bekamen die Provision. Und das lohnte sich. Die beiden haben sich ein gutes Zubrot verdient.«

»Das Geld wurde aber nicht hier übergeben, womöglich in eurem Fischhus bei Pommes und Kibbelingen?« Der Chef zog alarmiert die Brauen hoch. »Das hättet ihr hoffentlich mitgekriegt!«

»Soweit ich weiß, zahlten die Russen über Schweizer Konten an die Norweger«, ließ sich Vincent Gott vernehmen. »Die Büsings bekamen jedes Mal Vermittlungsgeld. Wahrscheinlich in bar.«

Jens Hallbohm konnte sich den Rest zusammenreimen. »Und als Darja mitbekommen hat, dass ihr Ehemann sie mit dieser Lehrerin betrügt, heuerte sie einen Auftragsmörder an und entschied, in die eigene Tasche zu wirtschaften.«

»Fast«, sagte Oke. »Es fing nicht mit der Lehrerin an, ich denke, die Idee kam ihr bereits, als ihr Mann zuvor mit Ursel Willenbrock anbandelte. Als sie von den weiteren Frauen erfuhr, setzte sie ihren Plan in die Tat um, ihn aus dem Weg schaffen zu lassen. Sie war möglicherweise eifersüchtig, aber sie war auch gierig.« Er dachte an das bescheidene Heim, das neue Auto und Darjas Shoppingtour in Timmendorf. »Sie wollte sicher verhindern, dass er sich mit einer anderen und dem Geld absetzte. Sie wollte das Geld für sich allein.«

»Es kam Darja gut zupass, dass es an Liebschaften keinen Mangel gab«, warf Heiner Dubbels aus dem Krankenbett ein. Er drückte sich rechts und links zwei Gel-Pads gegen die Wangen.

Polizeichef Hallbohm hatte so seine Zweifel. »Welche eifersüchtigen Frauen schneiden denn ihrem Mann die Füße ab? Oder waren da doch Kanadier im Spiel? Das wird die Presse wissen wollen!«

»Nein, keine Kanadier. Stefan Kuznezow hat zugegeben, dass dies seine Idee gewesen ist. Er ist ein Kleinkrimineller aus Kiel, der sich mit kreativen Mordmethoden ins Gespräch bringen wollte.«

Jens Hallbohm stand auf. »Soso. Na gut, das reicht mir. Das heißt: Wieso kam es zu der Schießerei bei Malgorzata?«

»Dieses Artefakt, dieser goldene Wal, hatte einen sehr hohen Wert, sagen die Kollegen vom Zoll. Unbezahlbar eigentlich«, führte Vincent Gott aus. Darja wollte es diesmal über einen anderen Kanal verkaufen, um richtig abkassieren zu können. Sie wollte nicht nur das Vermittlungsgeld behalten. Sondern alles – und dann wollte sie untertauchen. Aber sie hat ihre Rechnung ohne die Norweger gemacht. Die haben spitzgekriegt, dass etwas nicht stimmte, haben einen Mittelsmann geschickt, um Darja den Schatz wieder abzunehmen.«

»Was ich nicht verstehe«, sagte Hallbohm nachdenklich, »wer hat jetzt Rahel Zimmermann ermordet und warum? Hatte die ein Verhältnis mit Hauke Büsing – ja oder nein?«

Wieder sprach Vincent Gott: »Hatte sie. Aber deshalb musste sie nicht sterben. Sie war einfach zur falschen Zeit am falschen Ort. Sie wollte Darja von ihrem untreuen Mann berichten und hat gesehen, wie Darja von ihrem neuen ›Geschäftspartner‹ unter Druck gesetzt wurde. Darja hat ausgesagt, dass der Norweger der Lehrerin kurzerhand eine Tüte über den Kopf gezogen und sie schließlich im Räucherschrank versteckt hat. Das hat Bo Nielsen aus der Rechtsmedizin vorhin bestätigt.«

Oke war zum Schluss immer schweigsamer geworden. Er fragte sich, ob Hallbohm wusste, dass Darja Büsing zu Inses Familie gehörte. Er hoffte das nicht: Eine mörderische Verwandte in der Familie würde er ihm bis zur Pensionierung unter die Nase reiben.

»Dann mal gute Nachtruhe«, wünschte Oke in der Hoffnung, dass Hallbohm schnell verschwinden würde.

»Den Rest schafft ihr wohl ohne mich«, sagte Heiner Dubbels, lehnte sich behaglich in das weiche Kissen und fuhr das Bett am Kopfende, begleitet von einem leisen Summen der Elektrik, ein ganzes Stück herunter.

Oke ließ den anderen beiden beim Gehen den Vortritt, dann drehte er sich noch mal zu seinem neuen Teamkollegen um, dessen aufgedunsenes Erscheinungsbild einem das Fürchten lehren konnte: »Kann, mutt, löppt. Mach dir keine Gedanken, Heiner. Wir freuen uns, wenn du wieder wohlauf bist. Willkommen im Team Hohwacht.«

# CARMEN

Lediglich ihre Handtasche stand noch im Dämmerlicht der Diele. Die Eltern hatten die Schüler nacheinander abgeholt, Oma Maria hatte Cedrik und das Gepäck mitgenommen. Carmen wollte später nachkommen, zu Fuß, der Weg am Strand entlang würde sie hoffentlich zur Ruhe bringen.

Sie sah durch das kleine Fenster auf die Ostsee, die dunkel und glitzernd dalag, tatsächlich aber richtete sie ihre Aufmerksamkeit wie einen Suchscheinwerfer auf sich. Sie glaubte, auf dem Achtsamkeitslehrpfad an einem neuen Punkt angekommen zu sein.

Deshalb war sie geblieben, wollte die beiden Frauen treffen, mit ihnen über all das reden, was vorgefallen war. Von den Streitereien mit Rahel, über ihr Verschwinden und den Mord an ihr. Denn sie hatten zusammen in dieser Woche Schlimmes erlebt und waren doch sprachlos geblieben. Sie wollte das ändern, immer noch und mehr als je zuvor. Darüber dachte sie nach, als die schwere Tür schleppend aufging.

»Es ist so ruhig hier. Wo sind denn alle?« Zoe begegnete ihr mit offenem Blick. Sie sah dennoch an den rotverquollenen Augen, dass die Lehrerin geweint hatte.

»Alles in Ordnung?«, stellte sie eine Gegenfrage. Blöde Frage. Die beiden kamen gerade von der Polizeistation.

»Ja, ich denke schon«, sagte Zoe langsam.

»Die Kinder wurden abgeholt. Jonas ist ebenfalls nach

Hause unterwegs.« Carmen holte tief Luft, dann sagte sie: »Wollen wir reden?«

Zoe nickte ernst. »Das müssen wir. Wir haben uns dir gegenüber schrecklich benommen. Was musst du nur von uns denken?«

Sie spürte Hillas Blicke auf sich. »Hast du Lust, mit uns noch einen Happen zu essen? Ich könnte uns schnell ein paar Nudeln machen – die helfen immer.« Die Köchin lächelte einladend. Etwas hatte sich verändert. Hilla sah sie offenbar nicht länger als eine Fremde an, die ungebeten in ihre Welt eingedrungen war, sondern eher wie einen Gast, den man zu lange hatte warten lassen. Ihre Gesichtszüge wirkten viel weicher als zuvor. Die beiden würden nicht nur zulassen, dass sie ihre Fragen stellte. Sie würde diesmal sicher Antworten bekommen.

Carmen folgte den beiden ungleichen Frauen in die Landhausküche. Hilla nahm einen Blauen Zweigelt vom Regal und stellte drei Weingläser auf den Küchentisch. Als Carmen kurz danach einen winzigen Schluck probierte und der Geschmack von Kirschsaft auf ihrer Zunge lag, erinnerte sie sich plötzlich an einen Satz aus dem Achtsamkeitskursus in Hamburg: »Alles unterliegt einem Wandel.«

Erst jetzt, genau in diesem Augenblick in der großen Küche mit den jahrhundertealten Fliesen und blinkenden Töpfen erkannte sie, was damit gemeint gewesen war: Alles – selbst die Schrecknisse, die wir in unseren dunkelsten Momenten durchleben – unterliegen einem Wandel. Sie würde sich nun mutig dem zuwenden, was ihr vielleicht nicht gefiel. Sie würde herausfinden, was zwischen den Lehrerinnen und der Frau aus dem Landheim vorgefallen war, sie würde vielleicht mehr über ein grausames Verbrechen erfahren, aber sie würde akzeptieren, was passiert war, und damit umgehen – brachte vielleicht doch was, die ganze Achtsamkeitschose.

*

*In jeder tiefsten und dunkelsten Krise*
*Half keine Pille, es half nur die Brise,*
*Die Luft der Ostsee, der salzige Wind,*
*Das einzige Pflaster fürs innere Kind.*
*Im Schatten des Leuchtturms im Sande gelegen,*
*So ging auch das Leben auf steinigen Wegen,*
*Zum Ende immer mit Fernweh*
*Dahin,*
*Die Ostsee, im Leben der größte*
*Gewinn.*

Jasmin Bruns, Urlauberin aus Bremen

# SONNABEND

## OKE

Wieder Elvis, dieses Mal »Suspicious Minds«. Oke hatte sich in seine Werkstatt zurückgezogen, um einen freien Kopf zu bekommen. Zumal sie das Geld, das er für Frieda bekäme, gut brauchen konnten. Wenn es stimmte, was Jan sagte, schien Mütze inzwischen drauf und dran zu sein, Hohwacht zu verlassen. Hohwachts Fischwagenbesitzer und Hohwachts Hauptkommissar hatten mit einigen weiteren Dorfbewohnern einen Plan geschmiedet: Sie wollten Mütze einen Kutter kaufen. Nicht die »Loreley«, sondern ein Schiff, das Jan auf eBay entdeckt hatte. Mit Darja konnten sie vorerst keine Geschäfte machen. Viel Zeit blieb nicht, um Mütze von ihrem verrückten Vorhaben zu unterrichten. Automatisch griff er nach der Klebstoffflasche und schraubte sie auf. Ein scharfer Geruch nach Lösungsmittel stieg ihm in die Nase. Das Bauen eines Gestells für die Präparation war eine knifflige Angelegenheit, für die es viel Fingerspitzengefühl brauchte. Eine figelinsche Sache.

Oke presste zwei Holzstäbe fest aufeinander. Während er darauf wartete, dass der Kleber antrocknete, sah er aus dem Fenster. Längst keine Spur von Schnee oder

Graupel mehr. Das Grün spross mittlerweile wie im Zeitraffer. Der Blauregen an der Schuppenwand hatte dicke, traubenförmige Blütenknospen ausgebildet, die bald aufgehen und den gesamten Garten vollstinken würden. In den Beeten leuchteten gelbe Narzissen und rote Tulpen. Und durch den Fensterspalt drang lautes Summen von Inses Bienen und das hohe Zilpen eines Gartenvogels. Der Rasen wirkte so satt grün, als hätte ihn jemand mit Farbe angesprüht – wie sich die Welt vor dem Fenster in so kurzer Zeit ändern konnte. Was für ein Unterschied zu dem Tag vor ein paar Wochen, als Inse ihn dick eingepackt mit Mika zum Fischen geschickt hatte.

Inse erschien plötzlich in einem beigefarbenen Hosenanzug in ihrem Garten. Die Frau musste Gedanken lesen können. Er beobachtete, wie sie in ihren Pumps über den Rasen lief, und dabei prüfende Blicke in die Beete warf. Oke wusste, was das bedeutete: Sie würde ihn zum Unkrautjäten verdonnern. Mit Argwohn verfolgte er ihre Schritte: Sobald sie die Schuppentür öffnete, wäre es mit seiner Ruhe vorbei.

»Oke!«, rief sie von draußen. »Nu mach mal die Tür auf, du siehst doch, dass ich was von dir will.«

Er blieb stur sitzen und konzentrierte sich auf die Klemme, die er am Holzgestell fixierte. Wenn sie was wollte, sollte sie reinkommen. Freiwillig würde er jedenfalls nicht aus seinem Schuppen kommen. Und wenn er Glück hätte, würde drinnen das Telefon bimmeln, die Meyersche an der Haustür klingeln oder sonst etwas passieren, damit sie umkehrte und ihn in Ruhe ließ. Die Chance bestand, aber sie war winzig.

Sie riss die quietschende Schuppentür auf. Er konnte ihr Gesicht im Gegenlicht nicht erkennen, aber es ließ sich nicht mehr leugnen: Sie hatte schlechte Laune, das signalisierte ihre ganze Körperhaltung: »Die Beete sind vom Unkraut überwuchert! Und die Tür könntest du wirklich mal ölen«, lauteten zwei neue Arbeitsaufträge. Gefolgt von: »Und mach die Musik leiser, Oke Oltmanns. Wir sind hier nicht in der Disco!« Und dann tat sie etwas, was er noch mehr hasste als ihre Aufträge: Sie fummelte an seinem Rekorder herum und drehte Elvis den Saft ab.

»Ich wollte dir nur sagen, dass du offenbar vergessen hast, welchen Tag wir heute haben.«

»Nee, heute ist Sonnabend«, brummte er.

»Genau, ich sag nur: Gedichtwettbewerb! Und du sitzt hier in deiner uralten Trainingshose.«

»So alt ist die nicht.«

»Du hast mir versprochen mitzukommen! Und wer weiß, vielleicht gewinnt mein Gedicht!«

»Du hast da mitgemacht?« Das erstaunte ihn tatsächlich. Bisher hatte er Inse für eine praktisch veranlagte Frau gehalten. Dass in ihr ein Dichterherz schlummerte, hätte er nie für möglich gehalten.

»Ich habe als Schulmädchen andauernd Gedichte geschrieben«, seufzte Inse. »Aber wenn man so viele Jahre mit einem Bullerjan verheiratet ist, kann einem die Romantik schon abhandenkommen …«

»Muss ich es mir anhören? Dein Gedicht?«

»Du musst dir erst mal was anderes anziehen!«

Stöhnend hievte sich Oke hoch. »Zu essen gibt's da wahrscheinlich auch nichts Richtiges.«

# JAN

Zögernd schob er den Plastikvorhang beiseite. Es war einige Zeit her, dass er einen Fuß ins Fischhus gesetzt hatte. Schon komisch. Aber heute musste er hin – wegen des Gedichtwettbewerbs.

Es sah hier anders aus als früher. Das hatte er schon von Oke gehört, aber selbst in Wenckes neuem DIY-Regenwald zu stehen, fühlte sich merkwürdig an. Die Luftfeuchtigkeit war sehr hoch, was möglicherweise an der Bewässerungsanlage lag, die die Töpfe feucht hielt.

»Moin, Moin, auch mal wieder im Lande?«, hörte er Heiner Holtermanns Stimme. Unsicher nickte er dem Briefträger zu, den er hinter einer mannshohen Blätterwand zu entdecken glaubte. Er meinte, dort auch Edeltrauts Hochsteckfrisur zu erkennen, die wie ein weißes Sahnehäubchen durch die Palmengruppe hindurchleuchtete. Ihr Kichern bestätigte umgehend die Vermutung. Niemand lachte so leise und hell wie sie. Eigentlich hatte er immer gedacht, Edeltraut hätte insgeheim etwas für den stattlichen Oke übrig, weil sie ihm gern drei Zwiebelringe aufs Mettbrötchen legte – statt zwei – und das bei den Lebensmittelpreisen. Aber nun tat sie mit Holtermann im Algentempel schön … Er schien hier einiges verpasst zu haben.

»Hallo! Hallo!« Brigitte Mehrtens vom Tourismusverein klopfte auf ihrem Mikro herum. »Test! Test! Könnt ihr mich alle hören?«

»Laut und deutlich«, rief einer der Walschützer aus

dem Camp am Hafen. Es war der Dicke mit dem Totenkopf-Shirt. Alle, die in Hohwacht zwei Beine hatten, schienen hergekommen zu sein. Die Mehrtens schob geräuschvoll zwei Tische zusammen und platzierte mittig einen Weidenkorb mit Schleife. Darin lagen eine Weinflasche und ein paar Leckereien aus der Delikatessenabteilung bei Jensen, soweit er das von hier aus erkennen konnte. Und eine Karte im Umschlag – die Übernachtung!

»Moin, Jan. Komm, setz dich zu Jonna.« Wencke versuchte, mit ausgesuchter Gastfreundschaft ihre Nervosität zu überspielen. Doch die zittrige Stimme, mit der sie sprach, kannte er. »Wo habe ich bloß einen Hocker für dich? Warte, ich hole dir geschwind einen.« Bevor sie ging, wandte sie sich zu Vincent Gott um. »Und du brauchst auch noch einen Stuhl!«

»Ich möch stonn, ich möch noch waaße«, witzelte der Kölner.

Dass er noch wuchs, wenn er stand, glaubte er wahrscheinlich selbst nicht.

Dann duckte sich Vincent, weil Marlene, das weiße Haushuhn, über seinen Kopf und auf Jans Schulter flog. »Da guckt die Marlene – der Jan ist mal wieder im Fischhus«, kommentierte Vincent die stürmische Begrüßung des Huhns.

Jan lächelte erfreut. »Na, du Überläufer? Bist du jetzt ein Urwaldhuhn?«

Vincent Gott lachte: »Bankivahuhn – das ist gut.«

Sein Herz machte einen kleinen Hüpfer, als er feststellte, dass Wencke überraschenderweise sein Lächeln erwiderte: »Von wegen Überläufer. Du hast ihr gefehlt. Merkst du nicht, dass sie ständig deine Nähe sucht?«

Natürlich hatte er mitbekommen, dass ihn das Huhn auf Schritt und Tritt verfolgte. Allerdings hatte er gedacht, Marlene würde ihn im Auftrag Wenckes ausspionieren. Jan strich sanft über die weißen Federn und überlegte, wie er so dumm hatte sein können. Spionierende Hühner – so was gab es höchstens im Film. »Ich habe dich auch vermisst«, flüsterte er Marlene zu, sah aber dabei seine Frau an, die ihm einen Barhocker hinhielt.

Jan wusste gerade nicht mehr, ob er seiner eigenen Beobachtungsgabe über den Weg trauen konnte. Freute sie sich, ihn zu sehen? Er spürte die neugierigen Blicke von Vincent und Jonna. Jan konzentrierte sich wieder auf Wencke, die ein türkisfarbenes Rettet-die-Wale-Shirt trug, wie ihm jetzt auffiel. Stand ihr gut, brachte ihren gebräunten Teint zur Geltung. Sie sah ihn immer noch so an, dass ihm schwindelig wurde. Er entschied sich, auf weniger vermintes Terrain auszuweichen: »Was ist eigentlich mit eurer Hochzeit, Vincent? Braucht ihr einen Caterer? Ich hätte da die besten Fischbrötchen der Welt anzubieten!«

Vincent Gott sah betreten zu Boden. Was war denn jetzt kaputt?

»Wahrscheinlich heiraten wir im Sauerland«, antwortete stattdessen Jonna. Sie klang beinahe zerknirscht: »Es gibt ja hier das Essensproblem …«

»Welches Essensproblem?«, mischte sich Wencke jetzt wieder in ihrem gewohnten Kasernenhofton ein.

»Na, wir mögen euch beide. Und wenn du, Wencke, das Büfett ausrichtest, ist Jan beleidigt. Und wenn Jan …« Jonna beendete den Satz nicht, sondern schaute hilfesuchend zu ihrem Liebsten.

Der schöpfte offenbar gerade neue Hoffnung, doch noch in Hohwacht heiraten zu können. »Oder ihr tut euch zusammen.«

Jonna beugte sich vor, streichelte über die wohlmanikürten Finger ihres Verlobten. »Das wäre natürlich die Lösung. Ich esse eben nur vegan«, sagte sie mit einem schüchternen Seitenblick auf ihn. Als würde er ihr den Kopf abreißen, wenn sie seine Buletten verschmähte.

»Gib dir 'nen Ruck, Jan!«, rief Edeltraut fröhlich von ihrem Platz hinter der Yuccapalme aus. »Mach was mit Wencke zusammen!«

»Marlene zuliebe. Wer weiß, was aus Scheidungshühnern wird«, warf Postbote Holtermann ironisch ein.

Edeltraut kicherte ihr Schulmädchenkichern.

Das war wieder typisch Hohwacht. Hier konnte man sich nicht mal mit seiner Ehefrau verkrachen, ohne dass das halbe Dorf an der Versöhnung feilte. »An mir soll's nicht liegen«, sagte er etwas unsicher. »Meine Küche ist jetzt auch regional und saisonal. Alles frisch, alles aus der Heimat.«

»Schön, also an mir soll die Hochzeit auch nicht scheitern«, erwiderte Wencke sofort. So versöhnlich kannte er seine Frau gar nicht mehr.

Zustimmendes Gemurmel im Fischhus machte sich breit. Das typisch norddeutsche Äquivalent zum frenetischen Jubel.

»Wann soll es denn so weit sein?«, wollte er von den angehenden Brautleuten wissen.

Jetzt wurde Vincent verlegen. »Einen Termin haben wir bisher nicht …«

»Moin! Hoffentlich sind wir nicht zu spät!« Inses weibliche Rundungen füllten die Lücke im Plastikvorhang aus.

Hinter ihr erschienen Okes Umrisse. Der Dorfpolizist machte ein Gesicht, als hätte sie ihn gewaltsam hergeschleift.

»Na, Oschi, haste den Fuß-Killer aus Kanada verhaftet?«, meldete sich Holtermann aus der Palmenoase.

Es brauchte nur einen Blick Richtung Dschungel und der Briefträger hielt die Klappe. Dafür redete jetzt Okes Kollege. »Da wird keiner verhaftet. Ich habe neulich mit Vancouver gesprochen.«

»Aha«, entfuhr es Jan. »Siehste, Oschi, ich habe dir gesagt, die haben in Kanada ganz normale Fernsprechgeräte. Da kann man einfach anrufen wie nach Timmendorf oder Grömitz.«

Oke warf ihm einen weiteren unfreundlichen Blick zu, aber Vincent Gott war noch nicht fertig: »Die Kanadier glauben nicht mehr an einen Fußripper. Sie führen die Skelettfunde auf natürliche Todesfälle zurück.« Okes Kollege berichtete von dem Interview, dass ein Gerichtsmediziner dem Nachrichtensender ABC gegeben hatte. Ein Fuß, der 2012 gefunden wurde, hätte kürzlich einem Fischer zugeordnet werden können, der ein Vierteljahrhundert zuvor beim Fischen ertrunken war. Offenbar ließ sich das Phänomen zum Teil dadurch erklären, dass die Füße in den Turnschuhen langsamer vergingen als der Rest des Körpers. »Zehn gehörten zu vermissten Personen. Einige Füße stellten sich als Paare heraus.«

»Als Paare?«, erkundigte Wencke. Er sah deutlich, dass ihr ein Schauer über den Rücken lief.

»Ja, die Füße gehörten zu ein und derselben Person, wurden aber nicht zeitgleich gefunden«, erklärte Vincent. »Und fünf, hat mir der Kollege aus Vancouver erzählt, sind bisher nicht identifiziert. Sie denken, dass es sich um Vermisstenfälle handelt. Das lassen sie dann so laufen.« Er grinste bei dem Wort »laufen«.

Es herrschte für einen Augenblick Ruhe. Sogar die Mehrtens schien ihren Wettbewerb vergessen zu haben. Nur das Gluckern aus einem der Schläuche der Indoor-Sprinkleranlage unterbrach die Stille.

»Aber ihr wisst inzwischen genau, dass unser gefundener Fuß zu Hauke gehört?«, erkundigte er sich. Hauptsache, Wencke und er standen nicht mehr im Mittelpunkt.

Vincent Gott nickte. »Das hat die Gerichtsmedizin in Kiel eindeutig bestätigt.« Dann schien ihm etwas einzufallen: »Was uns zu Mütze bringt. Der Kahn, den du da rausgesucht hast, ist prima, Jan. Das Geld müsste reichen. Jonna hat deine Idee mit der Aktion ›Bitte aufrunden‹ auch im Reformhaus umgesetzt. Sind ein paar Euro zusammengekommen.«

»Bei mir auch«, konnte er noch verstehen, dann erfüllte Brigitte Mehrtens volltönende Stimme wieder das Fischhus.

»So, bitte mal herhören«, sagte die Tourismuschefin, wobei sie das Mikro aus dem Ständer nahm und in ihrem buntgemusterten Wickelkleid ein paar Schritte vor den beiden Bar-Tresen auf und ab ging, als befände sie sich auf einer Bühne. »Für alle, die mich nicht kennen: Ich bin Brigitte Mehrtens, 18 Jahre«, sie lachte, »… nicht alt, sondern im Tourismusverein.« Sie wartete ein paar Lacher im Publikum ab, dann fuhr sie fort: »Wir vom Tourismusverein setzen alles daran, unser kleines Hohwacht voranzubringen. Und dazu gehören so tolle Aktionen wie diese. Ist denn die Presse heute Abend dabei, wenn wir mal etwas Positives zu vermelden haben?«

Zwei Hände gingen in der Menge hoch.

»Wunderbar. Ja, ich kann nur sagen: Wir haben einen neuen Rekord zu vermelden! 356 Gedichte sind bei uns im Büro eingegangen.«

Holtermann rief: »Die lesen Sie hoffentlich nicht alle vor!«

Die Mehrtens lachte pflichtschuldig. »Nein, so viel Zeit haben wir nicht, aber ich sage es nochmals: Ich bin begeistert, berührt und beseelt von so viel Zuspruch! Das hat uns gezeigt: Unser schönes Hohwacht weckt die Dichtkunst in den Menschen! Applaus für so viele wundervolle Beiträge! Natürlich konnte nur ein ›Wellendichter‹ die Reise gewinnen. Und der Gewinner heißt ... Trommelwirbel ...«

»Ich halt die Spannung nicht aus!«, rief Holtermann wieder.

Während die Mehrtens in einem Berg aus Umschlägen auf dem Tisch wühlte, stand plötzlich Wencke neben ihm. Er roch ihren vertrauten Duft und ahnte, was sie sagen würde, schon bevor sie es aussprach, und das löste einen Knoten in seiner Brust.

»Wäre doch nett, wenn wir nicht nur geschäftlich wieder miteinander zu tun hätten ...«, sagte sie.

Seine Gehirnzellen brauchten trotz aller Vorahnung und Hoffnung eine kleine Weile, den Satz zu verarbeiten. Aber dann taten ihm die Wangen weh, so breit war sein Grinsen.

Die Mehrtens lief wieder geschäftig mit dem Mikro hin und her und er hörte am Rande irgendwas mit »Verlesung des Gewinners«. Aber das war für ihn nicht mehr entscheidend. Wichtig war nur noch eins: Er presste seine Frau an seine Brust, spürte ihre Wärme und ihre Körperspannung, nahm ihren krausen Kopf in seine Hände und drückte ihr einen zärtlichen Kuss auf die weichen Lippen.

Das Fischhus erfüllte langanhaltender Applaus. »Klasse«, lobte Vincent. »Dieses Gedicht trifft es auf den Punkt. Hätte ich nicht besser machen können.«

Jan hatte nicht mitbekommen, wer gewonnen hatte. Aber eigentlich war ihm der Preis nun egal. Er hielt seine eigene Frau im Arm – der einzige Hauptgewinn, den er sich wünschte. Das wurde ihm genau in diesem Augenblick klar.

*

*Ostsee, du bist Freiheit und*
*Frischer Wind,*
*Weckst Sehnsucht und*
*Neugierde, wenn wir gefangen sind.*
*Ostsee du gibst uns reichlich*
*Luft zum Atmen,*
*Weckst Energie für neue*
*Taten.*
*Du stehst für Leben,*
*Steinige Strände und*
*Windbeben.*
*Du bist launisch,*
*Zufluchtsort*
*Und Erstreben.*
*Oh Ostsee, ob auf der Jolle,*
*Der Flunder oder an Land,*
*Deine Schönheit habe ich gleich erkannt.*

Lisa Schmitz, Chefin Hotel & Restaurant Ole Liese auf Gut Panker

# EPILOG

»Ey Leute, und was haltet ihr von dem Schlitten?« Angeliques Stimme klang wie nach einer Kehlkopfentzündung, aber sie hatte nur die Nacht zum Tag gemacht. Die 18-Jährige hätte in ihrer engen Lederkutte und den Glanzleggings besser auf eine Rockbühne als an Bord eines Fischkutters gepasst. Doch aus ihrer Stimme sprach Besitzerstolz. Erwartungsvoll sah sie ihnen entgegen.

»Ich würde mal sagen, dass ist 'n ziemlich schicker Kutter«, lobte Strandkorbvermieter Johann-Magnus Kreyenborg. Auch er hatte seine Kunden »aufrunden« lassen. Doch er wollte allenfalls als »stiller Teilhaber« berücksichtigt werden – wenn überhaupt. Ein großer Freundeskreis wartete darauf, dass Mütze und seine Flamme Angelique den ersten Fisch anlandeten. Inse wiegte Angeliques leise greinendes Baby in der Armbeuge. Das größere Kind klammerte sich an ihr Bein.

Heiner Dubbels war aus der Klinik entlassen worden und hatte sogar die Meyersche mit zum Jachthafen Lippe gebracht. Der zuvorkommende Schiffseigner Adriano Gambino war von seinem Hausboot herübergeschlendert und sprang bei erstbester Gelegenheit an Bord, um der jungen Mutter an Land zu helfen. Oke und Inse beobachteten geduldig, wie der Fischer in seiner Wathose das Schiff vertäute. Sie alle hatten mit großen und kleineren Beträgen geholfen, damit die just gegründete Genossenschaft »Ok-Mü-Ja eG« die »Seeteufel« kaufen konnte.

Für die Gründung einer eingetragenen Genossenschaft waren mindestens drei Gründungsmitglieder benötigt worden, eine spätere Erweiterung wäre ohne Komplikationen möglich.

Eine Genossenschaft hatte Kreyenborg, der sich damit auskannte, Oke, Mütze und Jan erklärt, wäre die ideale Rechtsform für Existenzgründer, die sich einer gemeinsamen Sache verschrieben hatten. Und das hatten die drei Küstenbewohner: Oke, Mütze und Jan wollten die Tradition in dem ehemaligen Fischerdorf am Leben erhalten. Denn von einer funktionierenden Fischerei profitierten nicht nur die Fischer allein. Diese stärkte die Region und belebte den Tourismus. Nur nachhaltig sollte der Fischfang sein. Darin waren sich alle einig. Versehentlich gefangene Schweinswale sollte es in der Hohwachter Bucht nicht mehr geben.

Oke hatte allerdings nur unter einer Bedingung zugesagt, sich zu beteiligen: Er wollte nicht wieder zur See fahren. »Ich kann aber am Wochenende beim Fischbrötchenverkauf helfen«, hatte der Kommissar versprochen.

»Lieber nicht, dann bleibt für die Kunden nichts übrig«, hatte Mütze lachend gemeint. »Außerdem wird meine süße Angelique deutlich mehr Kundschaft anlocken als so ein bärbeißiger Dorfsheriff.« Oke hatte so getan, als wollte er Mika eins auf die Mütze geben.

Doch letztlich hatten sie sich von der BLE, der Bundesanstalt für Landwirtschaft und Ernährung, eine Fangquote zuteilen lassen und natürlich – das war das Aufregendste von allem gewesen, den Fischkutter ersteigert.

Und nun war es endlich so weit: Die erste Ladung Frischfisch konnte an Land gebracht werden. Ein Teil ging ans Fischhus, einen weiteren Teil wollten sie direkt von Bord am Hafen verkaufen. Und an neugieriger Kundschaft mangelte es nicht.

Angelique lachte ihr heiseres Lachen, als sie ihre Lederkutte auszog, ihr Baby in einer Tragevorrichtung vor ihre Brust schnallte und sich in Position brachte. Zur Feier des Tages hatten sie ein paar Tapeziertische als Verkaufsstand am Hafen aufgebaut. Wie sie dastand und mit ihren grellroten Lippen über das ganze Gesicht zu strahlen schien und mit der ersten Kundin ins Gespräch kam, hatte Oke den Eindruck, dass dies hier tatsächlich funktionieren könnte. Edeltraut hatte den ganzen Morgen Brötchen aufgeschnitten, Wencke Zwiebeln in Ringe zerteilt und Jan Fischbuletten gebraten, sodass es nicht lange dauerte, bis Oke sein erstes Brötchen in Händen hielt.

Neben ihm stand der Kölner und kraulte die räudige Hafenkatze, die zu Okes Füßen geduldig darauf zu warten schien, dass ein Bissen herunterfiel. Das konnte dauern, denn es schmeckte ihm zu gut.

Oke blickte kauend auf das weite Meer, das blinkende Lichtsignale zu senden schien, und warf der Katze schließlich doch ein Stück Fisch zu. Vincent Gott grinste vielsagend. »Du bist schon in Ordnung, Oke Oltmanns. Nett, dass du Wencke überredet hast, sich mit Jan zu vertragen.«

»Purer Eigennutz«, grummelte Oke. »Keine zehn Pferde hätten mich ins Sauerland gebracht. Ich komme ja wahrscheinlich nicht um eine Einladung rum …«

Vincent lachte und wandte sich dem Verkaufsstand zu. Oke genoss noch einen Moment für sich.

Es würde dauern, bis das Honigglas im Schuppen wieder gefüllt war und er mit Inse in See stechen konnte. Aber das machte nichts. Je länger er darüber nachdachte, desto weniger wollte er dorthin, wo die Elemente so unberechenbar unter ihm schaukelten. Inse konnte stattdessen mit ihm auf den Kutter kommen, wenn der im Hafen lag. Sie mussten gar nicht hinausfahren und sie mussten auch kein Netz auswerfen. Einfach im sicheren Abstand zum Festland an Bord sitzen und die Aussicht genießen. Idyllischer als in Hohwacht war es sonst nirgends. Das würde sie dann mit eigenen Augen schon sehen, da musste er ihr gar nichts verklorfideln.

# NACHWORT

Der größte Dank gebührt an dieser Stelle Dir! Du hast das Buch gelesen, und ich hoffe, Du hattest so viel Spaß beim Lesen des vierten Bands der Oke-Oltmanns-Reihe wie ich beim Schreiben.

Ein besonderes Dankeschön geht selbstverständlich an den Profiler Axel Petermann, dessen Arbeit ich seit Jahren schätze, für sein interessantes, spannendes wie überaus informatives Vorwort.

Schreiben ist ein einsames Geschäft, heißt es. Das stimmt meistens. Aber eben nicht immer. Denn Okes Welt, mit all ihren liebenswerten und schrägen Bewohnerinnen und Bewohnern, entstammt nicht nur meiner Fantasie. Viele Inspirationen erhalte ich von meiner Familie. Auf Spaziergängen mit meinem Mann Michael sind schon viele tolle Ideen entstanden, für die ich sehr dankbar bin. Etwa die, einen Gedichtwettbewerb im Küstendorf stattfinden zu lassen. An diesem, eigentlich fiktiven, Wettbewerb im Roman haben sich während des Schreibprozesses schließlich Freunde, Bekannte und Kollegen aus dem wahren Leben sowie den sozialen Medien beteiligt. Sie sind meinem Aufruf auf Facebook und Instagram gefolgt, mir Gedichte über die Ostsee zu schicken. Ihre Werke sind auf diese Weise Teil meines Buches geworden. Darüber freue ich mich sehr, denn diese Gedichte drücken das aus, was auch ich fühle, wenn ich an Strand und Meer denke: Sehnsucht. Ein großes Dankeschön geht somit an alle realen Teilnehmerinnen und Teilnehmer des Gedichtwettbewerbs: Marten Erasmi, Holger Nöhrnberg, Jochen Windheuser, Alexander Lucas, Matthias Liebert, Annette Kemp, Jasmin Bruns und Lisa Schmitz, für die gelungenen Beiträge.

Ein Autor schafft nie allein. Deshalb danke ich besonders dem Team des Gmeiner-Verlags: allen voran meiner langjährigen Lektorin Teresa Storkenmaier. Bei jedem neuen Krimi freue ich mich außerdem über die Unterstützung aufgeschlossener und interessierter Buchhändlerinnen und Buchhändler, Veranstalterinnen und Veranstalter, Journalistinnen und Journalisten und Bloggerinnen und Blogger. Nicht zu vergessen die zahlreichen Fachleute, etwa von der Stiftung Deutsches Meeresmuseum, die mir mit ihren Informationen geholfen haben, auch mit diesem Cosy-Krimi den Blick auf ein zentrales Thema zu lenken: das drohende Aussterben der faszinierenden Schweinswale in der Ostsee. Ebenso danke ich der Deutschen Gesellschaft zur Rettung Schiffbrüchiger – für ihren sachkundigen Rat.

Nun freue ich mich auf das Schreiben des fünften Bands und den nächsten Fall von Oke Oltmanns. Wer mehr über die Bücher mit dem kauzigen Dorfpolizisten mit Herz für Hohwacht und mein Schaffen erfahren will, findet mich auf Instagram: patricia._brandt.

Patricia

Patricia Brandt